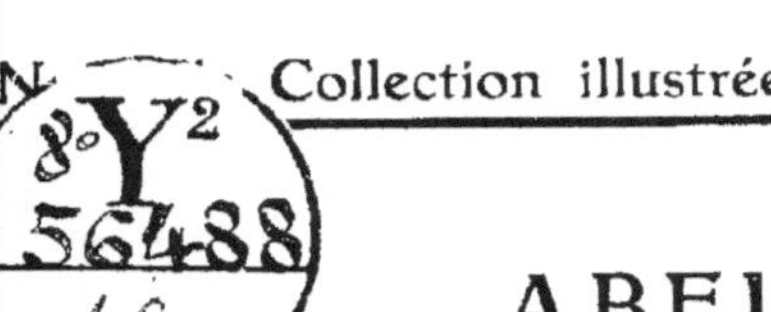

Collection illustrée. L'ouvrage complet **95** centimes.

ABEL HERMANT

Les Grands Bourgeois

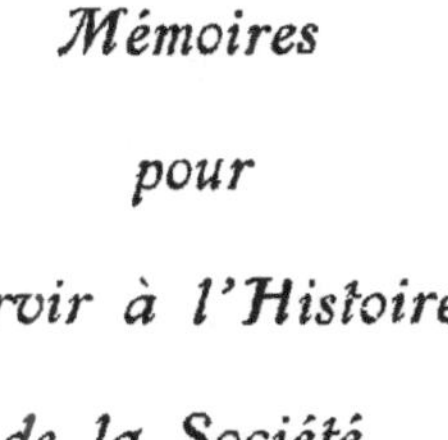

Mémoires pour servir à l'Histoire de la Société.

Calmann-Lévy

éditeurs

Les Grands Bourgeois

151267. — Coulommiers. Imp. Paul BRODARD. — 2-08.

ABEL HERMANT

Les Grands Bourgeois

ILLUSTRATIONS

DE

CHARLES ROUSSEL

PARIS
CALMANN-LÉVY, ÉDITEURS
3, RUE AUBER, 3

I

L'APAISEMENT

Ce jeudi-là, madame Gaston Hennebault avait « fait signe » à quelques amis.

Depuis deux ans, elle ne recevait plus à jour fixe. Les causes de son abstention étaient multiples.

La principale, ou l'officielle, était le mauvais état de M. Hennebault, atteint d'un diabète sans espoir, qui avait commencé par être insipide, mais qui avait fini par devenir sucré.

Madame Hennebault ne nommait point cette maladie de son mari, qui suggère des images trop inélégantes. Lorsqu'elle était contrainte d'en parler, elle y substituait, par décence, une diathèse plus acceptable, et diagnostiquait l'artério-sclérose, dont le nom double et le trait d'union lui semblaient avoir un air de noblesse bourgeoise.

Mais la véritable cause pourquoi madame Hennebault ne recevait plus régulièrement était l'état de l'opinion, et non point de son mari.

Les passions, depuis sept ou huit ans, se sont si fort échauffées qu'une maîtresse de maison qui prend soin de ses bibelots évite de réunir chez elle des gens de convictions diverses. Elle a toujours sujet de craindre qu'ils n'oublient les premiers principes du savoir-vivre; et rien ne lui assure qu'elle-même ne les oubliera pas si elle intervient dans la discussion, au lieu d'en tenir, comme il sied, la direction et surtout le frein.

Il y a deux France.

On devine à laquelle des deux appartient madame Hennebault : mais elle ne fait point fi de l'autre, et a pour principe de ne jamais renoncer à aucune espèce de relations.

Après s'être, au fort de la lutte, tenue résolument à l'écart, elle avait pris le biais de faire alternativement signe à ses amis de l'une et de l'autre France, et même à ceux « de la race » (comme on disait jadis « de la religion », pour désigner les protestants).

Elle risquait aujourd'hui un grand coup : ayant vérifié que « l'Affaire » ne passionne plus, elle en avait conclu, un peu vite, que l'apaisement est fait, et pour la première fois elle essayait d'un peu de mélange. Elle avait un sentiment vif de la partie qu'elle jouait, et elle n'était point sans émotion.

Pour s'en divertir, elle ordonnait elle-même le couvert du thé, dressé dans la salle à manger, qui communiquait au salon par une porte à quatre vantaux, présentement ouverte. Son vieux maître d'hôtel la regardait faire plutôt qu'il ne l'aidait, et Philippe Hennebault, son fils, âgé de dix-neuf ans, la regardait également faire, parce qu'il n'avait lui-même rien à faire de mieux. Il était assis sur l'une des chaises rangées le long du mur, ses grandes jambes allongées de tout leur long, et il avait l'air de s'ennuyer ferme.

Madame Hennebault porte le prénom d'Eugénie; et ce prénom, qui révèle un parrainage auguste, est en harmonie avec un certain genre second Empire de sa personne et de son cadre.

Elle n'a jamais eu de véritable beauté, ni, même l'année de ses quinze ans et de la guerre, rien de mieux qu'une charmante frimousse. On ne saurait prétendre à n'être point fripée à cinquante ans, lorsque l'on a été chiffonnée à quinze; mais les frimousses d'une époque séparée de la nôtre par une révolution deviennent à nos yeux des types et usurpent une majesté historique.

Par sa façon même de s'habiller, madame Hennebault se date. Elle n'est point vieille, mais surannée, vivante et pimpante relique d'un temps aboli.

Bien qu'elle sache plier ses instincts de parcimonie sévère aux exigences de sa condition et à celles de sa coquetterie, elle ne se résigne point à laisser inutilisé le moindre restant d'une quelconque de ses toilettes. Un œil exercé reconnaît toujours, dans ce qu'elle porte sur elle, des vestiges de ce qu'elle a naguère porté. Et ce peut n'être qu'une garniture, ou une passementerie; ou bien ce qui précédemment s'étalait à l'extérieur peut se noyer dans le mystère des dessous, et ne revoir plus le jour qu'à la faveur d'un de ces gestes trop gamins dont madame Hennebault oublie de perdre l'habitude: mais il suffit pour qu'elle paraisse nippée comme serait meublé un logis, dont le mobilier serait entretenu ou renouvelé au jour le jour, et jamais intégralement.

MAIS SON HÔTEL Y ÉTOUFFE...

Enfin, madame Hennebault a aussi une façon de se loger en retard sur la mode. Elle habite un hôtel, alors que les personnes de son rang, mais plus jeunes, préfèrent les appartements de plain-pied. Elle a fait preuve de hardiesse, il y a vingt-cinq ans, lorsqu'elle a poussé M. Hennebault à faire l'emplette d'un terrain place Malesherbes; mais son hôtel y étouffe maintenant entre deux maisons de rapport, modernes et confortables du rez-de-chaussée au septième étage.

Tout en réglant la symétrie de ses assiettes, et en opposant les tartelettes aux pomponnettes, les noix glacées aux marrons déguisés, madame Hennebault s'efforçait à vaincre l'indifférence de son fils. Elle lui parlait sur ce ton légèrement impatient que les parents prennent volontiers avec leurs jeunes qui n'ont de goût à rien.

Non que l'atonie de Philippe l'inquiétât plus qu'il ne sied. Sa maternité, d'ailleurs tendre, se ramassait sur deux points : elle redoutait que le jeune homme ne contractât de mauvaises manières, auxquelles son allure dégingandée ne le prédisposait que trop; elle désirait ardemment qu'il conservât des habitudes, sinon des croyances, religieuses, et qu'il ne perdît que le plus tard possible ce qu'elle présumait qu'il avait encore de son innocence.

Ce dernier vœu est surprenant de la part

d'une femme qui pousse la délicatesse jusqu'à ne prononcer jamais et à ne vouloir pas entendre de certains mots, mais qui

PENSES-TU, DIT PHILIPPE, QUE MADAME BRICQUART AMÈNERA HÉLÈNE?

n'a point témoigné qu'elle s'exagérât l'importance des œuvres de chair.

Philippe ressemblait à sa mère par le petit nombre des préoccupations qui l'absorbaient tout entier.

Il n'était point sot, il visait à l'intellectualité, voire à la littérature; et quand on lui demandait raison de ses silences et de ses mélancolies, il se plaisait à s'en excuser sur l'intensité de sa vie intérieure.

De vrai, il ne pensait qu'à deux choses.

Premièrement, à la nouvelle loi militaire.

Serait-elle promulguée assez tôt pour l'atteindre? Trouverait-il, quand même, un truc pour s'y dérober?

Si l'on pouvait tourner une loi comme on découvre une vérité naturelle, « en y pensant toujours ». Philippe s'en fût certainement tiré.

Sa deuxième idée fixe se traduisait par des attitudes, des gestes et jusqu'à des façons de parler, par des artifices de toilette, de coupe de cheveux et de coiffure, ayant pour objet d'établir une ressemblance physique entre lui et M. Gaston Hennebault, son père.

Philippe avait obtenu cette ressemblance au delà de ce que l'on pouvait raisonnablement espérer, et tout aurait donc été pour le mieux s'il n'eût, d'autre part, ressemblé encore davantage, enfin fraternellement, à un fils que M. Lancel Courtois, l'ami de la maison, avait eu, on ne sait par quel hasard, de madame Lancel-Courtois.

— J'espère, dit madame Hennebault, que tu vas me faire un peu la grâce de rester avec moi au salon?

— Ça dépendra de qui tu attends, dit Philippe.

Elle sourit, et, ne jugeant point nécessaire d'annoncer toute la liste des personnes qu'elle attendait, elle n'en cita que deux, sans plus : madame Jourd'heuil et madame Bricquart, dont le carambolage possible lui semblait particulièrement hasardeux.

Madame Jourd'heuil était l'une de ces personnes à qui l'Affaire a refait une virginité.

Contemporaine de madame Hennebault, jadis artiste, pauvre mais de mœurs irréprochables, elle était devenue l'épouse légitime de l'agent de change Jourd'heuil comme on devient le coadjuteur d'un évêque : avec espoir de succession. L'agent de change possédait une formidable fortune et était, de plus, gâteux.

Ce mariage, loin d'ouvrir à madame Jourd'heuil les portes du monde, les lui avait, semble-t-il, à tout jamais fermées. Au delà d'un certain chiffre, le monde n'admet plus de bonne humeur ce genre de spéculation.

Madame Jourd'heuil s'était moins facilement accommodée que l'on ne pourrait croire de ce boycottage. Elle avait acquis le snobisme en même temps que la fortune et n'était point contente de ne recevoir que des grands-ducs.

Elle enrageait de n'avoir qu'un salon d'hommes. Mais elle s'orienta vers la politique. Elle pensait bien. Les femmes de ces messieurs commencèrent de sympathiser avec elle à distance et en demandèrent des nouvelles à leurs maris lorsqu'ils en revenaient le soir. Puis elles firent les premiers pas, et elles y allèrent. Elle les reçut, sans d'abord se déranger elle-même. La grande question était de savoir si elle viendrait aujourd'hui chez madame Hennebault.

MON DIEU, MADAME, DIT LE BARON...

Mais celle-ci n'attachait pas un prix moindre à la venue de madame Bricquart, qu'elle tenait pour occupant, dans « l'autre France », une place correspondante et symétrique à la sienne propre dans le bon parti.

Cette vue était simple, mais assez juste.

— Penses-tu, dit Philippe, que madame Bricquart amènera Hélène?

Les jeunes filles ne l'intéressaient point. Mais Hélène Bricquart faisait exception. Elle était élevée par principe, car tout se faisait par principe chez les Bricquart; et le principe de son éducation était que l'on doit tout dire devant une jeune fille et lui laisser lire tout.

Les Bricquart pratiquaient cette doctrine à la rigueur et taxaient de stupidité toute doctrine adverse; car ils tranchaient, et ne reconnaissaient pas de moyen terme entre ce qui est absolument juste et ce qui est absolument idiot.

— Je pense qu'Hélène viendra, dit madame Hennebault.

Et elle nomma encore Pierre Souvré, jeune homme de lettres qu'elle s'était flattée naguère de lancer, mais qui, un beau soir, après une discussion sur l'écriture du bordereau, était parti de chez elle un peu brusquement, et depuis n'avait point reparu. Elle venait de lui écrire qu'il n'y a pas de rancunes éternelles.

Ce ne fut toutefois aucune des trois notables personnes citées par madame Hennebault qui ouvrit le feu, mais deux insignifiantes cousines, suivies de près par l'alerte madame Valvin.

Madame Valvin est toujours un peu en avance quand on l'invite à un cinq heures, et elle ne fait qu'entrer et sortir, ayant toujours à faire de cinq à sept.

Madame Hennebault, qui s'était dispensée de rien offrir à ses cousines, ne put agir de même avec madame Valvin, et toute l'économie de son goûter en fut dérangée.

Le thé n'était point prêt. Mais madame Valvin préférait un verre d'orangeade. Elle tenait moins, d'ailleurs, au rafraîchissement qu'à la restauration, et elle se mit à piocher dans les assiettes avec le prévoyant appétit d'une femme dépensière de soi, qui répare, si l'on peut dire, par anticipation.

Assurément, madame Hennebault ne regrettait point que l'on fît honneur à ce qu'elle offrait; mais quand elle s'était mis en tête qu'une de ses assiettes resterait intacte pour le dîner, elle devenait habile, comme une tireuse de cartes qui fait la carte forcée, à diriger sur les autres assiettes la gourmandise de ses visiteuses.

Seule, madame Valvin déjouait toutes les ruses par une déconcertante vivacité, et elle prenait toujours de tout, non pas trop, mais indistinctement. Madame Hennebault, qui l'avait suivie dans la salle à manger, la surveillait avec une attention soutenue et vaine.

Mais une autre visite survint, et la maîtresse de maison dut rentrer au salon en hâte, point trop fâchée de laisser la mangeuse tête à tête avec Philippe. Madame Hennebault était une mère pleine d'inconséquence : elle prétendait que Philippe conservât, jusqu'au régiment, une invraisemblable pureté de mœurs, mais elle eût été humiliée que toutes les femmes ne prissent point garde à lui; et elle avait des vues particulières sur madame Valvin, qui, par son âge, par sa complaisance, par sa faculté de n'intimider point, lui paraissait toute désignée pour un jeune homme.

Le nouvel arrivant était le baron d'Épervans. Madame Hennebault fut dépitée de n'avoir à lui nommer que les deux insignifiantes cousines, et mit une certaine hauteur à instruire celles-ci que M. le baron d'Épervans, capitaine de vaisseau en retraite, faisait, dans un excellent journal, des comptes rendus remarqués de la guerre russo-japonaise.

Elle prit un temps. Il ne lui plaisait guère d'entamer pour de bon la conversation dans des conditions aussi piètres. Cependant, comme il fallait bien occuper le baron d'Épervans, elle lui demanda des nouvelles de la flotte russe, aussi catégoriquement qu'elle eût fait à l'amiral Rodjestvensky en personne, ou au tsar.

— Mon Dieu, madame, dit le baron, si

CETTE JEUNESSE DE PHYSIONOMIE...

correct et si bien encadré de favoris qu'il n'avait point l'air d'un véritable ancien officier de marine, mais plutôt d'un acteur qui s'est merveilleusement fait la tête d'un ancien officier de marine, mon Dieu, madame, le plan de l'amiral Rodjestvensky est bien simple...

Comme il se mettait en devoir d'exposer ce plan, Pierre Souvré fut introduit. Il avait dix ans de plus que Philippe Hennebault, mais il ne paraissait point plus âgé. Cette jeunesse de physionomie lui valait des succès d'homme, mais contrariait sa carrière d'homme de lettres; aussi ne tolérait-il pas qu'on le traitât comme un gamin, et, notamment, dans la maison Hennebault, il se posait en ami des parents, non en camarade du fils.

Néanmoins, comme il redoutait les effusions et préférait brusquer sa réconciliation avec madame Hennebault, comme il redoutait aussi les raseurs, et que son flair lui avait fait d'abord connaître M. le baron d'Épervans pour tel, il ne s'assit seulement pas. Il se réfugia dans la salle à manger, entre madame Valvin et Philippe.

C'est en vain que madame Hennebault tenta de le retenir en lui apprenant que le baron, ancien officier de marine, rédigeait des comptes rendus remarqués de la guerre russo-japonaise, et avait des tuyaux particuliers sur l'amiral Rodjestvensky.

— Madame, reprit le commandant d'Épervans, le plan de l'amiral est bien simple...

Un cri joyeux de madame Hennebault l'interrompit encore. Les deux insignifiantes cousines virent entrer M. le comte de la Guithardière, et, comprenant qu'il n'était plus désormais besoin de figurantes dans le salon, disparurent comme par enchantement.

La Guithardière était un homme de cinquante ans, qui les marquait, mais d'une façon détournée : il avait l'air d'un homme de trente-cinq ans qui aurait eu l'air d'en avoir cinquante.

Il était agréable, un peu province, et d'une élégance recherchée, par malheur jusqu'au comique. Un certain coup de vent dans les cheveux lui ajoutait ce je ne sais quoi d'artiste qui est permis à un noble, fréquentant d'ailleurs chez les bourgeois pour des motifs d'intérêt.

M. de la Guithardière était accompagné d'un grand dadais de fils, qui était son fils jusqu'au bout et jusqu'au poli des ongles. Il en avait l'air empêtré, comme une mère qui n'a pas abdiqué et qui traîne sa fille trop grande.

Cet empêtrement paternel s'accusa davantage encore lorsque madame Hennebault, cherchant quel compliment faire au jeune Alexandre de la Guithardière, ne trouva à le féliciter que de sa haute taille.

— Il a dix-sept ans et demi, dit le comte.

Voilà bien ce qui souciait ce tendre père : Alexandre n'était plus qu'à six mois de l'âge fatal où les revenus des enfants échappent aux pères veufs.

Or, la comtesse de la Guithardière avait trouvé la mort, trois années auparavant, sous une automobile renversée tandis que le père et le fils, projetés, au loin, se relevaient sans blessures; et, vu la soudaineté de ce décès, vu l'absence de tout testament comme de toute donation, le comte cinquantenaire se voyait réduit à chercher une autre femme riche, qu'il n'avait plus que six mois pour trouver.

D'âme aussi simple que Philippe Hennebault, M. de la Guithardière était, comme ce dernier, en proie à deux préoccupations ni moins ni plus : le mariage et l'Académie.

— Madame, reprit le baron d'Épervans, le plan de l'amiral Rodjestvensky est bien simple. Il doit fondre sur les Japonais, les battre, et même anéantir leur flotte. Quand la Russie aura repris l'empire des mers, l'armée japonaise se trouvera coupée de sa base de ravitaillement, et, à son tour, sera facilement anéantie.

Cette perspective enchanta madame Hennebault. Il était moralement impossible de supposer qu'un homme si bien peigné se trompât.

Le baron pouvait, après tout, ressembler à un vieux médecin autant qu'à un officier de marine : cette combinaison de ressemblances assurait à sa physionomie une vertu doublement réconfortante. M. de la Guithardière, qui n'aime pas les vaincus, n'hésita point à exprimer des sentiments russophiles.

Mais un coup de timbre l'avertit d'une arrivée nouvelle. D'instinct, il fit de l'œil à son encombrant fils, qui s'éclipsa docilement. Il se félicita d'avoir escamoté ce tambour-major lorsqu'il vit entrer madame Jourd'heuil.

Il se demanda pourquoi, en présence de cette dame, il eût été davantage embarrassé de son fils : et il s'avisa tout à coup qu'elle devenait épousable, maintenant que madame Hennebault la recevait.

Il fut à l'instant même ivre de joie, comme si la veuve et la fortune de l'agent de change lui eussent été adjugées : et dans son émotion, comparable à celle du pauvre homme qui, ayant trouvé un objet précieux, sait que, dans un an et un jour, cet objet précieux deviendra sien, il perdit le fil du discours.

Cela était de peu d'importance, vu la généralité de ce qu'on disait. Un homme qui a du monde pouvait être à la conversation et penser à autre chose.

On se lamentait, comme d'usage, sur le malheur des temps, l'infamie du gouvernement et la décadence universelle

On n'avait cependant lâché qu'à demi le sujet russe, car madame Majorel, la loquace femme du Majorel qui gouverne la Banque du Nord, put tout naturellement, quand elle fit son entrée, conseiller aux

M. DE LA GUITHARDIÈRE ÉTAIT ACCOMPAGNÉ D'UN GRAND DADAIS DE FILS...

personnes présentes de taper sur le nouvel emprunt russe, où la Banque du Nord avait un intérêt considérable.

— J'en prendrais les yeux fermés! s'écria le comte de la Guithardière, qui eût été bien empêché de prendre de quoi que ce fût, même les yeux ouverts tout grands.

Il parlait ainsi machinalement, par habitude d'abonder avec entrain, et même avec enthousiasme, dans le sens de ses interlocuteurs. Mais il avait la mort dans l'âme. La seule vue de madame Majorel, contemporaine de madame Jourd'heuil et qui avait l'air d'une vieille revendeuse à la toilette, venait de lui révéler brutalement que madame Jourd'heuil n'était pas épousable: et il avait le sentiment d'une ruine soudaine comme, tout à l'heure, d'une soudaine richesse.

Ce mécompte lui inspira des paroles amères, et qui dépassaient l'ordinaire mesure de sa pensée. Il réprouva la séparation des Églises et de l'État. Il était lancé à fond sur ce sujet quand survinrent madame Bricquart, dont le mari, député, a présenté l'un des projets de séparation, et sa fille, l'intransigeante Hélène.

La Guithardière frissonna : même pour complaire à cette dame et à cette jeune fille, pouvait-il se dédire encore? Il ne l'aurait pu si les autres personnes présentes, qui s'étaient compromises également, n'eussent éprouvé un désir pareil et simultané de palinodie sans transition.

Madame Hennebault, maligne, leur donna le temps de souffler, en complimentant la mère et la fille Bricquart d'être si belles.

Cette remarque n'est point d'usage ou, du moins, de très bon goût, mais se justifiait exceptionnellement par ce que l'élégance de la mère et de la fille avait, non seulement de réel, mais encore de manifeste Elles étaient belles comme Brummel n'aimait pas à être bien habillé. (« Si on s'aperçoit, disait il, que je suis bien habillé, c'est que je le suis mal. »)

Elles avaient encore ceci de singulier qu'on ne pouvait pas décider, à première vue, si leurs somptueuses toilettes étaient des costumes de bal ou des sauts de lit.

Après sa remarque sur la beauté des dames Bricquart, madame Hennebault eut le toupet de reprendre la conversation au point juste où on l'avait laissée : mais elle eut soin de dire que l'on traitait chez elle ces sujets-là de très haut, et qu'à une certaine hauteur les opinions contradictoires deviennent identiques.

Madame Bricquart se refusa à grimper avec madame Hennebault jusqu'à cette hauteur. Elle laissa entendre à tous ces gens qu'elle devinait le fond de leur pensée et qu'elle les tenait pour imbéciles. Madame Hennebault, consternée, lui présenta le baron d'Épervans.

— Madame, dit le baron, le plan de l'amiral Rodjestvensky est d'une simplicité grandiose. Il va fondre sur les Japonais, les battre, anéantir leur flotte : et quand la Russie aura repris l'empire des mers...

— Mais il reste à savoir, interrompit madame Bricquart, si la Russie reprendra l'empire des mers et si votre Rodjestvensky anéantira la flotte de Togo.

M. de la Guithardière exprima des sentiments japonophiles. Ils ne touchèrent point madame Bricquart, qui le foudroya d'un regard méprisant.

Mais La Guithardière n'en fut aucunement troublé. Il recommençait d'examiner madame Jourd'heuil, et il pensait : « Elle n'est pas si mal ! » La voix aigre de madame Majorel le réveilla comme d'un rêve.

— Que pensez-vous, demanda un peu fiévreusement madame Hennebault, de l'introduction du mot « amour » dans le Code?

Madame Bricquart approuvait cette addition, mais en termes injurieux pour ceux qui sans doute ne l'approuvaient point, à savoir les personnes ici présentes

Alors madame Hennebault servit le thé.

Mais elle sentit bien que ce n'était point là encore une diversion; car la façon même dont sa table était servie et ornée, le chiffre de ses assiettes, la dentelle de sa nappe, la provenance de ses petits fours, enfin tout était précisément à l'envers des goûts et des idées de madame Bricquart.

Elle se crut hors de peine lorsque M. de la Touche, l'un des Quarante, qui arrivait à ce même instant, fut directement introduit dans la salle à manger. Elle prit tout juste le temps de le présenter, et le jeta sur la réforme de l'orthographe, pensant que ce sujet-là fût suffisamment oiseux pour mettre tout le monde d'accord. Elle se trompait bien !

M. de la Touche ayant hasardé des railleries qui parurent réactionnaires, madame Bricquart lui coupa le sifflet comme on ne l'a jamais coupé à un académicien, et fit une profession de phonétisme si sauvage que n'importe quelle cuisinière eût trouvé qu'elle allait trop loin.

Le comte de la Guithardière sauva la situation.

La vue de M. de la Touche l'avait mis dans un état d'excitation incroyable. Il regardait tour à tour l'académicien et madame Jourd'heuil, parfois les deux ensemble; et il s'imaginait dans un fauteuil près de l'un, près de l'autre dans un lit, à distance également respectueuse.

Il voulut briller. Il débita un petit lieu commun sur l'idée fausse que nous avons de l'ancien langage : d'où il passa fort aisément à un deuxième lieu commun, sur la verdeur de ce langage ancien, et il protesta contre la bégueulerie du nôtre, contre la sottise de nos lèvres, qui hésitent à prononcer certains mots sonores et naïfs.

— N'est-ce pas, dit-il, une absurde pruderie, en même temps qu'une faute de français, de dire, comme nous faisons, le fond d'une bouteille, quand on doit dire le cul d'une bouteille?

Madame Hennebault tressauta. M. de la Guithardière poursuivit d'une voix forte :

— Vous dites : un fond d'artichaut. Nos mères ne rougissaient pas de dire : un cul d'artichaut. Vous avez inventé le mot impasse : il faut dire cul-de-sac. Tout à l'heure, j'étais dans une maison où l'on parlait théâtre. Personne, à propos de *Scarron*, n'a osé le mot cul-de-jatte...

Quelle est donc la vertu de ce monosyllabe? Les discordes civiles étaient oubliées. Madame Bricquart, elle-même, souriait. Madame Hennebault sautait encore, à chaque répétition du petit mot, mais un peu moins haut chaque fois, comme une balle qui achève de rebondir. Elle était bien aise, et elle ne se fâchait même plus de voir nettoyer ses assiettes.

Il y eut cependant un peu de gêne quand mademoiselle Morissot, de la Comédie-Française, entra à l'improviste, et juste au moment où La Guithardière articulait une fois de plus le mot. On regretta de s'être laissé surprendre en débraillé par une personne si parfaite, et le départ général en fut un peu hâté.

On s'aperçut alors que M. Lancel-Courtois était là, et, comme d'ordinaire, on n'aurait su dire à quel moment il avait fait son entrée.

Mademoiselle Morissot, qui mourait de faim après sa répétition, accepta quelques petits fours; puis, se voyant seule entre madame Hennebault et l'ami de la maison, elle prit un prétexte pour s'esquiver.

— J'ai eu un jeudi fort brillant, dit madame Hennebault

— Ah! fit M. Lancel-Courtois.

Ils se turent. Ils ne trouvaient plus rien à se dire.

Alors madame Hennebault proposa :

— Voulez-vous monter chez Gaston?

— J'allais vous le demander, répondit M. Lancel-Courtois.

II

LE PARFUM DE ROME

On fait également preuve d'inconséquence lorsque l'on médit du snobisme ou de la politique.

Les bienfaits du snobisme ne sont, d'ailleurs, plus discutés. Il est le conservateur des préjugés utiles, et il accrédite au besoin certaines idées neuves et justes, presque aussi utiles que les erreurs traditionnelles. Sans lui, les artistes « en avant » manqueraient de notoriété et, par suite, de pain. En France, nous sommes devenus musiciens grâce à lui.

La politique, plus méconnue, n'exerce pas une influence moindre ni moins heureuse. Et, par exemple, qui pourrait songer sans frémir qu'une femme aussi importante socialement que madame Gaston Hennebault eût négligé sans doute jusques à sa dernière minute les intérêts de son âme et traité avec la légèreté de nos arrière-grand'mères le problème de la destinée humaine, si une foi catholique fervente, pratiquante et militante, n'était la plus honorable des manifestations contre ce sale gouvernement?

Il n'y a donc point lieu de s'étonner que madame Hennebault requît pour elle-même et imposât à ses proches le conseil — tranchons le mot : la direction — d'un ecclésiastique distingué. Ce qui étonne, c'est qu'elle entourait de mystère les visites de ce personnage, en sorte qu'elle manifestait comme on prêche dans le désert.

Les idées religieuses de madame Hennebault n'étaient peut-être pas aussi simples ni aussi nettes qu'elle-même se plaisait à l'imaginer. Elle aurait pu souffrir cruellement des contradictions de son esprit; mais la nature l'avait faite arrangeante et diplomate. Dépourvue de toute intransigeance logique, l'insoluble ne l'effrayait point. Elle était inépuisable en compromis.

Les traditionalistes ont bien raison de

MONSIEUR HENNEBAULT.

dire que la France est essentiellement chrétienne, mais, hélas! leurs adversaires ne font pas non plus mentir l'histoire quand ils affirment que la même France fut extrêmement peu cléricale depuis un grand nombre de générations. Voilà donc les traditionalistes obligés à l'anticléricalisme, en vertu de leurs propres théories. Cela n'est point pour les embarrasser, ni madame Hennebault, qui, encore une fois, est arrangeante et diplomate.

Chrétienne mordieus et cléricale comme il sied, elle assaisonnait sa religion d'un peu de malice gauloise: et elle prenait les précautions les plus minutieuses pour ne donner aux visites que faisait chez elle M. l'abbé Mornand aucune espèce de publicité

Elle y était fort aidée par une complicité tacite de son fils et de son mari, qui professaient, en ces matières, des sentiments conformes aux siens.

Ainsi, M. Hennebault, qui pourtant retirait un grand bien-être, même physique, de ses entretiens avec le vénérable abbé, ne se souciait point de publier qu'en vue d'une fin vraisemblablement assez proche il se faisait prodiguer par l'Église des consolations éventuelles. Il ne pouvait cependant croire qu'un seul de ses amis l'en eût blâmé, mais la piété ne lui paraissait pas être de son âge, comme s'il était un âge pour les choses éternelles.

Il n'éprouvait pas le même sentiment — il aurait pu l'éprouver, mais il ne l'éprouvait pas — lorsqu'il rendait visite à sa petite amie, Adeline Moreau, du Gymnase.

L'abbé inspirait à M. Hennebault un grand respect et lui communiquait un grand froid. Cependant, ni plus ni moins qu'un libre penseur bercé des refrains de Béranger, M. Hennebault s'amusait énormément quand l'abbé lâchait quelque mot profane, hasardait quelque geste peu conforme à ce que les laïques préjugent de l'action ecclésiastique, croisait ses jambes, découvrait ses chevilles, ou fumait un gros cigare avec sensualité.

De même, Philippe, qui avait pris le parti de ne jamais penser à ces choses, tant sa mère lui avait inculqué la peur de penser mal, Philippe, qui disait seulement : « J'ai des amis athées, ils sont bien à plaindre », et qui ne savait point d'ailleurs si un seul de ses amis était athée pour de bon et, en ce cas, malheureux, Philippe eût été singulièrement vexé d'être surpris par un de ses amis croyants en flagrant délit de remplir ses devoirs.

Pour la commodité, il était une fois entendu que M. l'abbé Mornand venait à l'hôtel de la place Malesherbes le premier lundi de chaque mois, et que toute la maison avait affaire à lui ce jour-là.

Madame Hennebault, zélée, avait d'abord songé à comprendre dans « la maison » les domestiques, selon l'étymologie et l'usage ancien. Mais, comme son vif sentiment de l'inégalité sociale ne lui permettait point d'avoir le même directeur que ses gens, et qu'un sentiment non moins vif de l'égalité chrétienne ne lui permettait pas davantage d'en avoir un subalterne pour la cuisine, elle avait résolu cette difficulté comme de coutume, en n'y insistant pas.

Elle déclarait bien à ses serviteurs, femelles et mâles, quand elle en prenait de nouveaux, que, tout en respectant leur liberté de conscience, elle ne s'accommodait pas de valets ou de cuisinières portés, faute de bons principes, à faire danser l'anse du panier. Mais, ensuite, elle n'y revenait plus: elle n'exerçait sur leur religion qu'une surveillance, pour ainsi parler, indirecte : elle revisait leurs comptes avec un soin pieux, et les préservait, par une surveillance étroite, du seul péché qui lui importât personnellement.

M. l'abbé Mornand n'avait donc à s'occuper que de trois âmes, et voici comme il y procédait.

Il arrivait place Malesherbes vers onze heures et demie, et il allait tout droit à la chambre de Philippe, seul prêt de si bon matin.

Il frappait avec discrétion. Philippe, qui était « à travailler », disait avec nonchalance : « Entrez ! » mais se levait avec une vivacité déférente pour venir au-devant du prêtre

Philippe offrait à l'abbé sa main droite sans, à proprement parler, la lui tendre ni, comme on dit aux armes, se fendre à fond.

L'abbé empoignait cette main, la pressait, la retenait contre sa forte poitrine essoufflée, et regardait Philippe d'un air d'inquiétude si excessive qu'on y pouvait soupçonner de l'ironie.

Philippe souriait mélancoliquement et hochait négativement la tête.

L'abbé poussait un ouf! trop énergique, disait : « Alors, tout va bien », et lâchait la main de Philippe.

Pour entendre cette mimique, il faut se rappeler à quel point madame Hennebault redoutait que Philippe ne dépouillât la robe, sans doute un peu frippée déjà, de son innocence, avant de revêtir, en échange, l'uniforme militaire.

Une telle crainte, assez surprenante chez une mère mondaine, eût été davantage compréhensible chez un prêtre. Cependant l'abbé prenait au tragique beaucoup moins que madame Hennebault un accident qu'il jugeait inévitable, un peu plus tard ou un peu plus tôt; et c'est uniquement pour se conformer aux instructions de la mère qu'il débutait toujours par poser à Philippe la question délicate, en usant de la mimique décrite ci-dessus.

Il n'était pas absolument dupe de la réponse rassurante qu'il recevait du jeune homme invariablement, mais il ne parvenait pas non plus à estimer avec exactitude la proportion du mensonge et de la vérité qui s'y combinaient.

En fait, le jeune Philippe avait bien cédé aux sollicitations d'une curiosité qui se conçoit. A la suite d'un premier essai, cette curiosité s'était trouvée, non seulement satisfaite, mais guérie. Ses récidives étaient extrêmement rares, et s'il ne disait pas la vérité à la lettre quand il se prétendait pur de tout commerce, il la disait cependant beaucoup plus que le respectable prêtre n'eût osé croire.

M. l'abbé Mornand ne pouvait pas soupçonner à quel point ce qu'il sied particulièrement ici d'appeler la bagatelle

PHILIPPE SE LEVAIT.

comptait peu pour le jeune Philippe, au prix de ses deux essentielles préoccupations, à savoir : esquiver la nouvelle loi militaire et ressembler comme un fils à son père, M. Hennebaut.

Une fois cette question des mœurs vidée, l'entretien eût été fort bref si l'abbé avait cru devoir jouer son rôle à la rigueur et prendre pour unique thème les péchés, fort problématiques, de son pénitent.

La physionomie du jeune homme, et celle même des choses qui l'environnaient, l'aspect de son lit, à cette heure encore défait, mais à peine froissé par un sommeil calme, de ses deux petites bergères Louis XVI, confortables, mais à dossier haut et raide, l'ordre de son bureau, les cannes, éperons et cravaches disposés au mur en panoplie, les accessoires de cotillon conservés avec une fidélité superstitieuse, tout cela dénotait la simplicité du cœur, et une façon d'innocence bien préférable à cette innocence positive que madame Hennebault mettait par-dessus tout.

Mais l'abbé ne se gênait point pour aborder tous les sujets profanes qu'il supposait de nature à intéresser Philippe.

Il avait trop le maniement des adolescents de cette classe pour ignorer quelle influence un personnage de son caractère peut prendre sur leur esprit, s'il les entretient à propos du sauteur entre les piliers, d'une marque nouvelle de pneus, ou d'un système perfectionné de carburateurs.

M. l'abbé Mornand se plaisait beaucoup dans la société de Philippe. Ils avaient, au surplus, tous deux, bien des motifs d'entente, bien des traits communs.

De même que le jeune homme, l'abbé possédait une intelligence réelle, mais sans arrière-fond; il avait une âme limpide, paisible, et il se croyait tourmenté, parce que, jadis, il avait cru souffrir du doute. Il s'en était guéri comme les gens dont la volonté n'est pas encore très atteinte se guérissent de la neurasthénie : en s'invitant lui-même, un peu rudement, à n'y plus penser.

Il restait donc volontiers à deviser avec Philippe jusqu'au déjeuner, toujours en retard de quinze ou vingt minutes malgré les efforts que l'on faisait pour être exact le jour de monsieur l'abbé. Quand le maître d'hôtel venait appeler « monsieur Philippe », tous deux se rendaient ensemble et directement dans la salle à manger; et l'abbé avait le sentiment agréable d'être, provisoirement, au même titre que son jeune ami, le fils de la maison.

Dans la salle, madame Hennebault attendait, en tenue de ville fort simple. Elle saisissait la main de l'abbé, elle l'interrogeait d'un regard anxieux; car elle brûlait de connaître la réponse de Philippe à la question de style que le prêtre avait dû lui poser.

M. l'abbé Mornand s'excusait d'un geste timide et gardait scrupuleusement le secret de la confession. C'est Philippe qui se chargeait de dissiper les inquiétudes maternelles. Il disait d'un ton de plaisanterie : « Tout va bien, maman, monsieur l'abbé trouve que tout va bien encore cette fois-ci. »

Cette plaisanterie, qui ne passait pas les bornes de la décence, égayait la mère et l'abbé sans les scandaliser aucunement; et M. Hennebault faisait aussitôt son entrée, comme un acteur qui eût guetté sa réplique derrière le portant.

Après les compliments de bienvenue, il y avait un silence protocolaire de quelques secondes, durant lesquelles il était supposé que l'on pensait au *benedicite* que l'on aurait pu dire. Puis on voulait s'asseoir. Le service commençait. La chère était meilleure que d'ordinaire. Les plats étaient de petits plats, pour flatter la délicatesse attribuée aux gens d'Église. On les savourait avec onction; et l'on causait à demi-voix, en termes choisis, des sujets actuels, mais spéciaux, qui peuvent captiver l'attention d'un prêtre.

Madame Hennebault se retirait après le dessert Philippe faisait deux ou trois fois le tour de la salle, puis se retirait également. M. Hennebault disait alors :

— Voulez-vous monter chez moi, monsieur l'abbé?

Le café leur était servi dans une pièce dénommée, on ne sait trop pourquoi, le cabinet de Monsieur. L'abbé prenait un verre de chartreuse, fabriquée par les révérends pères à Tarragone, et allumait le cigare qui faisait sourire M. Hennebault.

L'entretien devenait plus grave. Toutefois les choses sacrées y tenaient une place encore si discrète, ou s'y mêlaient aux choses profanes si intimement, que M. Hennebault lui-même n'apercevait pas s'il causait de sa conscience avec un directeur, ou de ses affaires avec un ami.

M. l'abbé Mornand ne se sentait point aussi à son aise auprès du père qu'auprès du fils, dont le rapprochait davantage cette fraîcheur commune aux adolescents et aux ecclésiastiques, même âgés. Cependant il trouvait aussi beaucoup d'agrément dans la conversation du père, et il s'y attardait volontiers.

Il n'était guère curieux de psychologie, mais il aimait à flâner dans le jardin des âmes, même quand elles ne lui offraient, comme celle de M Hennebault, que des détours peu imprévus. Il les feuilletait toutes indifféremment avec un plaisir professionnel un peu maniaque, comme les amateurs de bouquins prennent plaisir à feuilleter sur les quais n'importe quoi.

LA CHÈRE ÉTAIT MEILLEURE QUE D'ORDINAIRE.

Lorsqu'il faisait durer ce plaisir trop longtemps, et que madame Hennebault jugeait que la toilette morale de son mari pouvait bien être terminée, elle envoyait le vieux maître d'hôtel gratter à la porte du cabinet. M. l'abbé Mornand descendait alors chez elle. Elle le recevait dans un petit boudoir attenant à sa chambre à coucher

Et c'était miracle de voir comme ce petit boudoir prenait facilement des airs d'oratoire, en dépit de sa destination et de son habitude quotidienne. Il suffisait que les rideaux fussent tirés et qu'un siège haut, à l'intention de M l'abbé Mornand, fût placé auprès d'un siège bas, à l'intention de sa pénitente.

Plus formaliste, plus exigeante que son fils et que son époux, madame Hennebault prétendait retrouver chez elle, dans son domicile privé, les dispositions et, si l'on ose ainsi parler, le confortable du confessionnal, ne fût ce que pour se rappeler une fois de plus qu'elle avait le bonheur d'habiter un hôtel, et qu'elle ne dépendait de personne, ni d'un propriétaire ni d'un concierge.

Bien que monsieur Hennebault, madame Hennebault et Philippe fissent leur possible pour n'avoir, le jour de l'abbé Mornand, aucun souci profane d'importance, — par suite d'un retard imputable au seul pharmacien, M. Hennebault avait reçu ce matin une analyse qu'il aurait dû recevoir hier dans la soirée. Et cette analyse était décourageante.

Le déjeuner, toutefois, n'en fut point gâté. M. Hennebault atteignait tout simplement et sans s'y forcer à ce stoïcisme grandiose des vrais bourgeois-nés, qui donnent des signatures et qui rangent leurs tiroirs à l'instant de mourir, pour éviter à leurs survivants des difficultés insignifiantes ou l'ennui d'une recherche.

La venue même de l'abbé ne l'impressionna pas davantage; et il se félicita seulement de le voir venir sans avoir eu la peine de l'appeler.

Il pressentit qu'il aurait aujourd'hui un plaisir particulièrement sérieux et vif à causer de son âme avec ce bon M. Mornand; et il s'avisa qu'il aurait également plaisir à causer de ses affaires avec son notaire, ou avec l'homme qu'il consultait le plus volontiers sur ses opérations de Bourse.

Au fait, pourquoi n'achever point cette belle journée par une visite à M. Majorel, gouverneur de la Banque du Nord?

A table, il ne se permit aucune des petites infractions à son régime qu'il risquait d'ordinaire lorsque M. l'abbé Mornand déjeunait.

Madame Hennebault, l'ayant remarqué, lui demanda, avec un empressement de politesse tout ecclésiastique, s'il se sentait moins bien. Il ne voulut répondre que d'un geste, et, pour détourner l'attention, il adressa un sourire à peine contraint, légèrement énigmatique, un sourire de reconnaissance peut-être, à son fils, qui lui ressemblait, en effet, plus soigneusement encore que de coutume.

— Laisse donc le pain de ton père! dit soudain à Philippe madame Hennebault. Il suit un régime : ce n'est pas une raison pour que tu suives le même.. Tu n'es pas malade? reprit-elle après un temps, inquiète.

— Non, maman, repartit Philippe. Tout va bien...

Il s'avisa, en prononçant ces derniers mots, que, par un oubli sans précédent, il avait omis ce matin sa plaisanterie mensuelle; et il ajouta :

— Du moins, monsieur l'abbé le dit.

Mais madame Hennebault se contenta de hausser les épaules et reprit sans transition l'entretien en cours, qui la passionnait. Il s'agissait de la séparation des Églises et de l'État.

Madame Hennebault avait une façon prodigieuse de simplifier cette question complexe.

Elle ne doutait point que les partisans de cette loi scélérate n'eussent pour unique objet la fermeture des églises, la misère du clergé et la déchristianisation de la France. Elle s'enthousiasmait et elle s'indignait tout ensemble à l'idée que, prochainement, le culte serait célébré dans des granges, où une femme comme elle aurait à souffrir des courants d'air et de la promiscuité du petit peuple.

Les vues de Philippe sur la séparation étaient à coup sûr moins frivoles, mais encore bien incomplètes.

Il avait eu des velléités d'étudier sérieusement le projet de loi, et il avait même fait l'emplette de plusieurs gros volumes. Leur poids l'avait rebuté, et comme la tournure de son esprit le portait davantage vers la méditation que vers la documentation, il s'en tenait à deux ou trois idées toutes générales, qui n'avaient d'ailleurs aucun rapport avec le sujet

C'est ainsi qu'il répéta machinalement sa phrase favorite :

— J'ai des amis athées, ils sont bien à plaindre.

Puis il retomba dans son mutisme.

Alors M. Hennebault, qui voyait beaucoup plus juste où gît le lièvre, déclara que la séparation est particulièrement inopportune à l'heure où la bourse des fidèles se trouve déjà menacée par l'éventualité prochaine de l'impôt sur le revenu.

Bon chrétien et bon Français, il ne pouvait admettre ni que l'État ni que l'Église fussent frustrés. Il dit cela pourtant d'un ton qui trahissait clairement ses intentions d'échapper les conséquences financières de l'impôt sur le revenu, aussi bien que les conséquences financières de la séparation des Églises et de l'État.

M. l'abbé Mornand ne put s'y tromper. Aussi ne fit-il qu'une allusion des plus discrètes aux associations devant être formées en vue de l'exercice du culte, puis il se remit au plus vite à gémir sur le malheur des temps.

Il le faisait par habitude, et par une sorte d'obligation professionnelle, mais sans attrister ses auditeurs, tant son optimisme rayonnait de lui.

Il était optimiste. Sa foi lui commandait de l'être. Il ne l'était point cependant tout à fait de la manière qu'il aurait dû.

Son optimisme, cela va sans dire, n'était pas celui de Candide, à dessous d'ironie si atroce. Mais ce n'était pas non plus celui de l'Église, *patiens quia æterna*, de l'Église qui se résigne à tout, parce qu'elle sait bien qu'elle aura toujours le dernier. C'était plutôt l'optimisme du théâtre contemporain.

Une éducation trop mondaine, des frottements trop continuels avec le monde avaient fait de M. l'abbé Mornand un disciple d'Alfred Capus plutôt que de l'Évangile.

Il s'interrompit au milieu d'une phrase où figurait le nom de Dioclétien, pour accepter des petits fours et les déclarer excellents.

— Ils viennent de chez Rebattet, affirma madame Hennebault, qui avait souvent des friandises de ce confiseur, et toujours de ses papiers.

— Qu'étais-je donc en train de dire?

reprit M. l'abbé Mornand. — Mais il ne retrouva point son fil.

— Pas même les domestiques, assura madame Hennebault.

M. MAJOREL AVAIT TOUJOURS VINGT-CINQ PERSONNES...

— En somme, personne n'en veut, dit M. Hennebault, parlant de la séparation.

Et à l'appui elle cita un mot, paraît-il, typique de sa femme de chambre.

M. Hennebault fit signe au prêtre, qui le

suivit, après avoir salué madame Hennebault.

— A tout à l'heure, dit-elle, mon cher abbé.

M. MAJOREL APPARAISSAIT DERRIÈRE UN ÉNORME BUREAU.

Elle se retira dans son boudoir. Philippe, abandonné, ne sachant où aller, se retira dans sa chambre.

Les jours de l'abbé, il se sentait meilleur Il avait un trop-plein de charité, de quoi véritablement il ne savait point que faire.

Il se mit à réfléchir sur la loi de deux ans. Il se demanda, pour la première fois, en toute franchise s'il pouvait, sans contradiction, juger cette durée du service trop brève d'un tiers pour les autres et trop longue de moitié pour lui. Il fit un acte d'humilité : il avoua que, s'il devait accomplir deux années de service au lieu d'une, la France n'y perdrait rien Il se résignait, d'avance, à cette corvée, dans un esprit de sacrifice Il éprouvait même, par anticipation, une sorte de joie, bien amère.

Ces réflexions l'occupèrent environ une heure et demie. Lorsqu'il les eut épuisées, il se sentit encore meilleur et voulut faire profiter quelqu'un de cette bonté. Ne sachant sur qui la répandre, il résolut de sortir quand même, à tout hasard, et d'aller toujours devant lui. Dans l'escalier, il eut encore le plaisir de rencontrer M l'abbé Mornand, qui sortait de chez son père et qui entrait chez sa mère.

M. Hennebault, à cette même minute, se sentait également meilleur après son entretien avec l'abbé. Il commanda sa voiture Il était plein de courage, d'allégresse, et tout attendri à l'idée qu'oublieux de ses propres souffrances il allait songer à l'avenir des siens.

Il se fit conduire à la Banque du Nord et demanda le gouverneur, M Majorel. On l'introduisit dans une antichambre où vingt-cinq personnes attendaient M. Majorel avait toujours vingt-cinq personnes dans son antichambre et trouvait toujours moyen de faire croire à chacune que, par une faveur particulière, injustifiée, d'autant plus flatteuse, il la recevait devant toutes les autres.

M. Hennebault se crut l'objet d'un passe-droit pour avoir changé trois fois d'antichambre et, finalement, échoué dans un petit salon où il se trouva seul

Il souriait encore de reconnaissance au

bout de deux heures et demie, quand un huissier à chaîne l'introduisit dans la

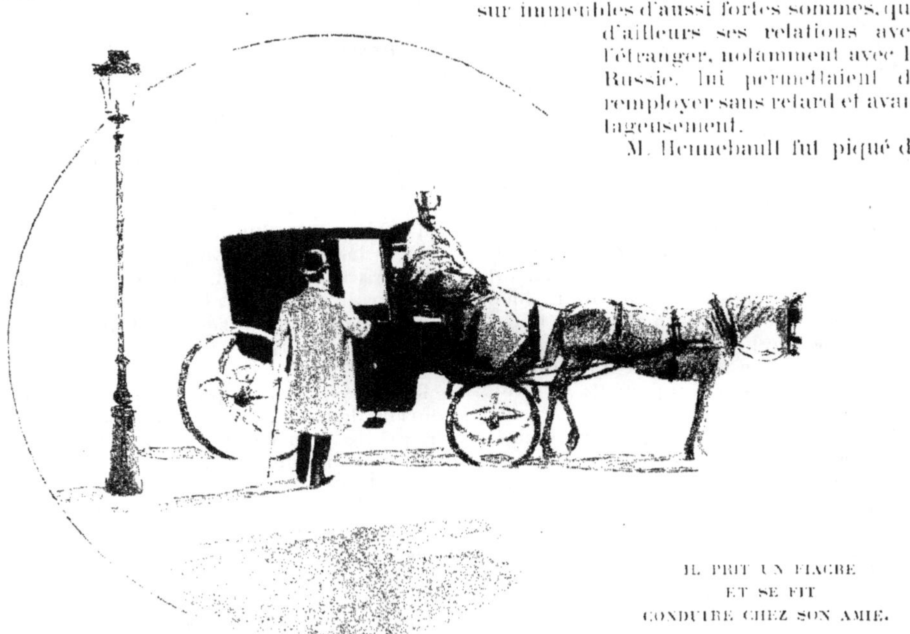

IL PRIT UN FIACRE
ET SE FIT
CONDUIRE CHEZ SON AMIE.

vaste pièce où la tête seule de M. Majorel apparaissait derrière un énorme bureau Empire. M. Majorel est un vieillard tout petit qui ne se doute pas que, depuis très longtemps, ce n'est plus la mode de ressembler à M. Thiers, et qui crie parce que, à force d'avoir fait le sourd, il l'est devenu par suggestion.

M. Hennebault fit réflexion que cette surdité était, en outre, cause de la voix glapissante de madame Majorel; et, tout en se félicitant de sa pénétration psychologique, il demanda des nouvelles de cette dame.

Puis il exposa les grandes lignes d'un projet financier qu'il avait conçu, et qui consistait à emprunter sur ses divers immeubles la plus forte somme possible, garantie par hypothèque, à placer ladite somme en fonds étrangers, d'un taux supérieur à celui de l'emprunt, et à augmenter ainsi ses revenus, tout en dissimulant la majeure partie de son capital, en prévision du fatal impôt.

M. Majorel approuva cette opération, et surprit M. Hennebault en lui révélant que son idée était déjà venue depuis deux ans à la plupart des gros propriétaires.

Jamais la Banque du Nord n'avait prêté sur immeubles d'aussi fortes sommes, que d'ailleurs ses relations avec l'étranger, notamment avec la Russie, lui permettaient de remployer sans retard et avantageusement.

M. Hennebault fut piqué de n'être qu'un imitateur. Mais l'exemple d'autrui lui donnait aussi de la confiance. Il ne sortit du cabinet de Majorel qu'après avoir jeté les bases d'un accord.

Il se sentait encore meilleur, comme Philippe, et, comme Philippe, il désira d'en faire profiter quelqu'un Mais il n'était pas en peine d'imaginer qui.

Il renvoya sa voiture, sous prétexte de faire quelques pas à pied; il prit un fiacre et se fit conduire chez son amie, Adeline Moreau, du Gymnase.

En chemin, il se disait : « Comme tout s'arrange bien dans la vie! » Ainsi, cette visite, qui lui était agréable, il pouvait la faire sans que, d'autre part, sa conscience en fût alarmée : car ses relations avec Adeline Moreau avaient depuis longtemps perdu tout caractère répréhensible.

Il songea que, selon toute vraisemblance, les relations de sa femme avec M Lancel-Courtois avaient également cessé d'être coupables, et il leur pardonna de bien bon cœur à tous les deux, à condition que M. Lancel-Courtois aurait l'élémentaire politesse de quitter ce monde avant lui

Pendant qu'il y était, il pardonna aussi à mademoiselle Moreau de probables infidélités. Il fut même touché jusqu'aux larmes à l'idée qu'elle le trompait sans doute abondamment.

L'excès de ce sentiment attira son attention, et il observa une fois de plus qu'il était aujourd'hui d'une bonté singulière. Son âme lui semblait tout embaumée.

— Le parfum de Rome... murmura-t-il.

Il contempla quelques minutes, avec satisfaction, la façade du petit hôtel si décent, si simple, si anglais, qu'il avait offert à Adeline Moreau. Dès qu'il franchit le seuil de la chambre où l'on voulut bien le recevoir, il engagea son amie à hypothéquer le modeste immeuble pour les trois quarts de sa valeur; et il lui promit une lettre d'introduction pour M. Majorel, gouverneur de la Banque du Nord.

Il lui expliqua l'impôt sur le revenu. Il passa de là, tout naturellement, à la séparation des Églises et de l'État. Adeline Moreau invectiva ces sales socialistes et revendiqua les droits de sa conscience. Cette sainte colère plut à M. Hennebault.

— Personne n'en veut, de leur séparation, murmurait-il encore en mettant sa clef dans sa serrure.

Machinalement, il allait pénétrer chez sa femme; mais il se trouva nez à nez avec M. Lancel-Courtois, qui venait de se faire annoncer. Par esprit de sacrifice, il s'effaça et remonta dans sa chambre, ayant seulement serré la main à cet excellent ami.

M. Lancel-Courtois arrivait à point chez madame Hennebault. Comme M. Hennebault, comme Philippe, elle se sentait meilleure. Aussi, en le voyant, se ressouvint-elle d'abord qu'il était marié: et elle lui dit, avant même de lui donner sa main à baiser :

— Je suis bien en retard avec Amélie. Comment va-t-elle?

— Tout doucement, répondit M. Lancel-Courtois.

III

ESPOIR SECRET

M. le comte de la Guithardière a trop de littérature pour ignorer l'adage latin qui proclame redoutable « l'homme d'un seul livre ». Si, d'ailleurs, M. le comte de la Guithardière pouvait manquer sur ce point de littérature, la sagesse des nations suffirait à lui enseigner que l'on ne doit pas, autant que possible, courir à la fois deux lièvres. Aussi lui arrive-t-il souvent de se demander avec inquiétude si les deux idées qu'il a ensemble ne le mettent point dans un état d'infériorité, relativement aux hommes si nombreux qui n'en ont qu'une seule, et même relativement aux hommes, beaucoup plus nombreux encore, qui n'en ont point du tout.

Mais M. de la Guithardière ne se tient pas à la lettre des proverbes : il est assez fin pour les pénétrer jusqu'à l'esprit. Il a aussi trop de largeur d'intelligence, en même temps que de sens pratique, pour être superstitieux de principes; et il ne se posait cette objection que pour y répondre : qu'il n'y a point de témérité à nourrir deux ambitions simultanément, lorsqu'elles peuvent être couplées (si l'on ose s'exprimer ainsi). Or, on sait bien que les deux ambitions de M. le comte de la Guithardière étaient l'Académie et un beau mariage, qui ne sont pas incompatibles. Il ne jugeait donc point nécessaire de sacrifier, ni même de subordonner l'une à l'autre.

Tout au plus jugeait-il prudent de marquer entre les deux une différence purement chronologique, j'entends de faire passer l'une devant l'autre dans le temps, et comme l'urgence, ou même l'opportunité de sa candidature pouvaient prêter à la discussion, comme il n'y avait pas, au surplus, de fauteuil libre; comme, d'autre part, son fils Alexandre, avec ces grandes jambes qu'il avait, marchait à pas de géant vers l'échéance fatale de la dix-huitième année, M. le comte de la Guithardière, au bout de sa jouissance légale, estimait avec raison que le mariage était le plus pressé.

Il préparait cet événement comme Napoléon ses victoires : ses vues d'ensemble étaient grandioses, et il voyait au moindre détail.

Il soignait son unique soldat, c'est-à-dire lui-même, aussi paternellement que l'Empereur soignait son armée. Il se gardait de se rajeunir trop, ne voulant pas décourager les partis mûrs. Il ne prétendait point faire oublier qu'il était veuf; — veuf d'une exquise femme, l'une des premières victimes du sport automobile, et si soudainement supprimée qu'elle n'avait eu le temps ni de dire ouf ni de faire en sa faveur un testament.

C'est pourquoi, lorsqu'il se teignait, il prenait la peine de réserver, parmi l'ébène factice de sa chevelure, un nombre assez

LORSQU'IL SE TEIGNAIT...

considérable de poils gris, régulièrement espacés.

Il donnait encore le change sur ce que sa personne physique pouvait présenter de défraîchi, en orientant son élégance vers le suranné. Il ne craignait pas les jabots à ses chemises d'habit et, par le moyen de ce linge XVIIIe siècle, il obtenait une physionomie de fantôme de ce temps-là, qui se fût déguisé en homme d'aujourd'hui pour un bal chez les ombres, comme nous autres, vivants, nous déguisons en marquis ou en petits abbés d'autrefois.

Cependant il pesait le pour et le contre d'une alliance avec madame Jourd'heuil. Il s'efforçait d'y réfléchir avec impassibilité, et avec désintéressement — si l'on peut dire. Pour éviter de laisser surprendre son jugement, il s'exerçait à regarder en face, sans éblouissement ni admiration, et comme les aigles regardent le soleil, cette radieuse fortune, qui un jour, peut-être, deviendrait sienne.

En attendant, il ne voyait aucun inconvénient à fréquenter chez la dame beaucoup plus que par le passé, et il ne laissait plus s'écouler une semaine entière sans y paraître.

Cela ne pouvait l'engager en rien. Madame Jourd'heuil, malgré ses relations bourgeoises récentes, n'était pas encore assez admise pour que l'on ne pût la lâcher du jour au lendemain. Personne de bien ne se fût scandalisé, par exemple, si M. de la Guithardière, se mariant ailleurs, se fût abstenu de lui présenter sa femme et d'y remettre les pieds, après y avoir, étant veuf, bavardé et mangé tout son saoul.

Le comte avait d'autant moins de remords de ces arrière-pensées qu'il ne doutait point que madame Jourd'heuil ne les devinât : mais elle avalait toutes les couleuvres. Il se disait bien aussi que l'affaire, bonne pour lui, ne serait point mauvaise pour elle, et que, retranchée du monde par la trop belle spéculation du premier mariage avec l'agent de change richissime et gâteux, elle s'y rétablirait en se prêtant à être elle-même l'objet d'une spéculation analogue, de la part d'un comte authentique et désargenté.

Déjà, entre elle et lui, régnait cette cordialité qu'assure la convenance heureuse des intérêts. Madame Jourd'heuil allait même un peu plus loin que la cordialité, intacte jusqu'à son mariage, et vraisemblablement aussi depuis lors, elle était douée d'un de ces tempéraments fougueux et tardifs dont nos grand'mères plaçaient l'éclosion à la trentième année, nos mères à la quarantième, et que nos filles, si le siècle continue de suivre cette progression, fixeront à des âges qu'on n'ose même plus chiffrer.

Sans honorer madame Jourd'heuil d'un sentiment aussi vif, ni surtout aussi matériel, M. le comte de la Guithardière s'affectionnait à elle de plus en plus, ainsi qu'à ses collections, à ses joyaux, à ses meubles anciens, d'un seul mot : à sa maison.

Non pas qu'il eût la moindre compétence en fait d'architecture, de décoration et d'antiquités; mais il était sensible, et il l'était uniquement, au caractère monumental des objets mobiliers et immobiliers où s'encadrait madame Jourd'heuil.

Alors que la demeure des autres particuliers, même puissamment riches, ne saurait être qualifiée que d'hôtel, la demeure de madame Jourd'heuil ne pouvait être qualifiée que de palais : non point de palazzo, comme disent les Italiens pour n'importe quelle bicoque privée, mais de palais, en bon français, et à la lettre.

Avec ses jardins suspendus, sa double rampe d'accès, la superbe de ses colonnades et de ses mansardes, la demeure de madame Jourd'heuil était bien un palais, dont la moitié au moins à usage de musée. L'autre moitié, prétendue habitable, n'éveillait à la première vue aucune idée d'habitation possible. Elle était, à force d'immensité et de somptuosité, précisément le contraire de ce que les Anglais appellent, sur leurs écriteaux de location, une « désirable résidence ». Et cela tranquillisait tout de suite un prétendant tel que La Guithardière sur ce qu'un mariage avec madame Jourd'heuil comporterait, au maximum, d'intimité.

Ce qui le séduisait encore, c'était le genre et la tenue de cette maison. M. le comte de la Guithardière, qui, au cours d'une carrière déjà longue, est allé à peu près dans tous les milieux, n'avait peut-être jamais vu si belle tenue de maison, sauf chez une illustre comédienne du siècle qui vient de finir, mademoiselle Léonide Leblanc.

Chaque fois qu'il traversait l'espèce de galerie d'Apollon précédant le vaste boudoir où madame Jourd'heuil recevait sa cour, M. de la Guithardière se rappelait l'autre salon, plus médiocre, mais tout parfumé de souvenirs augustes, où Léonide, au coin du feu, faisant une tapisserie au gros point, parlait à demi-voix, avec un respect mélancolique, d'altesses amies et exilées.

La maison de madame Jourd'heuil n'a jamais pu, en effet, acquérir le genre — qui par définition ne s'acquiert pas — le genre familial et traditionnel du véritable faubourg Saint-Germain. Elle ne pouvait davantage prendre le genre bourgeois, puisque les vrais bourgeois, caste plus rigoureuse et plus fermée que la noblesse, s'en sont tenus à l'écart jusqu'à ces dernières années. Mais il a suffi de quelques visites de grands-ducs, ou autres personnages similaires, pour lui donner ce cachet spécial des maisons où les royautés fréquentent, c'est-à-dire de l'étiquette, de l'officiel, avec ce je ne sais quoi d'impersonnel et, somme toute, de pas très distingué qui est inséparable de l'officiel, un air, enfin, d'être meublé — fût-ce de merveilles — par le garde-meubles.

Les proportions et le luxe exorbitant de ce logis le destinent si évidemment aux souverains et aux gens de leur catégorie qu'ils sont devenus pour cette unique raison (car, au fait, on n'en voit pas d'autres) des relations courantes de madame Jourd'heuil. Ils ne manqueraient pas d'y aller chaque fois qu'ils traversent Paris ; et c'est pourquoi les autres amis de madame Jourd'heuil se sentent aussi plus attirés chez elle chaque fois que l'on annonce l'arrivée d'un de ces personnages.

Pour ce motif, si étranger à ses propres calculs, M. le comte de la Guithardière multiplia sans y prendre garde ses visites chez madame Jourd'heuil, lorsque la venue de Sa Majesté le roi d'Espagne à Paris fut imminente. Le jeune monarque se trouva jouer un rôle, bien à son insu, dans cette combinaison matrimoniale.

Le comte rendit même visite à madame Jourd'heuil deux jours de suite : ce qui n'était pas inconvenant, car elle recevait tous les jours de cinq à sept, et elle avait des amis quotidiens. M. de la Guithardière cependant, qui n'était qu'hebdomadaire, s'avisant de sa récidive au moment de franchir la grille, se demanda si un tel empressement n'était point excessif et impolitique. Il faillit rebrousser chemin ; il ne l'osa faire sous l'œil du suisse, dont le sourire lui parut, d'ailleurs, aussi engageant que condescendant.

Madame Jourd'heuil était toujours placée de manière à voir les arrivants depuis l'autre bout de la galerie d'Apollon. Elle vit M. de la Guithardière et elle fut contente. Elle se demanda si elle devait lui témoigner ce contentement en lui disant : « Vous me gâtez », ou bien ne l'accueillir qu'avec une amabilité presque tendre, mais sans faire mine de remarquer la fréquence croissante de ses visites.

Cependant M. de la Guithardière, pour ne pas glisser, pour ne pas faire trop de tapage, traversait lentement, légèrement, la galerie, dont le parquet de marqueterie splendide n'était habillé d'aucun tapis. Il voyait de loin madame Jourd'heuil et il la trouvait avenante. Il se disait : « Qu'elle a grand air ! » Il est vrai que, chez elle, madame Jourd'heuil fait encore et fera toujours beaucoup d'effet. Elle est aussi forte sur le contre-jour que Rembrandt sur le clair-obscur : et il se trouve, par une chance heureuse, que, dans la pièce où elle se tient ordinairement, le style du mobilier exige, aux fenêtres, de lourds rideaux sombres, de quadruples stores drapés.

— Vais-je lui dire : « Vous me gâtez » ?

pensait madame Jourd'heuil, doucement remuée.

M. de la Guithardière achevait de se tirer à son honneur de cette traversée de la grande galerie, qui lui paraissait l'une des épreuves les plus difficiles, mais aussi la plus décisive où se pût produire un homme du monde. Et comme il ne rêvait depuis plusieurs minutes que chutes et plongeons, il se demanda, par un enchaînement d'idées naturel, si, pour baiser la main à madame Jourd'heuil, il ne ferait pas bien de se précipiter à genoux parmi les coussins où elle reposait ses pieds.

LA DEMEURE DE MADAME JOURD'HEUIL NE POUVAIT ÊTRE QUALIFIÉE QUE DE PALAIS.

Mais cette manifestation lui parut un peu trop juvénile, ou peut-être « vieux monsieur ». Elle lui parut aussi téméraire ; car il était plus sûr de s'agenouiller que de se relever avec grâce. Il se borna donc au baisemain classique, et madame Jourd'heuil prit aussi le parti de ne pas lui dire : « Vous me gâtez ». Mais elle lui serra le bout des doigts d'une façon qui pouvait, à la rigueur, passer pour significative.

Elle adressa le « Vous me gâtez » à M. le baron d'Épervans, capitaine de vaisseau en retraite, qui venait de traverser la galerie sur les talons du comte de la Guithardière, mais en faisant, lui, un tonnerre de tous les diables, comme du temps qu'il arpentait le pont de son navire. M. le baron d'Épervans n'est pas compromettant.

— Vous me gâtez, lui dit madame Jourd'heuil.

Puis elle ajouta :

« Tout le monde me gâte...

Et elle sourit à M. de la Guithardière premièrement. Ensuite elle promena sur l'assistance un regard circulaire et la fit participer tout entière de son remerciement.

Il n'y avait que des hommes, entre autres M. Hennebault : des épaves (sauf lui et les deux nouveaux venus) ; de ces gens qui ont toujours l'air d'être d'anciens préfets d'un régime déchu ; et tous avaient cette allure gauche qu'ont les hommes mariés dans les maisons où ils viennent sans leurs femmes.

Sur la petite table où madame Jourd'heuil appuyait son coude, M. de la Guithardière avisa un cadre doré surmonté de la couronne royale. Malin, il s'en saisit d'abord, comme si une curiosité passionnée, un pieux, un irrésistible désir lui eût fait oublier les règles de la discrétion la plus élémentaire. Cette hardiesse toucha madame Jourd'heuil.

— Ah! dit-elle, vous regardez la photographie du Roi? La Reine-mère me l'a donnée quand je suis allée à Madrid les voir, il y a quinze ans.

— Le Roi en avait donc quatre, dit M. Hennebault, qui sait calculer de tête.

On se passa l'objet de main en main, respectueusement, sans rien dire ; et, quand il fut de nouveau sur la table, le silence dura encore quelques instants.

Soudain, M. de Messia, ancien fonctionnaire de l'Empire, se mit à se gausser des socialistes parisiens, qui ne savent quelle figure faire au roi. On ne demandait qu'à rire des socialistes, et M. de Messia eut donc son petit succès.

M. le baron d'Épervans prit la parole. M. le baron d'Épervans, ancien officier de marine, rédige, dans un excellent journal, des comptes rendus remarqués de la guerre russo-japonaise ; mais ce n'est point là une occupation suffisante, surtout lorsque l'on reste des jours, des semaines et presque des mois sans nouvelles de l'une comme de l'autre flotte.

Heureusement, M. le baron d'Épervans a d'autres petits talents de société. Il excelle à présenter avec finesse les lieux communs qui ont un faux air de paradoxes. Il prit texte de cette visite du roi d'Espagne, de la sympathique émotion qu'elle provoque, de l'attitude moitié figue et moitié raisin des socialistes, pour affirmer que le peuple français est essentiellement monarchiste. On se récria sur la justesse, le piquant, et surtout la nouveauté de cette observation.

M. Hennebault, qui songeait à se retirer, et qui voulait auparavant briller un peu, raconta qu'il venait de croiser, sur l'avenue des Champs-Élysées, M. le Président de la République conduisant son phaéton. Les plaisanteries qu'il crut devoir faire à ce sujet ne méritent sans doute pas d'être citées ; mais elles suffirent à maintenir la gaieté générale au diapason où l'avait mise M. le baron d'Épervans.

M. de Messia, démocrate en sa qualité de bonapartiste, osa dire que les souverains héréditaires ne sont pas nécessairement des modèles de chic. M. de la Guithardière saisit la balle au bond et protesta contre l'irrévérence de M. de Messia. Alors madame Jourd'heuil se mit à parler intarissablement des rois et des reines qu'elle connaissait, et des altesses impériales, et des royales, et même des sérénissimes.

Madame Jourd'heuil ne témoignait pas par son exemple que le frottement des personnes augustes raffine fort l'éducation. Elle avait elle-même ce manque d'usage, si fréquent chez les princes, — ainsi d'ailleurs que chez les parvenus, et pour le même motif, — qui est que ni les uns ni les autres ne se trouvent jamais sur le pied de l'égalité avec les gens vraiment bien.

Elle ne se gardait pas assez de l'ostentation. Elle faisait des fautes. Quand elle parlait des pièces les plus encombrantes de ses collections, elle disait volontiers ce que lui en avait coûté, sinon l'achat, du moins le transport. Et l'on aimait à lui poser des questions sur la topographie de son hôtel, parce qu'elle y répondait avec une emphase réjouissante, ne manquant jamais de conclure par ces mots, que soulignait le geste approprié :

— De ce côté, les écuries, *qui sont immenses*.

Madame Jourd'heuil se mit donc à fournir, sur toutes les personnes royales d'Europe, des renseignements intimes et des anecdotes qui paraissaient extraits de quelque magazine ou de l'almanach Hachette. La basse qualité de cette documentation n'empêcha point ses auditeurs de s'en délecter, avec la gourmandise aveugle de gens qui ne discerneront jamais tout seuls les gâteaux de boulanger des gâteaux de pâtissier. Mais la venue de Pierre Souvré les troubla soudain dans leur jouissance.

Bien qu'ils eussent tous des rapports de raccroc, mais assez fréquents, avec des célébrités, aucun intellectuel ne les décontenançait comme cet homme de lettres, pourtant fort jeune encore et point consacré. Un je ne sais quoi les avertissait que sa faculté maîtresse est de lire les âmes à livre ouvert. Ils avaient le sentiment de se voir dans ses yeux comme dans un miroir, et de ne s'y point voir en beau.

Le pire est qu'on ne peut lui rendre comme à un homme de peu la monnaie de ses dédains : car il est né, point né au sens où des nobles l'entendraient, mais né au sens où des bourgeois doivent l'entendre. Il est leur égal, malgré le néant de sa fortune, et il leur est supérieur par l'entente des choses du monde et de la politesse. Rien n'égale son impertinence, si ce n'est sa courtoisie.

Madame Jourd'heuil, bien qu'elle n'ait pas le sentiment des distances dans l'ordre intellectuel, perdait le nord dès qu'elle l'apercevait. Elle le détestait, et elle voulait l'avoir : on ne sait pourquoi, car elle fait fi du talent, et même de la notoriété.

Pierre Souvré la méprisait effroyablement, et se méprisait lui-même de fréquenter chez elle par intérêt. Mais il s'amusait fort du désarroi que sa présence y jetait, surtout lorsque l'entretien tournait à la politique. Ce qui l'amusait encore plus, et qui exaspérait particulièrement madame Jourd'heuil, c'est qu'il transmettait, bien sans le vouloir, par une contagion instantanée, un semblant de son intelligence à M. de la Guithardière, fait pour être toujours la lune de quelqu'un.

A peine, en effet, Pierre Souvré parut-il, que M. de la Guithardière devint compétent pour juger les autres, et apprécia comme l'eût fait Souvré lui-même les banalités royales que l'on débitait. Il se trouva doué pour un temps d'une extrême finesse, et il nota que le seul caractère accusé, le caractère essentiel des bourgeois est un caractère négatif : car la seule épithète qui les qualifie de la tête aux pieds est l'épithète de réactionnaires.

Toute leur sensibilité sociale, si l'on peut dire, se ramasse dans une haine têtue et sotte de l'état présent des choses,

L'UNE, TOUTE JEUNE, ÉTAIT MADAME PIERRE SOUVRÉ

qui ne les frustre pas, mais qui ne leur paraît pas distingué. Rien ne les chatouille que ce qui flatte leur espoir toujours latent, leur espoir secret d'un changement quelconque du régime.

Comme tous les gens préoccupés, M. de la Guithardière rencontrait, à chaque tournant de sa méditation, des occasions de revenir à son idée fixe. Cet espoir secret le fit songer à son propre espoir secret, d'un mariage qui modifierait sa situation encore beaucoup plus qu'une restauration monarchique ne modifierait celle de la France.

L'arrivée de M. de la Touche, l'un des Quarante, lui rappela un autre espoir secret, et il fut reconnaissant à madame Jourd'heuil, qui accablait le vieillard de prévenances.

Puis ses pensées prirent un tour d'intempestive gaminerie Il osa se remémorer certaines légèretés qu'il avait dites naguère chez madame Hennebault, devant M. de la Touche, à propos du parler populaire et des petits mots crus

L'idée lui vint qu'il pourrait bien, après tout, remplacer à l'Académie M. de la Touche lui-même, et que la succession ne serait pas fort effarouchante, et il se mit à souhaiter incontinent la mort de ce brave homme avec une telle naïveté, avec une si furieuse impatience d'enfant gâté, qu'il ne put se tenir d'en rire aux éclats en dedans.

Tandis que M. de la Guithardière s'abîmait dans ses réflexions, l'aspect du salon avait changé brusquement, comme au théâtre. Plusieurs personnes s'étaient retirées, entre autres M le baron d'Épervans, parti pour une tournée d'âme en peine dans les bureaux de rédaction, où il allait quotidiennement demander si l'on n'avait point par hasard enfin reçu des nouvelles de l'amiral Togo ou de l'amiral Rodjestvensky. Par contre, trois jeunes femmes venaient d'entrer dans ce logis plus ordinairement peuplé d'hommes.

L'une toute jeune, était madame Pierre Souvré vive, jolie, avec un rien de genre artiste, voire primitif, qui, même discret, date. C'était une de ces femmes de qui on dit machinalement que le mari ne doit pas être à plaindre, sans d'ailleurs éprouver aucun désir de lui disputer la place.

Dès qu'il la voyait venir, Pierre Souvré faisait une mine qui en disait long sur l'agrément que l'on pouvait trouver avec elle en ménage. Il semblait tout particulièrement exaspéré lorsqu'il la rencontrait chez madame Jourd'heuil, où Magdeleine Souvré prétendait venir par pur dévouement conjugal, pour aider à la carrière difficile de son mari. Elle était toute pourrie de préjugés bourgeois, comme la plupart des femmes soi-disant artistes, et il se peut qu'elle tînt sincèrement cette maison pour douteuse : elle n'en était pas moins éblouie d'y être reçue, parmi tant de faste.

Elle y affectait des manières de petite-fille et de favorite de la maison. Elle s'asseyait par terre aux pieds de madame Jourd'heuil. Elle bondissait de meuble en meuble, en faisant de ces petits gestes mièvres tout à fait passés de mode, sauf dans la bourgeoisie boutiquière, et qu'on appelait jadis « minauderie ». Elle semblait croire que l'un des articles de la civilité puérile et honnête est qu'il faut sautiller en marchant.

Les deux autres femmes, entrées pendant que l'attention de M. le comte de la Guithardière s'égarait, étaient madame Doré, l'une des plus élégantes tapageuses du grand monde industriel, et la fine madame Mennechet, femme du député conservateur qui a l'air d'un toucheur de bœufs.

Ce personnage arriva lui-même à l'instant où M. de la Guithardière calculait combien madame Mennechet serait aussi avantageuse à épouser. Le point de vue du mariage est toujours le premier sous lequel M. de la Guithardière considère toutes les femmes, même celles déjà mariées.

L'entrée du Mennechet le fâcha, non point principalement parce que ce Mennechet était le mari, mais parce que le rustre avait des prétentions académiques!

Mennechet sortait de la Chambre, dont il se mit à donner pesamment les dernières nouvelles. Alors, on recommença de se plaindre en chœur des misères présentes, et de soupirer après n'importe quoi d'autre. M. de la Guithardière, devenant nerveux, se sentit sur le point de penser mal.

Il en fut détourné par l'arrivée d'un petit homme assez tristement vêtu, que madame Jourd'heuil appela aussitôt près d'elle, pour un entretien mystérieux Les autres visiteurs s'efforcèrent de ne pas écouter. Des groupes se formèrent, et le nouveau venu alla de l'un de ces groupes à l'autre dire des bonjours, dès qu'il eut fini de faire son rapport à madame Jourd'heuil. Madame Doré, qui était alors à causer avec M. de la Guithardière, lui présenta l'homme :

— Mon cousin Chavroche... le capitaine havroche.

M. le comte de la Guithardière observa ur lui-même un phénomène psychique ort curieux : au seul nom de Chavroche t avant l'énoncé du grade, il avait deviné ue ce Chavroche était militaire et capi-aine.

Quelle pouvait bien être la cause de cette ivination? Était-ce l'aspect martial de I. le capitaine Chavroche? Ou bien sa açon, plutôt gauche, de porter les effets ivils? M. le comte de la Guithardière econnut qu'il n'y avait là rien de plus u'une association d'idées, due à une onsonance.

Il avait pensé au capitaine Clavaroche, ersonnage d'Alfred de Musset. Voilà ce ue c'est que d'être littéraire! Et quand capitaine Chavroche lui dit : « Je suis avi de faire votre connaissance », il faillit, omme un autre Fortunio, répondre : Chantez, monsieur ». Il se retint.

Madame Doré lui révéla que les fauteurs u récent complot avaient tenté d'em-aucher le cousin Chavroche. M. de la uithardière posa de prudentes questions u capitaine, qui lui dit que le complot tait une blague.

— Évidemment, dit M. de la Guithar-ière.

— Quelle niaiserie d'y couper!

— Je n'y coupe pas.

— Et pourtant...

— Oui.

— Quoi de plus simple que d'enlever I. Loubet?

— Le tout, dit M. de la Guithardière, tait d'en avoir l'idée.

M. le capitaine Chavroche se contredi-ait à chaque réplique. Mais M. le comte le la Guithardière, qui dit toujours omme ses interlocuteurs, le suivait sans a moindre peine dans le dédale de ses ontradictions et s'amusait lui-même de ette virtuosité.

Le comte se sentait plus en forme que amais. Il piaffait. Il avait une incroyable nvie d'appeler M. le capitaine Chavroche Clavaroche ». Et il se rappelait une scie l'un vieux vaudeville : « Vous vous ommez Durand, j'entends bien. N'êtes-ous pas parent d'un certain Dunand? — Durand. — Oui... J'ai connu beaucoup, utrefois, ce Dunand.. — Durand. — C'est juste... » Et chantez donc, monsieur Clavaroche!

— Ah çà, qu'est-ce qui me prend? se demanda M. le comte de la Guithardière avec une certaine sévérité. Je n'ai pas bu...

Il jeta un regard à la dérobée sur

ÉTAIT-CE L'ASPECT MARTIAL DE M. LE CAPITAINE CHAVROCHE?

madame Jourd'heuil, et il comprit pourquoi il était si gai : c'est qu'il ne la trouvait pas à faire peur. Il frotta l'une contre l'autre ses mains soignées.

Mais il advint à ce moment une véritable catastrophe. Madame Hennebault s'était annoncée pour aujourd'hui. Elle achevait tout juste de faire une entrée solennelle, quand Philippe Hennebault parut. Il s'était ressouvenu qu'il devait depuis des éternités une visite à madame Jourd'heuil et il avait imaginé d'y aller rejoindre sa mère.

Or, il avait rencontré, à cent pas du

palais Jourd'heuil, son ami Alexandre de la Guithardière, qui ne savait, comme d'habitude, à quoi employer la fin de l'après-midi.

— Je vais chez madame Jourd'heuil, avait dit Philippe : viens avec moi.

— Mais, avait répondu Alexandre de la Guithardière, c'est que je ne lui ai jamais été présenté.

— Je te présenterai, dit Philippe. Je sais qu'elle a cent fois prié ton père de t'amener chez elle.

C'était bien la vérité. Pourtant madame Jourd'heuil parut plus ahurie qu'heureuse quand Philippe Hennebault introduisit chez elle ce grand diable et le lui nomma.

Elle en perdit le souffle ; et, quand elle redevint capable de lui parler, elle put seulement dire :

— Ah ! qu'il est grand !

L'électricité s'alluma tout d'un coup, et madame Jourd'heuil, qui s'était tournée imprudemment, fut éclairée en plein.

— Cristi ! Elle n'est pas jeune, observa M. le comte de la Guithardière.

IV

TOURS DE VALSE

Presque toutes les difficultés sociales peuvent être résolues par le système des « terrains neutres ».

La diplomatie, qui est la grande école du monde, nous en suggère d'admirables exemples. Citons le spirituel protocole inventé par les souverains qui prétendent visiter le roi d'Italie et le Saint Père au prix d'un seul déplacement, et faire d'une pierre deux coups, si l'on ose s'exprimer ainsi.

Un beau matin, ils se rendent à leur ambassade, qui est un lambeau de leur empire grâce à la fiction de l'exterritorialité. C'est beaucoup moins loin que Berlin ou Londres. Quelques tours de roues et un changement d'uniforme leur suffisent pour se refaire une virginité. L'étrange maladie psychique appelée dédoublement du moi est aussi, à l'occasion, une maladie diplomatique, et les monarques ont le privilège d'en être atteints dès qu'il leur plaît. Leur personne seconde s'en va frapper à la Porte de Bronze, oublieuse et innocente du dîner que leur autre personne acceptait la veille au Quirinal.

Madame Bricquart avait imaginé un biais non moins ingénieux pour recevoir, sans trop se démentir ni se compromettre, celles de ses relations qui ne partageaient pas son radicalisme, et avec qui pourtant cette intransigeante ne voulait point du tout rompre.

Sa fille Hélène étant à l'âge où l'on danse (car, enfin, l'on danse dans tous les partis), elle avait levé un contingent de jeunes couples à qui elle prêtait les salons de son hôtel pour des leçons hebdomadaires de boston. Ces leçons étaient d'autant plus suivies qu'elle en faisait à elle seule tous les frais, et que les inscrits pouvaient en toute sécurité lui réclamer de temps à autre leur note, sachant bien qu'elle ne les prendrait jamais au mot.

Les personnes à enfants, ou même sans enfants, mais qui ne se souciaient point de fréquenter chez madame Bricquart à son jour et d'y rencontrer peut-être des survivants de la Commune, y venaient volontiers ce jour-là. Elles y trouvaient à goûter encore plus abondamment et encore plus somptueusement que d'ordinaire. La conversation était aussi moins gênante, étant nulle, à cause du charivari de l'orchestre : car madame Bricquart, qui voit grand, n'est pas femme à se contenter d'un vulgaire piano pour faire sauter chez elle, même en plein jour de petits jeunes, et un ambitieux violon, ainsi qu'un cornet à piston glapissant, ajoutaient au prestige de ces matinées.

Madame Hennebault avait balancé longtemps si elle rendrait à madame Bricquart une visite régulière, ou si elle irait tout bonnement retrouver Philippe à la leçon de danse.

Elle prit à la fin ce dernier parti, pour des motifs divers, compliqués et qu'elle-même ne démêlait pas fort bien.

Séduite par la belle combinaison de madame Bricquart, elle s'était toujours plu à en profiter, moins par commodité que par dilettantisme. Mais il lui parut que, cette semaine, elle s'y plairait davantage encore. A cette occasion elle se rappela le mot d'un homme d'État sur les « tours de valse » que fait de temps en temps la France avec telle ou telle autre nation, et ce ressouvenir, bien approprié d'ailleurs aux matinées dansantes de madame Bricquart, s'expliquait par le tour de valse que nous venons précisément de faire avec l'Espagne.

Madame Hennebault était encore sous

le coup de l'émotion que lui avait causée la visite d'Alphonse XIII. N'importe quelle autre visite de souverain lui eût procuré sans doute une émotion aussi vive, mais non point aussi attendrie. Comme toutes les mères, et du reste comme toutes les personnes un peu mûres, madame Hennebault a de la sympathie pour les petits jeunes gens. Un petit jeune homme, qui est, par-dessus le marché, auguste, ne pouvait manquer de la mettre hors d'elle. Pour se consoler du départ de celui-là, elle avait un impérieux besoin d'en voir tourner d'autres.

Elle n'était pas fâchée non plus de narguer la vedette du parti radical, au lendemain de ces inoubliables fêtes où le peuple de Paris avait eu des « vive le roi! » plein la bouche. Jolie revanche! Et madame Hennebault souriait avec une vague férocité.

Madame Hennebault souriait avec férocité, mais avec mélancolie. Hélas! c'est fini. « Rêve éteint, visions disparues. » Le charmant petit roi n'est plus là. Madame Hennebault voudrait tant avoir un roi! Pendant cinq jours entiers, elle a cru qu'elle en avait un, et voici qu'elle n'en a plus!

Elle est tombée de son rêve et de son illusion. Elle ne se reconnaît plus ici-bas. Elle n'est décidément point de ce siècle. Elle s'avoue surannée, et, bien qu'elle en soit fière, elle en souffre.

Tandis que sa voiture, capote baissée, l'emporte vers l'hôtel Bricquart, elle promène des regards désenchantés sur l'avenue qu'elle seule nomme encore « de l'Impératrice ». Et elle se rappelle mercredi, la foule si convenable et si enthousiaste, les cuirassiers, la daumont, attelée, ma foi, très bien, le Président, de qui, vraiment, il n'y a rien à dire, le gentil roi, faisant, de sa main dégantée, de grands bonjours et de grands mercis. Ah! Dieu! que madame Hennebault voudrait donc avoir un roi!

Elle fit la réflexion consolante que, si elle était surannée, madame Bricquart, sa cadette, l'était bien aussi, et même plus. Rien ne se marque davantage que le moderne : dès qu'il date d'hier, il a cent ans. Et madame Bricquart avait toujours été moderne : mais, à force d'être dans le train, on s'essouffle.

Madame Hennebault se rappelait malicieusement avec quelle arrogance, il y a une vingtaine d'années, madame Bricquart déclara soudain que l'on doit demeurer près des fortifications : Bricquart faisait

SA FILLE HÉLÈNE.

alors construire un hôtel rue du Général-Appert, au milieu de vastes terrains non bâtis. Cela parut alors d'une noble audace. Aujourd'hui, le quartier est devenu banal. Toutes les audaces de madame Bricquart ont tourné de cette même façon-là.

Elle a des voisins partout, au propre comme au figuré, et le fond de son jardin est gâté par le mur en meulière d'une maison à six étages, non moins haute que celles qui étouffent de part et d'autre l'hôtel Hennebault, place Malesherbes.

Madame Hennebault trouvait même, et non sans raison, son propre second Empire moins démodé, moins offensant que le quatre-vingt-cinq de madame Bricquart.

Dans les demeures tout à fait d'aujourd'hui, faute d'un style original, on cherche la pureté du pastiche, l'unité d'époque, l'agrément, la gaieté — et l'hygiène des boiseries peintes. L'hôtel Bricquart représentait l'avant-dernier genre, le genre artiste, le bric-à-brac du temps où régnaient les peintres, et où tous les intérieurs, en effet, avaient de faux airs d'ateliers.

L'incohérence de cette décoration était plus frappante chez les Bricquart que chez n'importe qui de leurs contemporains, parce que leur dignité les obligeait à donner dans chaque mode nouvelle furieusement et à battre successivement tous les records.

Ils avaient acheté, par exemple, tout ce qu'il y a de chinois et de japonais hors de prix ; ensuite les meubles Renaissance, et depuis, l'Empire; ensuite des tableaux impressionnistes à ne savoir plus où les fourrer : toutes les productions d'ouvriers d'art, parfois originaux, parfois simplement cocasses, qu'ils avaient la spécialité de découvrir et qu'ils déclaraient aussitôt gens de génie. Ils s'étaient encombrés de sculptures, de pots, d'ustensiles même impossibles à classer et à désigner d'un nom; et leur intérieur semblait une espèce de musée d'art décoratif splendide et baroque, où l'on ne concevait point que des êtres doués de moyen bon sens pussent vivre, ni surtout dormir sans cauchemar toute une nuit.

Madame Hennebault n'est pas ce qu'on appelle artiste, mais elle n'est pas non plus dénuée de ce goût qu'on a de naissance, quand on sort de gens qui se lavent les mains depuis cinq ou six générations. Elle a aussi un certain sens du comique. Elle saisissait donc fort bien la drôlerie de ce décor. Philippe, qui a du sérieux, lui avait de plus fait comprendre que le bric-à-brac est la tare des sociétés sans tradition.

Mais ce qu'elle apercevait mieux encore, et qui la comblait d'aise, c'est que les entours de madame Bricquart, les gens de ce bord-là, toute la noblesse républicaine d'il y a dix ans et dont les belles madames n'ont seulement pas eu le temps de se faner, tout ça est préhistorique, ni plus ni moins que le cadre ambitieux et sans style où on l'a vu naguère briller.

Et madame Hennebault se consolait d'être elle-même plus mûre encore que ces gens-là, parce qu'elle l'était mieux et, qu'elle faisait bon effet par contraste, quand elle se risquait dans ce milieu mal vieilli. Elle se flattait d'y apparaître comme une vision gracieuse et vénérable du passé,

ELLE S'ÉTAIT D'INSTINCT HABILLÉE PLUS VIEILLE.

une de ces douairières dont le type est, dit-on, perdu.

Pour y aller, elle s'était d'instinct habillée plus vieille et poudrée plus que de coutume. Elle avait une robe à la grand'mère, en soie, du même gris argenté que ses cheveux. Elle entra tout doucement dans le salon tumultueux, dit bonjour par signes à madame Bricquart, et, se faufilant parmi les danseurs, gagna un coin où des dames qu'elle ne connaissait pas et qui faisaient tapisserie pouvaient lui servir de repoussoir sans l'importuner de leur conversation.

Elle choisit un siège, mais resta debout (sa taille est un peu exiguë). Elle braqua son face-à-main sur cette jeunesse tournoyante et se mit à sourire une fois pour toutes.

La vue des jeunes ne lui était cependant pas très agréable. Certains hommes, certaines femmes de bonne composition éprouvent une grande douceur à regarder ceux qui les poussent dehors. Leur renoncement est bien récompensé : car, ils auraient beau geindre, ils ne recouvreraient pas leur jeunesse passée, au lieu qu'ils jouissent par procuration de la jeunesse d'autrui. Ils se sentent continués. La vue des jeunes inspirait à madame Hennebault un sentiment tout autre, d'ailleurs aussi naturel.

Les années qui la séparaient de l'adolescence avaient fui si vite, son caractère, ses goûts avaient si peu changé, qu'elle ne pouvait se défendre de considérer arbitraire la distinction théorique tranchée que l'on fait de l'automne et du printemps de la vie.

Victime de cet inique et superficiel jugement, elle se révoltait un peu ; mais, à part soi, elle éprouvait quelque satisfaction, car rien n'est flatteur comme de se savoir méconnu lorsqu'on ne se méconnaît soi-même aucunement.

Toutefois, ayant aperçu dans l'embrasure d'une porte M. Lancel-Courtois, son discret ami, elle le trouva vieux, réellement; et elle lui en voulut d'être vieux. Il s'efforçait d'attirer l'attention de madame Hennebault par les mêmes moyens qu'un autre eût employés pour s'y soustraire. Madame Hennebault s'empressa de ne le point remarquer, et s'absorba toute dans la contemplation de la jeunesse qui bostonnait.

Mais elle était mère et ne l'oubliait point. Elle se commanda de ne regarder que son fils entre tous les autres. Hélas, Philippe ne dansait guère bien. Ah! comme, en son temps, c'est-à-dire hier, madame Hennebault avait bien dansé! Philippe valsait avec Hélène Bricquart : madame Hennebault en fut agitée.

Philippe avait l'idée fixe de ressembler à M. Hennebault son père, et cela était si manifeste qu'on ne pouvait plus le regarder sans penser aussitôt à des ressemblances. Madame Hennebault songea qu'il ressemblait au jeune roi d'Espagne

L'instant d'après, elle fit réflexion que Philippe ne pouvait pas ressembler à don Alphonse, puisqu'il ressemblait à M. Hennebault son père, qui assurément ne ressemblait pas au roi. Et, procédant par expérience, elle vérifia qu'en fait Philippe n'avait rien de commun avec le roi d'Espagne, sauf ce je ne sais quoi d'indéfinissable qu'un jeune homme de dix-neuf ans a toujours de commun avec un autre jeune homme de dix-neuf ans. Elle ne poussa pas plus loin le parallèle; mais elle rêva quelques instants à la félicité d'être sujette, et d'avoir un roi, même petit.

Elle consentit enfin à tourner ses regards vers M. Lancel-Courtois, parce qu'elle savait que, timidement, il faisait le même rêve. Philippe valsait encore avec mademoiselle Bricquart. Madame Hennebault s'en réjouit; et cette joie se confondit dans son cœur avec le désir d'avoir un roi.

Mais cette joie se manifestait bien singulièrement, d'une façon détournée. Ainsi madame Hennebault se disait : « Si un jour Philippe, mon fils, prétendait à la main d'Hélène, quelle affaire! Oui, quelle magnifique affaire! et quel scandale! » D'avance, madame Hennebault admirait son propre désintéressement : car elle savait bien que jamais de la vie elle ne consentirait à une telle union, — bien avantageuse, — non, jamais. « Une fille sans religion! Déplorablement élevée! Pensant mal! Une tricoteuse!... »

Madame Hennebault sourit. Elle songeait que les Bricquart, industriels, auraient un jour ou l'autre maille à partir avec leurs ouvriers, et qu'alors ils deviendraient sans doute réactionnaires, cléricaux, toute la lyre! Qui sait si la farouche madame Bricquart ne souhaiterait pas demain avoir un roi, comme faisait madame Hennebault dès aujourd'hui?

Philippe, à qui la forme du gouvernement importait peu, et qui ne souhaitait que deux choses au monde : ressembler à son père M. Hennebault, échapper la loi de deux ans. Philippe valsait toujours avec

PHILIPPE VALSAIT ENCORE AVEC MADEMOISELLE BRICQUART.

Hélène. Et même il flirtait avec elle, bien qu'il eût peu de goût au flirt. Mais le flirt avec Hélène Bricquart n'était pas ordinaire.

Philippe, ayant fait ses études dans un lycée d'externes, n'avait jamais eu de contact qu'avec des jeunes gens réservés en paroles et, sinon purs, au moins décents. La conversation d'Hélène Bricquart rappelait le style des romans dits passionnels dont elle faisait sa lecture préférée.

Elle disait des horreurs avec une affectation prodigieuse de naturel et d'impassibilité. Elle était naïvement fière d'étonner un jeune garçon et croyait ne s'étonner elle-même de rien.

Philippe la reconduisit à sa place, près de Magdeleine Souvré, qui était présentement la favorite. Les Bricquart adoptaient de temps à autre une personne de fortune médiocre et l'habillaient comme une sœur d'Hélène. On l'avait à déjeuner et à dîner; on la promenait, on l'exhibait, on l'imposait partout, jusqu'au jour où, subitement, on ne la connaissait plus. La famille Bricquart a toujours eu un grand besoin de protéger.

Pierre Souvré, qui a sa fierté, quoique petit homme de lettres, enrageait de voir sa femme objet de leur protection, mais il en profitait bien aussi. Hélène lui inspirait un sentiment bizarre, de convoitise et de mépris. Il rôdait continuellement autour d'elle, prenant prétexte de la présence de sa femme, et il s'irritait de cette présence incommode autant qu'indispensable.

Il était, cette après-midi, de pire humeur que jamais, un intrus supplémentaire étant venu se joindre au groupe.

C'était un petit d'exactement vingt ans, nommé Richard Peaussier, menu, avec un visage frais et lisse de seize ans, joli, d'allures efféminées jusqu'à l'équivoque, au fond plus homme que pas un, volontaire et impudemment sûr d'arriver à tout.

Sa certitude à cet égard était si bien établie qu'il jouait toujours cartes sur table, en dépit d'une rare aptitude à la dissimulation et à l'hypocrisie. Ainsi, nul ne pouvait douter qu'il n'eût le ferme dessein d'épouser un jour Hélène Bricquart. Le physique, la fortune et l'intelligence de la jeune personne lui plaisaient également.

Lui-même était d'une intelligence bien surprenante. Il avait tout lu, il savait tout, mais son défaut était d'en faire parade, comme les gens qui ne savent rien. Il s'amusait à « coller » ses interlocuteurs, comme on dit dans l'argot des écoles.

Pierre Souvré, dont le mérite n'était pas

mince ni la culture illusoire, fut pris dix fois de suite en défaut par ce gamin, qui ne négligeait point de marquer et d'annoncer les coups, avec un dédain ou une ignorance incroyable des règles de la conversation et des lois, plus générales, de la courtoisie.

Par bonheur, ce Richard Peaussier prolongeait rarement ses joutes quand elles avaient pour théâtre un salon. Il disparut au moment juste où Souvré, excédé, allait lui démontrer par l'*argumentum baculi*, ou à peu près, que, même dans l'ordre intellectuel, la raison du plus grossier est la meilleure; et il courut se faire présenter à M. le comte de la Guithardière. — on ne sait jamais ce qui peut arriver.

Peaussier, qui ne pouvait manquer de tourner à la littérature, ne disait pas qu'il ne poserait pas un jour sa candidature à l'Académie; et comme il ne lui paraissait point habile de la poser avant quelque trente ans, il calculait que, d'ici là, M. le comte de la Guithardière aurait peut-être lui-même enfin cessé d'être candidat.

Le comte sentit l'honneur que lui faisait un M. Richard Peaussier en prenant l'initiative de se faire présenter à lui indigne, et se confondit en politesses. M. Richard Peaussier ne prit pas l'inutile peine de nier l'indignité trop évidente de M. le comte de la Guithardière. Il établit d'abord les distances, témoigna d'un souverain mépris pour les essais littéraires ou prétendus tels de son interlocuteur, et marqua bien que jamais il ne se fût fait présenter à un aussi piètre confrère, si ce confrère n'eût joui d'une situation mondaine, usurpée, mais importante.

M. le comte de la Guithardière, tout frétillant d'humilité, répondit à ces avances par de nouvelles protestations, puis, sans désemparer, tâta le jeune homme sur la politique et la philosophie, pour voir quelles doctrines il devait lui-même sortir de son arsenal si bien fourni en opinions de toute provenance et de toute sorte.

Le jeune Richard Peaussier se manifesta nietzschéen, comme il fallait s'y attendre; et aussitôt M. le comte de la Guithardière, dont les vues sont ordinairement plus modestes, témoigna de prétentions personnelles à la super-humanité.

Richard Peaussier révéla secondement qu'il se mêlait d'instruire le peuple, et M. de la Guithardière, tout en observant, mais à part soi, que cela n'était pas trop nietzschéen, se mit à la disposition du petit apôtre pour faire dans les universités populaires des conférences sur n'importe quel sujet. L'éducateur du peuple ne prit pas de gants pour lui répondre qu'on n'a que faire, dans lesdites universités, de personnalités aussi pommadées, aussi fades, aussi insignifiantes, enfin aussi nulles qu'un La Guithardière.

RICHARD PEAUSSIER.

La musique enveloppante des valses atténuait un peu la rudesse de ces propos, et d'ailleurs M. de la Guithardière, plus que jamais conscient de son indignité, donnait, en hochant la tête à trois temps, son assentiment très humble aux injures dont le gosse l'accablait. Il éprouva cependant le désir, bien légitime, de se dérober à cette douche. Feignant que madame Hennebault l'eût appelé, il lâcha le jeune Peaussier pour se diriger vers elle, et se mit à louvoyer parmi les danseurs, qui parfois, le heurtant au passage, lui imprimaient en sens inverse le mouvement giratoire dont ils étaient animés.

Au même instant, M. Lancel-Courtois, las de sa discrète réserve, faisait la même manœuvre dans la même direction. Madame Hennebault ne les voyait venir ni l'un ni l'autre, et elle commençait à se trouver bien seule dans son coin. S'ennuyant ferme, elle passait en revue ses *desiderata* divers, et faisait notamment réflexion qu'il est douloureux de n'avoir pas un roi.

Elle fut divertie de ces tristes pensées par l'entrée de madame Valvin, qui jeta, de façon assez plaisante, l'émoi parmi tous ces jeunes poussins. Ils flairaient tous qu'ils auraient affaire à elle quelque jour, et sans doute pour leurs débuts.

Madame Hennebault, qui a toutes les indulgences pour cette aimable femme, lui fit signe de venir s'asseoir à son côté. Avant même que madame Valvin fût bien calée dans un fauteuil, la conversation était, on ne sait comment, tombée sur le jeune roi d'Espagne.

— Je l'ai vu, dit madame Valvin.

Et, certes, rien n'était moins significatif que ces quatre mots, rien ne pouvait moins prêter à l'équivoque, ni même à l'interprétation. Mais, dans la bouche de madame Valvin, ils prenaient un accent si inquiétant que madame Hennebault, qui ne se choque de rien, fut choquée, profondément choquée. Elle répondit avec froideur : « Ah! » et se détourna pour tendre la main à M. le baron d'Épervans, qui avait l'air d'un enterrement.

Si l'on songe que M. le baron d'Épervans, officier de marine en retraite, publie dans un excellent journal des comptes rendus remarqués de la guerre russo-japonaise, on ne sera point surpris qu'il eût l'air d'un enterrement. Sa situation était déjà bien compromise lorsque nous restions des semaines entières sans nouvelles de l'une comme de l'autre escadre; mais, à présent que l'une des deux est anéantie, il est évident que la situation de M. le baron d'Épervans ne s'explique même plus. C'est le chômage dans son horreur. M. le baron d'Épervans n'a plus sujet de rien écrire, sauf des considérations générales et vagues. M. le baron d'Épervans n'a positivement plus de raison d'être.

Madame Hennebault lui témoigna par sa poignée de main qu'elle compatissait à ce désastre; mais au même instant M. Lancel-Courtois, parvenant enfin jusqu'à elle, lui baisait presque furtivement le bout des doigts, et lui confiait dans l'oreille qu'il venait d'ouïr une charmante anecdote touchant le jeune roi d'Espagne.

Bien que M. Lancel-Courtois eût parlé à madame Hennebault dans le tuyau de l'oreille, le bruit se répandit comme par enchantement qu'il en savait une bonne sur le roi. Les danses furent interrompues, un cercle se forma : et madame Bricquart elle-même, ainsi que sa fille Hélène, daignèrent marquer de la curiosité, malgré le mépris qu'elles affichaient d'ordinaire pour les porte-couronnes.

Seul, M. le baron d'Épervans affecta de se tenir à l'écart, désolé de constater une fois de plus que les Français oubliaient tout pour le roi, et notamment la guerre russo-japonaise.

M. Lancel-Courtois se fût bien passé d'un auditoire si nombreux, si jeune et des deux sexes; car son histoire, touchante à la vérité, était aussi un peu vive. Heureusement, il pratique l'art des sous-entendus.

Il raconta donc qu'à la suite de correspondances et de pourparlers, non pas entre les personnages officiels d'Espagne et de France, mais entre de tout jeunes gens, qui, sans être eux-mêmes officiels, étaient proches des plus officiels par la naissance et par le sang, l'on avait ajouté un article au programme de la visite royale.

Soumis à une surveillance auguste, tendre, mais un peu jalouse, le jeune monarque n'avait pas encore subi dans son propre royaume une épreuve qui d'ordinaire précède et, dans une certaine mesure, justifie la déclaration de majorité. Mais Sa Majesté s'était résignée de bonne grâce à un retard qui devait lui permettre de subir cette épreuve à Paris.

Les auditeurs de M. Lancel-Courtois témoignèrent, par un murmure, combien ils étaient flattés que le jeune prince eût daigné vouloir s'affirmer, si l'on ose dire, chez nous. Le narrateur, encouragé, donna les détails les plus circonstanciés et les plus précis sur le lieu, le jour, l'heure même où s'était accompli un événement, ensemble historique et humain.

Pour donner à ses révélations plus de saveur, en même temps que de crédit, il n'hésita pas à prononcer le nom de la dame élue après concours, et qui était bien digne de ce choix, par sa fraîcheur, par son incontestable santé, par sa belle stature, et par un développement à quoi les hommes qui débutent ont coutume de se montrer sensibles.

Tandis que M. Lancel-Courtois donnait les dernières touches à cet appétissant portrait, M. le capitaine Chavroche survint et qualifia l'anecdote d'apocryphe, en dépit d'un certain fond vrai. M. le capitaine Chavroche est bien placé pour tout savoir, puisque ses rapports avec l'Élysée l'avaient désigné aux fauteurs du récent complot, et qu'il avait mission de coffrer le Président.

Chavroche ne nia point les pourparlers extra-diplomatiques, ni le choix de la belle personne qu'avait nommée M. Lancel-Courtois. Mais il affirma que l'événement en question n'avait pu encore avoir lieu, et qu'il n'était que préparé pour le cas où Sa Majesté repasserait incognito à Paris.

Cette nouvelle version n'eut aucun succès. Le récit de M. Lancel-Courtois semblait mieux composé, plus littéraire. Il avait un commencement, un milieu et une fin, au lieu que le récit de M. le capitaine Chavroche n'avait, dit Hélène Bricquart, ni queue ni tête.

Le charme était rompu. On se dispersa. Madame Hennebault gloussait de colère. Elle tenait pour la légende de M. Lancel-Courtois son ami, et elle repoussait avec indignation la vérité de M. le capitaine Chavroche. Elle voulait avoir un roi, mais non pas un roi coquebin. L'était-il avant de venir en France? N'importe, s'il avait cessé de l'être à Paris! Et s'il avait, en effet, cessé de l'être chez nous, c'était pour le royalisme de madame Hennebault un petit commencement de satisfaction.

Madame Hennebault sentit que, brusquement, ses idées sur ce chapitre devenaient d'une extraordinaire largeur. Elle songea que son cher Philippe subirait un jour cette épreuve, à moins qu'il ne l'eût subie déjà. Ma foi, si c'était fait, elle en prenait son parti — comme la reine-mère. Elle regarda interrogativement madame Valvin : elle regarda tendrement Philippe.

Mais il lui parut que Philippe ne rêvait point à ces choses, non plus d'ailleurs que tous les autres jeunes hommes qui étaient là : et elle sentit que, décidément, elle n'était pas de ce siècle. Elle tourna les yeux avec plus de complaisance et de mélancolie vers M. Lancel-Courtois, qui avait recueilli pour elle une si piquante histoire. Ah! celui-ci était bien son contemporain! Elle soupira et se leva pour aller au buffet.

Elle y rejoignit madame Valvin. Il était cinq heures dix. Madame Valvin, sur le point de partir pour aller Dieu sait où, réparait, selon sa coutume, d'avance, et, tout en mettant les bouchées doubles, discutait avec M. le comte de la Guithardière, qui disait comme elle. Madame Hennebault écouta, et reconnut avec stupeur que madame Valvin adoptait la mauvaise version, selon laquelle l'événement n'aurait pas eu lieu!

Mais un mot, une intonation, lui révélèrent l'origine de cette opinion inattendue. Valvin était jalouse! Valvin préférait que la dame élue n'eût encore qu'un « tu l'auras » — ou même deux, au lieu d'un bon « tiens »!

Madame Hennebault sourit et, prenant congé de madame Valvin, donna une poignée de main très cordiale à cette inconsciente et charmante femme, avec qui elle s'accordait pour vouloir un roi, et qui, peut-être même, l'osait vouloir plus naïvement

V

LE PLI DU MANTEAU

L'idée vint à M. le comte de la Guithardière que le veuvage ne dispense point de certaines obligations mondaines, et il résolut de rendre en une fois tous les dîners qui lui avaient été offerts durant la saison.

Lorsque cette idée lui fut venue, il se réjouit dans son cœur non qu'il eût un goût bien vif pour l'hospitalité; mais il se promettait déjà un plaisir de dilettante à réunir autour de sa table des gens ne pouvant point réciproquement se sentir, et qu'il était seul à même de grouper, grâce à une prudente habitude de ménager toutes les chèvres et tous les choux. Il entreprit aussitôt la confection de sa liste, et il outra jusqu'au paradoxe le parti pris des rapprochements, jouant, comme un virtuose, la difficulté.

Naturellement, il inscrivit madame Jourd'heuil en tête. « Ah! songea-t-il, je lui demanderai de vouloir bien présider la table, vis-à-vis de moi. » Il ne redoutait point les hypothèses qu'une telle proposition suggérerait, et il n'était point fâché de mettre pour un soir, comme à l'essai, madame Jourd'heuil en la place de celle qui lui avait été ravie par l'un des premiers accidents d'automobile, avec une si ruineuse brusquerie.

Il inscrivit ensuite les Mennechet, par

association d'idées. Il les connaissait peu, mais, si peu que ce fût, il les connaissait par madame Jourd'heuil, et il ne doutait point de leur acceptation, ayant conscience d'être de ces gens que l'on n'a pas besoin de connaître à fond pour aller manger chez eux.

Madame Mennechet lui plaisait fort. Mennechet (le député réactionnaire, qui a l'air d'un toucheur de bœufs) lui inspirait de l'antipathie; mais le sentiment de l'antipathie est, chez M. de la Guithardière, si voisin de la sympathie, que lui-même, la plupart du temps, ne sait à quoi s'en tenir.

MONSIEUR MENNECHET.

Pour faire contrepoids à ce Mennechet, député réactionnaire, le comte jugea qu'il fallait inviter M. Bricquart, député radical-socialiste et capitaliste. M. Bricquart entraînait sa femme et sa fille. Comme l'on ne pouvait présentement les avoir sans leur favorite Magdeleine Souvré, Pierre Souvré (un jeune confrère) s'imposait.

Craignant que son fils Alexandre ne fût trop en évidence s'il demeurait le seul de son âge, M. de la Guithardière invita Philippe Hennebault, qui ne se séparait point de sa mère, de son père M. Hennebault, et de M. Lancel-Courtois.

A l'intention de madame Jourd'heuil, il invita madame Majorel, et M. Majorel, gouverneur de la Banque du Nord, qui ressemble à M. Thiers. Ce dîner devenait excessivement nombreux : M. le comte de la Guithardière — qui a de la littérature — se rappela que, la borne une fois franchie, il n'est plus de limite; et il invita encore M. de la Touche, l'un des Quarante; le capitaine Chavroche, suspect d'avoir failli tremper dans le plus récent complot; le baron d'Épervans, officier de marine en retraite, qui publie dans un excellent journal des comptes rendus remarqués de la guerre russo-japonaise. Enfin il s'avisa qu'il devait peut-être une politesse à ce jeune Richard Peaussier, qui l'avait si rudement attrapé l'autre jour, et généreusement il l'invita aussi.

Alors il se demanda s'il ne ferait pas mieux de donner ce dîner-là au pavillon d'Armenonville. Le choix de ses convives lui paraissait amusant, et il souhaitait que Tout-Paris regardât manger ces gens-là ensemble, comme jadis on regardait manger le roi au grand couvert — lui même, La Guithardière, occupant la place du Roi.

Mais il craignit de fournir à Sem une belle planche double, peut-être en couleurs! Puis il réfléchit qu'il n'avait pas besoin de donner à croire que sa marmite fût renversée, qu'au surplus il ne manquait de rien, que la défunte avait organisé sa maison admirablement, et que leur fils mineur continuait d'y pourvoir, et qu'enfin, par une sorte de vitesse acquise, on se nourrissait chez lui fort délicatement. Il résolut donc de recevoir à domicile, mais la tâche qu'il assumait, réservée d'ordinaire à une maîtresse de maison, lui fit sentir cruellement son deuil et sa solitude. Il éprouva une mélancolie pareille à celle du voyageur qui ne voit s'agiter pour lui aucun mouchoir au bout de la jetée qu'il double.

Le jour de ce mémorable dîner, aucun accroc ne s'était encore produit à sept heures. Toutes les invitations avaient été acceptées, et même avec une espèce de contentement qui perçait sous la banalité des réponses. Il semblait qu'en les rédigeant, chacun se fût dit : « Tiens, mais oui, au fait! Pourquoi ne dînerait-on point chez M. le comte de la Guithardière, qui dîne toujours chez autrui? »

Seule, la réponse du jeune Richard Peaussier exhalait un parfum d'insolence — d'ailleurs indéfinissable, car elle ne contenait que les mots les plus ordinaires et les plus corrects :... *aura le plaisir de se rendre à l'aimable invitation*.... etc. Mais le papier à lettres avait de grands airs, et l'écriture, qui, comme le ton, fait la chanson, était outrecuidante.

Bah! M. le comte de la Guithardière était trop content de lui ce soir pour n'avoir pas d'indulgence. Il avait lui-même veillé en conscience à tout. Comment? il était descendu jusqu'à la cuisine, où le chef, heureux de se dérouiller enfin, lui avait promis des merveilles.

Alors il songea qu'il avait un bon quart d'heure à lui, et qu'il pouvait faire les cent pas dehors avant de revêtir son habit noir.

Presque devant sa porte, il rencontra M. Chapareillan, député progressiste, et regretta de ne l'avoir pas invité : un progressiste n'eût point rompu l'équilibre de Mennechet réactionnaire et de Bricquart radical.

Mais il observa que M. Chapareillan avait le visage défait, et il eut d'abord la naïveté de s'expliquer cette mauvaise mine par la contrariété qu'éprouvait sans doute ledit Chapareillan de n'être point du dîner La Guithardière. Puis il s'avoua que cette explication manquait de vraisemblance, et, prenant lui-même soudain une physionomie funèbre, il assura le député, d'une poignée de main vigoureuse, qu'il compatissait de tout son cœur à un chagrin — qu'il aimerait bien, d'ailleurs, à connaître.

Il n'eut pas lieu d'interroger plus explicitement le représentant du peuple, qui lui annonça, d'une voix étranglée, que nous aurions peut-être la guerre dans les vingt-quatre heures.

Puis, M. le député Chapareillan passa son chemin, laissant M. le comte de la Guithardière absolument stupéfait.

Cette stupeur se conçoit. M. le comte de la Guithardière, non plus que la plupart des simples mortels en France, n'ayant eu vent d'un événement pareil, et qu'il s'était peu à peu accoutumé, depuis trente ans, à tenir pour impossible. Mais il ne demeura stupide que peu d'instants, sachant d'autre part, ainsi que nous tous, qu'il faut bien s'attendre à tout.

La première pensée qui lui vint ensuite fut qu'il n'avait point pensé d'abord qu'il avait cinquante ans sonnés; et cet oubli de soi-même le rendit fier: d'autant qu'il ne se rappela son âge que pour regretter de n'appartenir plus même à la réserve de la territoriale. Il se jura de servir son pays quand même, et il sentit quelque chose comme de l'enthousiasme. Les voiles de sa conscience se déchirèrent. Se rendant à soi-même pleine justice, il connut qu'il avait beaucoup de ridicules, de petitesses, de snobismes, voire d'ambitions viles, mais qu'il était un bien brave homme, décidé à faire, comme un autre, bon marché de sa peau. — quel, d'ailleurs, que fût le prix qu'il attachait à cette peau en temps ordinaire, et si tenté qu'il fût d'en

MONSIEUR CHAPAREILLAN.

augmenter encore la valeur par un mariage de convenance avec la riche madame Jourd'heuil.

Au lieu donc d'être démoralisé par l'effroyable nouvelle qu'il venait d'entendre, M. le comte de la Guithardière rentra chez lui d'un pas alerte, presque joyeux, flairant la poudre, — seulement un peu inquiet pour son dîner. Il ne pouvait point espérer que ses convives demeurassent dans le même état d'ignorance où il était lui-même tout à l'heure, puisque deux députés se trouveraient parmi eux. — A propos de députés, il se rappela la figure de l'autre monde que faisait ce Chapareillan, et il en fut extrêmement choqué, personnellement honteux, comme un témoin dont le client ne se tiendrait pas comme il faut.

« A la bonne heure! » murmura-t-il quand il vit paraître M. de la Touche souriant et rose. Le bon vieillard était cependant au courant de tout : car sa phrase d'entrée fut un rappel de l'histoire romaine et de Fabius qui portait la guerre et la paix dans le pli de son manteau. M. le comte de la Guithardière se félicita qu'un académicien eût plus de grandeur d'âme qu'un député, et il oublia de sourire en vérifiant une fois de plus que M. de la Touche, qui dîne en ville depuis un demi-siècle, ne réussira jamais à ne pas arriver le premier.

Madame Jourd'heuil arriva la seconde, et cet empressement parut de bon augure à M. de la Guithardière, non moins que la robe à falbalas de la dame, et un décolleté second Empire révélant des épaules du même siècle. Madame Jourd'heuil ne savait rien encore; mais M. de la Guithardière, voulant n'avoir pour elle aucun secret, lui confia mystérieusement la nouvelle.

L'entrée des quatre Hennebault empêcha tout commentaire — nous voulons dire : l'entrée des trois Hennebault et de M. Lancel-Courtois. Mais, comme ils étaient informés de la chose, ils en parlèrent presque aussitôt, avec une légitime émotion, toutefois décemment et très à la française.

MM. Hennebault et Lancel-Courtois vantèrent le temps passé et le système du remplacement. Madame Hennebault avait toute la liberté d'esprit d'une mère dont le fils n'atteindra que dans un an l'âge de la conscription. Philippe, que deux années de service militaire épouvantaient, venait, par contre, de s'apercevoir qu'il n'aurait point de répugnance insurmontable à donner et à recevoir des coups; et il était flatté de cette découverte.

Les Bricquart et les Mennechet firent presque simultanément irruption. Le député réactionnaire ne paraissait pas moins défait que, tout à l'heure, M. Chapareillan; et son teint, rouge d'ordinaire jusqu'au violet, approchait de la lividité. Il jetait des regards furieux au député radical, qui avait l'air provocant des gens dont la cause n'est pas bonne. Madame Bricquart et mademoiselle Hélène Bricquart avaient, sans doute pour le même motif, la même expression de physionomie. Chacun sentit qu'il ne fallait point aborder le fatal sujet, mais, comme l'on ne pouvait parler d'autre chose, l'on se mit à causer tout bas, par petits groupes sympathiques.

Les invités, un à un, entraient, passaient devant le maître de la maison, allaient aussitôt s'agréger à celui de ces groupes qui les attirait le plus; et le salon de M. le comte de la Guithardière ne ressemblait pas mal à une maison mortuaire un quart d'heure avant le départ pour l'église.

Le pauvre comte se désespérait, quand il vit enfin venir M. le baron d'Épervans auquel il ne pensait plus du tout. C'était le salut! Le baron d'Épervans fournissait un autre sujet de conversation générale : la guerre russo-japonaise; et il y avait assez de rapports, en même temps que de différences, entre ce sujet-ci et celui qu'on ne voulait point toucher, pour intéresser tout le monde sans effaroucher personne.

M. le comte de la Guithardière prit un air riant et demanda au baron sa pensée sur le président Roosevelt. Mais M. le baron d'Épervans prit l'air d'un homme qui n'aime point qu'on se moque de lui. Il ne trouvait pas qu'il y eût de quoi rire.

Sa situation, déjà pénible lorsque l'on demeurait des mois sans nouvelles de l'une comme de l'autre escadre, critique depuis que l'une des deux flottes était anéantie, devenait tout bonnement grotesque si la paix était signée. Il ne pouvait s'expliquer l'initiative du président Roosevelt que par une hostilité particulière à l'égard de lui, baron d'Épervans; il fit de la continuation de la guerre une question personnelle, et il produisit des arguments si manifestement insensés qu'une discussion fort aigre s'engagea.

Ce début était regrettable, et M. de la Guithardière, en sueur, se demandait pourquoi diable on n'annonçait point le dîner, quand il prit garde que, passé huit heures vingt-cinq, le petit monsieur Richard Peaussier n'était pas encore là. Ce jeune homme n'avait pu, à vingt ans, prendre l'habitude de n'arriver pas le dernier, non plus que M. de la Touche, à soixante-dix, celle de n'arriver pas le premier.

M. de la Guithardière se fâcha, et Alexandre fut, de sa part, donner au maître d'hôtel l'ordre de servir sur-le-champ. Cela fit diversion.

Malheureusement, M. Peaussier entra par une porte, à l'instant même où le maître d'hôtel ouvrait l'autre à deux battants; il omit de s'excuser; et, pour se donner une contenance, il entreprit de tourner M. le baron d'Épervans en ridicule. Peaussier ne se contentait pas d'être intelligent : il désirait encore se faire une réputation d'esprit. Il avait observé que l'on y atteint facilement, même si l'on n'est pas à cet égard très doué, à condition de toujours dire explicitement et avec

LES INVITÉS, UN A UN, ENTRAIENT, PASSAIENT DEVANT LE MAITRE DE LA MAISON...

tranquillité ce que les règles de la civilité puérile et honnête recommandent de taire, ou, au moins, d'envelopper.

Il ne répugnait pas à l'emploi de ce procédé trop commode, parce qu'il était, en général, pour le plus grand succès et pour le moindre effort. Il n'éprouvait non plus aucune gêne à prendre pour cible des gens ayant le double de son âge ou le triple, parce qu'il ne respectait personne au monde pour quelque motif que ce fût. Il se flattait d'être le champion d'une jeunesse nouvelle, qui a battu tous les records de la mauvaise éducation.

Les attaques du petit jeune homme au triste baron d'Épervans n'eurent pas même l'avantage de lancer la conversation : car il parlait avec une telle volubilité que nul autre ne pouvait placer un mot. Il ne permettait pas au baron lui-même la moindre réplique, et il le boutonnait de tous les côtés sans lui laisser le temps de crier : « Touche ! »

Cet assaut aurait bien continué jusqu'au dessert si le jeune Peaussier n'eût été, par chance, effroyablement gourmand. Il s'aperçut tout d'un coup qu'il ne savait pas le goût de ce qu'il mangeait, ou plutôt qu'il ne mangeait guère, tandis que les autres, réduits au mutisme, se rattrapaient sur le dîner. Il se fût, rien que par principe et pour maintenir sa primauté, jeté sur n'importe quoi : mais il s'avisa, quand il y daigna prendre garde, que la cuisine de ce La Guithardière était excellente. Une certaine mousse de jambon le ravit. Le Pommery Greno brut n'était pas non plus pour l'effrayer. Il se mit à boire autant qu'à manger. Et enfin il eut la bouche pleine.

M. de la Guithardière en profita pour amener la conversation à un point convenable de généralité.

— Monsieur de la Touche, dit-il, vient de me rappeler Fabius, qui portait la guerre et la paix dans le pli de son manteau. De même, le président Roosevelt...

— Ce n'est pas, interrompit M. de la Touche, au président Roosevelt que je faisais allusion.

— Hélas ! dit M. Mennechet, qui, dès le potage, avait repris la belle couleur rouge des apoplectiques, et qui retourna au vert subitement.

Mais cet « Hélas ! » resta sans écho. On ne voulait point toucher aux récents événements extérieurs, et l'on se tint à quelque chose d'académique sur la paix et la guerre, de quoi M. Richard Peaussier voulut bien se désintéresser quelques minutes.

Presque tous les convives tombèrent d'accord qu'il ne saurait être question, pour le moment, de supprimer ou d'amoindrir les charges militaires ; et les uns se félicitèrent de cette impossibilité, tandis que les autres en gémissaient. M. Hennebault regretta les armées professionnelles et le régime de l'exemption. M. Lancel-Courtois, plus moderne, allait jusqu'au volontariat d'un an. Philippe fut obligé de dire comme M. Lancel-Courtois, bien qu'il préférât d'ordinaire le contredire, surtout quand M. Hennebault, son père, était présent.

Tout cela n'était pas bien méchant, mais pas réchauffant non plus. Madame Jourd'heuil ne soufflait mot, ni les Majorel. La Guithardière posa au directeur de la Banque du Nord une question sur la bourse du jour. Mais la réponse du petit homme qui ne se déshabitue point de ressembler à M. Thiers fut longue et assommante. Il expliqua comme quoi les variations de la Bourse ne signifient politiquement rien, à moins toutefois que l'on n'en prenne à peu près le contre-pied ; et il faillit, pour donner un exemple, parler de ce que tous voulaient taire.

« Et Chavroche ! » pensa M. de la Guithardière soudain.

Il pensa en même temps que Chavroche était militaire, et il regretta, vu les circonstances, de l'avoir mis trop au bout de la table. Pour réparer, il le combla de prévenances ; et, en lui recommandant un certain Mouton-Rothschild 87, il l'appela « son » capitaine, bien que n'ayant jamais eu de capitaine proprement à soi.

Il prononça ce « mon capitaine » d'une voix si martiale que tous les courages en furent relevés ; et l'on se demanda si on allait continuer éternellement à tourner autour du pot. Pourquoi, en fin de compte, éviter la question brûlante ? Et, par exemple, pourquoi n'interroger point Chavroche sur l'entraînement de nos réserves ou l'état de notre armement ?

Mais Chavroche ne parut point sérieux : sa notoriété ne datait que du complot, et l'on eût encore pris la tangente si madame Bricquart ne se fût alors livrée à une manifestation aussi singulière qu'inattendue.

Elle éleva ses deux mains, comme pour donner sa bénédiction *urbi et orbi* · de la part d'une anticléricale si éprouvée, ce geste sacerdotal parut surprenant. Elle s'écria,

L'UNIQUE EFFET DE CES VAINS DISCOURS ÉTAIT DE RENDRE ENFIN BRUYANT CE DINER.

d'une voix inspirée : « La paix! la paix! »

On la crut folle, mais il en faut davan tuge pour l'émouvoir : elle estime que tout lui est permis, vu sa fortune; et elle se mit à débiter sans aucune vergogne toutes les banalités pacifistes ayant cours, depuis six mille ans qu'il y a des hommes et qui se battent. Ce discours provoqua, par contagion, une crise générale de lieu commun. Les opinions étaient divergentes, mais les esprits de même valeur, en sorte que ce qui a traîné partout sur le sujet de la paix et de la guerre fut imprudemment resservi.

M. Lancel-Courtois, rarement si animé, développa en termes choisis, mais sans toutefois la rajeunir, la thèse de la paix armée. Courant même sur les brisées de M. de la Touche, il cita l'adage latin : *Si vis pacem, para bellum.* M. Hennebault reprit son parallèle des armées permanentes et de la nation armée; mais il radota un peu. Il avait fait à son régime quelques infractions, et, tourmenté de scrupules, il ne possédait plus sa lucidité. M. Majorel expliqua que la guerre se fait maintenant à coups de milliards, et déclara qu'il avait des raisons personnelles de croire que, provisoirement, personne en Europe ne la souhaitait.

Heureusement, ils parlaient tous à la fois; on n'avait pas l'ennui d'entendre plus particulièrement l'un ou l'autre, et l'unique effet de ces vains discours était de rendre enfin bruyant ce dîner dont le début avait été si morne.

Aussi M. le comte de la Guithardière était-il maintenant rasséréné. Non, ce n'est pas assez dire : M. le comte de la Guithardière était radieux. Un petit nuage cependant offusquait cette joie : madame Jourd'heuil demeurait obstinément silencieuse. Jamais de sa vie madame Jourd'heuil n'était restée si longtemps sans proférer au moins une sottise. « Elle s'embête, se disait à lui-même — familièrement — M. le comte de la Guithardière. Cristi! que c'est embêtant qu'elle s'embête à ce point-là! »

Soudain, des cris inarticulés, sauvages, retentirent à l'un des bouts de la table où était reléguée la jeunesse, à savoir Alexandre de la Guithardière et Philippe Hennebault, Hélène Bricquart, Magdeleine et Pierre Souvré, et l'aimable Richard Peaussier.

Ils avaient commencé par n'être pas très bavards dans leur coin. Philippe, avec douceur et timidité, avait exprimé son désir nouveau de revêtir un uniforme et de se signaler par quelques actions d'éclat. Alexandre de la Guithardière, qui sentait de même, et qui d'ailleurs avait hérité de son père la faculté d'abonder toujours dans le sens de ses interlocuteurs, lui avait donné d'abord la réplique sur le même ton, avec une sincérité et une modestie charmantes, sans que les personnes les plus proches y prêtassent aucune attention.

Mais Richard Peaussier, qui s'était, cependant, empiffré inconsidérément, sentit l'urgence de passer à un autre exercice et reprit la parole. Dédaignant de se mêler à la conversation générale, qu'il jugeait vraiment trop stupide, il s'adressa de façon particulière à mademoiselle Hélène Bricquart, et lui fit connaître comme quoi il se fichait d'être Français plutôt qu'Allemand, Espagnol ou Turc.

Pierre Souvré haussa d'abord les épaules, mais, voyant que cette doctrine séduisait Hélène Bricquart, et qu'il se déconsidérerait lui-même aux yeux de cette jeune personne s'il soutenait une thèse contraire, il fut subitement hors de lui. Par surcroît, Magdeleine Souvré, son épouse, qui affichait ordinairement le chauvinisme le plus étroit et le plus agressif, faisait chorus avec le Peaussier pour plaire à Hélène. C'est alors que Pierre se mit à pousser des cris inarticulés.

Lorsqu'il redevint capable de prononciation à peu près intelligible, on l'entendit qui hurlait — c'est le mot :

— Eh bien! moi .. moi qui ne suis pas militariste ni patriotard, fichtre non!... depuis que j'entends dire ces bêtises-là, je salue le drapeau, oui, je salue le drapeau, chapeau bas!

Magdeleine Souvré, qui ne ratait nulle occasion de témoigner en public qu'elle méprisait son mari, poussa un petit gloussement dérisoire, tandis que madame Jourd'heuil, tirée enfin de sa torpeur, clamait un énergique bravo.

— Et si nous ne pouvions nous en tirer qu'au prix d'une insupportable humiliation? dit une voix si altérée qu'on n'en reconnut pas le titulaire.

— On ne m'humilie pas si je ne me sens pas humilié, déclara Peaussier.

Cette formule ne parut point claire. Alors, furieux, il cria :

— Je m'en fiche, moi, du Maroc.

— Pas moi, dit madame Jourd'heuil, que l'on n'aurait point soupçonnée de porter le moindre intérêt à cette région lointaine.

— Le Maroc, dit M. de la Guithardière pour concilier, n'est qu'un prétexte, ou une occasion.

Pierre Souvré reprit, toujours avec violence :

— Ce qui me dégoûte, c'est que nous faisons mauvaise mine, et, si la guerre éclatait demain, nous marcherions tous avec entrain, on se battrait...

— Comme des lions, dit l'ironique Richard Peaussier

— Parfaitement! Comme des lions!

Un nouvel applaudissement de madame Jourd'heuil encouragea le jeune littérateur. Il regarda fixement Mennechet et déclara que la fâcheuse attitude des députés était encore ce qui le dégoûtait le plus.

Mennechet, au lieu de répondre, se retourna vers Bricquart et lui dit, non moins violemment :

— Qu'avez-vous fait des fonds de la guerre depuis dix ans? Pourquoi manquons-nous de munitions? Où est passé notre argent?

La réplique de Bricquart fut sans doute sur le même ton, mais on n'en perçut pas une syllabe; car, brusquement, la mêlée devint générale et le tohu-bohu si affreux que les adversaires furent réduits à compléter par des gestes leurs invectives qui ne s'entendaient plus. Madame Bricquart et madame Jourd'heuil se faisaient particulièrement remarquer par une pantomime de poissardes.

M. le comte de la Guithardière assistait à cette bataille, impuissant et désespéré, cependant que madame Hennebault respirait à petits coups son flacon et poussait de petits cris comme aux montagnes russes.

Les maîtres d'hôtel, impassibles, promenaient autour de la table d'immenses corbeilles de fruits, que les convives dévoraient avec l'appétit des héros d'Homère, tout en s'injuriant comme eux.

Le cortège n'en fut pas moins solennel, quand on s'en retourna dans le salon, où la conversation des femmes, ainsi que celle des hommes au fumoir, perdit tout aussitôt son âpreté pour retomber à l'ennui sinistre des coutumières après-dînées. Chacun ne songeait plus qu'à imaginer un bon prétexte pour déguerpir le plus vite possible.

Le premier départ fut celui de madame Jourd'heuil.

M. de la Guithardière, obligé par sa situation de veuf à faire la navette entre les femmes et les hommes, la surprit qui essayait de filer à l'anglaise, à un moment où lui-même rentrait dans le salon.

— Oh! fit-il, consterné.

— Je suis forcée, dit-elle, d'aller à l'Opéra, où Son Altesse Sérénissime madame la margrave de Baguse m'a invitée.

M. de la Guithardière n'avait qu'à s'incliner. Pour se dédommager, il accompagna madame Jourd'heuil jusque dans l'antichambre et ne voulut céder à personne l'honneur de lui replacer sur les épaules un splendide manteau, qui avait l'air d'une chape.

IL NE VOULUT CÉDER A PERSONNE L'HONNEUR DE LUI REPLACER SUR LES ÉPAULES UN SPLENDIDE MANTEAU.

Elle se laissa faire, puis, le menaçant de l'éventail (cet éventail avait appartenu, dit-on, à madame Dubarry), elle lui dit :

— Vous ne m'avez guère défendue.

— Oh! fit-il encore, tout penaud.

Elle fut touchée de cet « oh! » et regarda M. le comte de la Guithardière non sans complaisance.

Une même émotion douce les pénétra tous les deux. Mais ils se rappelèrent leur âge et baissèrent la vue. Ils se sentaient ridicules, et toutefois bien sympathiques.

— Vous n'êtes pas venu me voir hier, dit madame Jourd'heuil avec bonté.

— Ah! madame, s'écria le comte de la Guithardière avec emportement, je viendrai certainement demain.

VI

L'ÉPIDÉMIE

Après vingt ans d'une liaison sans nuages, — sans non plus beaucoup de soleil, mais sans nuages, — M. Lancel-Courtois pensait bien n'avoir plus désormais à craindre que madame Hennebault lui causât aucun chagrin, ni même aucune de ces menues contrariétés qui sont plus sensibles que les grandes douleurs à certaines personnes délicates.

Mais le poète a dit qu'il ne faut décerner à nul homme l'épithète d'heureux avant sa mort; et, sans doute, l'on doit réserver de même tout jugement sur la félicité d'une liaison jusqu'à l'heure où elle se trouve rompue. Pour la première fois depuis vingt années, madame Hennebault allait contrarier M. Lancel-Courtois, et de quelle façon extraordinaire, inattendue! Si l'on eût demandé à M. Lancel-Courtois ce qu'il n'aimerait point que fît madame Hennebault, il eût cité tout ce qu'il y a d'imaginable comme écarts de conduite, mais jamais il ne se fût avisé de ce qu'elle lui ménageait; et, à la minute même du péril, il était à cent lieues du soupçon.

C'était peu de jours avant le déplacement annuel qui, pour plusieurs semaines, allait réduire ces deux amis exemplaires à ne se plus voir que par intermittence, au lieu de se voir quotidiennement ; et M. Lancel-Courtois faisait à madame Hennebault l'une de ses dernières visites de la saison.

Ces dernières visites étaient toujours charmantes. M. Lancel-Courtois et madame Hennebault étaient enchantés de se quitter. Ils connaissaient parfaitement l'un et l'autre leur propre cœur et savaient l'excellent effet de ces entr'actes sur leurs sentiments un peu fatigués.

Madame Hennebault se souvenait du temps où les femmes séparaient leurs cheveux par une raie médiane et profitaient de leurs séjours à la campagne pour laisser « reposer leur raie ». Elle faisait de cette expression un usage psychologique, et lorsqu'elle était sur le point de quitter M. Lancel-Courtois, elle se disait : « Quelle chance! je vais enfin laisser reposer ma raie! »

Quant à M. Lancel-Courtois, il avait redouté toute sa vie de contracter une habitude : jamais, d'ailleurs, il ne s'était aperçu qu'une liaison fidèle de vingt ans pourrait bien, à la rigueur, mériter ce nom; et il se félicitait de vérifier chaque année, en juillet, qu'il ne tenait pas à madame Hennebault tant que cela.

Ils avaient à ces moments-là tous les deux un sentiment si vif de leur réciproque inutilité, qu'ils ne trouvaient même plus que se dire, ou bien ils échangeaient des répliques qui ne se répondaient pas, comme il arrive aux personnes un peu dures d'oreille.

— Qu'allez-vous faire à la campagne? demanda M. Lancel-Courtois sans prendre garde que c'était la troisième fois qu'il le demandait. Ne craignez-vous pas, Eugénie, de vous y ennuyer sans Gaston? (M. Hennebault allait suivre à Lausanne, pour son diabète, une cure de macaroni et de solitude.) Eugénie, qu'allez-vous faire à la campagne?

Madame Hennebault, qui avait répondu évasivement aux deux premières interrogations de M. Lancel-Courtois, hésita, sourit, rougit, et repartit enfin :

— Travailler.

— Ah! fit-il : car ce mot, dont les acceptions sont diverses, ne lui offrait aucun sens précis.

Il laissa passer quelques secondes, puis il ajouta :

— Mais encore?

Madame Hennebault rougit plus franchement, et brusquement, laissant tomber le face-à-main que d'ordinaire elle promenait devant ses yeux, elle planta sur son nez un binocle, qui lui donna une physionomie inédite et effroyable.

L'effet en fut si frappant que M. Lancel-Courtois eut le sentiment d'avoir reçu par là une manière de réponse; mais comme il ne démêlait point la signification de cette réponse muette, il interrogea d'un regard suppliant.

Elle enleva son binocle et, reprenant sa

physionomie coutumière, elle dit avec grâce :

— Je ne puis avoir de secret pour vous.

Elle ouvrit un bonheur-du-jour et en tira deux forts paquets de papier.

— J'ai ceci, dit-elle, et ceci à revoir. Ce n'est pas rien.

— Non, dit M. Lancel-Courtois, qui continuait de ne pas comprendre.

Elle le visa de son face-à-main, pour bien voir s'il allait se permettre de sourciller, et elle dit :

— Ceci est mon roman; ceci est ma pièce.

— Ah! dit M. Lancel-Courtois, magnifique d'impassibilité.

— Trois cent vingt pages, reprit-elle en soulevant le tas du roman; et, après un temps, faisant le même geste avec l'autre tas, elle dit : « Cinq actes. »

— Fichtre! dit M. Lancel-Courtois.

— N'est-ce pas? dit-elle.

Et le silence, comme parlaient jadis les romanciers naturalistes, retomba.

M. Lancel-Courtois était consterné. Après quelques instants d'effondrement, il prit sur lui.

— Ne voulez-vous pas, dit-il galamment, me donner communication de ces deux manuscrits?

— C'est impossible, répondit péremptoirement madame Hennebault : j'attends Pierre Souvré, que j'ai prié de venir, et que je vais charger de remettre le roman à M. Brunetière, la pièce à M. Claretie.

— Ah! dit M. Lancel-Courtois sans marquer d'étonnement.

— Mais, poursuivit madame Hennebault avec un air d'implacabilité, j'ai le temps de vous lire un chapitre ou deux avant que Pierre Souvré ne vienne.

— Ah! dit M. Lancel-Courtois avec une feinte allégresse, je les entendrai bien volontiers.

Mais, comme il n'était point du tout pressé de les entendre, il essaya de gagner du temps.

— J'ignorais, dit-il, que vous travaillassiez.

Cet imparfait du subjonctif lui parut une des paroles les plus ridicules qu'il eût émises de sa vie; mais jamais plus il n'eût osé faire une faute de grammaire en la présence de madame Hennebault, qui écrivait pour la *Revue des Deux Mondes* et pour la Comédie-Française.

Il ajouta :

— Comment cela vous est-il venu?

Et cette phrase le désola encore par son ridicule.

— Subitement, répondit madame Hennebault. Il y a cinq ou six mois, le hasard me rendit témoin d'un accident épouvantable, au croisement des rues de la Chaussée-d'Antin et Lafayette. Ce spectacle affreux ne me causa, chose bizarre, aucune émotion; mais il s'imprima en moi si fortement que je dus prendre la plume pour me délivrer d'une image qui devenait obsédante. J'écrivis comme sous la dictée...

— C'est, dit M. Lancel-Courtois, ce que l'on appelle l'inspiration.

— Peut-être, dit madame Hennebault. Toujours est-il que, mon morceau achevé, je n'avais aucune idée moi-même de ce que j'avais bien pu écrire. Je le relus avec curiosité. Et je me dis : « Tiens! Tiens! »

— « Moi aussi, je suis peintre? »

— Précisément.

— Mettez-moi, je vous prie, à même d'en juger.

— Je ne vous lirai rien de la pièce, dit madame Hennebault, parce que je ne sais pas faire des voix différentes, et vous auriez mauvaise impression de mon dialogue, qui est pourtant naturel et vif.

— Je n'en doute pas, dit M. Lancel-Courtois.

— D'ailleurs, fit-elle, le roman vous intéressera davantage.

Comme elle prit, pour dire cela, un petit air malin, M. Lancel-Courtois eut un petit frisson.

— C'est intitulé? demanda-t-il d'une voix altérée.

— « Ce qui sommeille. »

— Ah?

— Oui, vous comprenez... ce qui est, en nous, latent, potentiel...

— Diable!

— Ce qui sommeille dans le cœur de chacun... ou de chacune....

— Parfaitement, dit M. Lancel-Courtois, qui devint fort rouge : car il venait de se rappeler le fameux vers :

Tout homme a dans son cœur un cochon qui sommeille,

et il était honteux de ce ressouvenir secret et involontaire, comme s'il eût, tout haut, proféré une inconvenance.

Mais madame Hennebault avait de nouveau planté son binocle sur son nez, et elle entamait la lecture du troisième chapitre, qui pouvait, dit-elle, se comprendre indépendamment des deux premiers.

D'abord M. Lancel-Courtois n'entendit absolument rien. Madame Hennebault lisait, comme presque tous les amateurs, avec une articulation déplorable, et avec un tel respect de sa prose qu'elle la psalmodiait comme une prose sacrée. Intimidée, furieuse de l'être, elle n'osait plus lever les yeux sur son auditeur, et elle parlait à son corsage. Sa voix tombait au bout de chaque phrase.

Cependant, après quelques minutes, M. Lancel-Courtois eut le sentiment qu'il recouvrait l'ouïe. Des syllabes, des mots, des périodes entières lui furent perceptibles, et lui parurent même présenter un sens. Et quand il comprit il fut épouvanté.

Les personnages de madame Hennebault étaient élémentaires et photographiques. Et comme les trois principaux de ces personnages étaient, sous des noms transparents encore que supposés, madame Hennebault elle-même, M. Hennebault et M. Lancel-Courtois, ce dernier songeait : « Nous voilà frais si jamais ceci est publié! Vingt ans de dissimulation, de prudence, de tact, perdus en un seul jour! Avec la meilleure volonté du monde, Gaston sera obligé d'y voir clair et de se brouiller avec moi! Nous serons la fable, la risée universelle! »

Mais madame Hennebault possédait, outre la faculté de copier littéralement les visages, une faculté non moindre, ni moins naïve, de les déformer. « Voilà donc ce que j'étais pour elle! » se disait M. Lancel-Courtois; et il se rappelait la réalité de leurs amours, il s'étonnait de se voir soi-même métamorphosé en une sorte de modèle amateur, Antinoüs de salon, infatigable batteur de records; il s'étonnait davantage de voir métamorphosée en Messaline madame Hennebault, qui avait manqué toute sa vie de toute espèce de tempérament. Un style prodigieusement ingénu et apprêté soulignait l'indécence

« NOUS VOILA FRAIS SI JAMAIS CECI EST PUBLIÉ! »

de ce dévergondage, où le comique alternait avec l'obscène.

Et M. Lancel-Courtois avait le visage en feu, il retenait de petits cris, il regrettait de n'avoir pas sous la main une camisole de force pour mettre à la raison cette bacchante surannée ; et cependant madame Hennebault lisait comme elle aurait chanté la messe. madame Hennebault débitait pontificalement d'inimaginables malpropretés.

« Ah! quand elles s'y mettent, elles vont bien, » songeait M. Lancel-Courtois

Un mot innocent, mais énorme, faillit le faire éclater de rire. Et, malgré lui, il se répétait : « Qu'est-ce qui sommeille dans le cœur de tout homme? Et dans le cœur de toute femme? Un... Assez!... » Et il se gourmanda sévèrement. Mais, ne connaissant que son devoir, il interrompit madame Hennebault :

— Ma chère Eugénie, lui dit-il, je vous supplie...

Il n'eut point le loisir de poursuivre : Pierre Souvré entrait. Madame Hennebault, reprise de timidité, se défendit de continuer sa lecture devant le jeune homme de lettres

— Je lis trop mal, dit-elle

— Mais non, dit M Lancel-Courtois, vous lisez... avec feu.

Du moins elle ne craignit pas de se montrer femme d'affaires à ce professionnel; et elle le requit formellement de porter son roman à M Brunetière, sa pièce à M. Claretie.

— Je n'ai moi-même, dit Pierre Souvré, rien publié encore dans la *Revue des Deux Mondes*, ni rien fait jouer à la Comédie-Française.

Le sourire de madame Hennebault signifia . « Bon! voilà les jalousies qui commencent! » Elle n'insista point cependant, mais elle dit

— Rendez-moi toujours le service de lire ça, et ne me cachez pas ce que vous en pensez.

Puis elle fit sentir à ses deux visiteurs qu'elle avait besoin d'être seule, sans doute pour méditer un autre scénario.

M. Lancel-Courtois et Pierre Souvré partirent ensemble. Souvré était de mauvaise humeur parce qu'il n'aimait point porter des paquets et que les deux manuscrits de madame Hennebault dépassaient le poids normal.

— Elle ne doute de rien, grommela-t-il.

— Surtout ne lisez pas sa prose, dit M. Lancel-Courtois, qui n'avait jamais parlé si librement de madame Hennebault à un étranger : c'est de la pure et simple pornographie.

— Bah? fit Pierre, égayé.

Il ajouta :

— Ça ne me surprend pas : les femmes qui écrivent — et même les autres — n'ont aucune pudeur.

M. Lancel-Courtois mit un peu trop d'insistance à dégoûter Pierre des proses de madame Hennebault, le jeune romancier flaira l'autobiographie et se promit de lire entre les lignes.

— De quel côté vous dirigez-vous? demanda-t-il à Lancel-Courtois. Moi, je vais chez madame Jourd'heuil

— Ma foi, j'irai aussi.

En traversant la galerie d'Apollon de madame Jourd'heuil, ils entendirent le fracas d'une salve d'applaudissements, et furent, en conséquence, surpris, quand ils pénétrèrent dans l'immense petit salon, de n'y trouver, outre madame Jourd'heuil elle-même, que deux hommes : M. le comte de la Guithardière, M. de la Touche (des Quarante). Leur entrée n'empêcha pas ces deux messieurs de continuer d'applaudir à tout rompre, cependant que madame Jourd'heuil faisait les saluts et les mines d'une danseuse qui vient d'achever sa variation. Quand elle vit Lancel et Souvré, elle feignit la confusion, mais la confusion d'une Galathée qui ne fuit vers les saules que pour se faire davantage remarquer.

M. le comte de la Guithardière daigna enfin donner aux nouveaux venus l'explication de son enthousiasme.

— Elle vient, dit-il, de nous lire une petite merveille.

— Oui, dit M. de la Touche.

— Ah? fit M. Lancel-Courtois, qui échangea un regard avec Pierre Souvré.

— Vous avez le sens de l'antique, dit à madame Jourd'heuil M. de la Guithardière, qui parlait de l'antique bien à son aise.

— Vous l'avez! répéta M. de la Touche.

— Le sens de l'antique? interrogea Souvré.

M de la Guithardière compléta ses explications : la petite merveille de madame Jourd'heuil était une nouvelle antique, inspirée par le commerce quotidien de ses objets d'art et intitulée *Polyphile*. Le comte entreprit de résumer l'histoire de ce Polyphile, qui, pour ne pas mentir à un tel nom, aima en ce bas monde beaucoup de choses et même beaucoup plus qu'il n'est d'usage d'en aimer simultanément. L'aventure était si scabreuse que La Guithardière dut s'arrêter court dès le premier pas.

— Comme vous voyez, dit-il, c'est raide.

— C'est tout bonnement une étude de nu, dit madame Jourd'heuil avec modestie.

4

M. le comte de la Guithardière fit sonner son grand rire qui le tirait de tous les embarras. Mais déjà madame Jourd'heuil avait attaqué Pierre Souvré : elle lui demandait conseil, elle réclamait l'aide du confrère professionnel pour se faire éditer. Ses ambitions étaient assez positives, elle ne s'en cachait point. Elle ne se targuait pas d'écrire comme Loti et se contentait d'une bonne gloire moyenne : ce qu'elle désirait avant tout, c'était de « faire de l'argent » ; et elle voulait sur-le-champ savoir si, en cas de ruine, elle serait à même de gagner sa vie avec sa plume.

Pierre Souvré vit rouge quand cette femme, qui regorgeait d'or, lui avoua qu'elle prétendait encore gagner quelques sous de plus.

— Alors, lui dit-il rudement, vous voulez nous ôter le pain de la bouche?

Madame Jourd'heuil prit cette boutade pour un compliment.

— Oh! dit-elle, je n'en demande pas tant. Et elle sourit avec une horrible gentillesse. Je pensais voir votre femme, ajouta-t-elle. Je lui aurais remis cette copie pour vous la faire tenir. Puisque c'est vous qui êtes venu.

Et elle glissa le manuscrit entre les doigts du jeune confrère.

« Au fait, pensa Pierre Souvré, comment se fait-il que Magdeleine, qui est ici tous les soirs, n'y soit pas aujourd'hui? »

Bien que la présence de sa femme lui fût d'ordinaire indifférente, ou même importune, cette anomalie lui déplut, et il eut hâte de partir. Il se trouvait, par surcroît, gêné, parce que, machinalement, il avait jeté les yeux sur la copie que venait de lui remettre madame Jourd'heuil, et il n'osait plus relever le nez ni paraître s'en désintéresser trop vite, enfin il était tombé sur un passage tellement hardi qu'il éprouvait de la confusion à lire de telles horreurs en présence d'une femme, et même de la femme qui les avait écrites.

Il tourna la difficulté : il déclara d'un ton bourru et flatteur qu'il en avait lu trop pour s'interrompre et qu'il ne pouvait plus être à la conversation. Madame Jourd'heuil le remercia d'un regard à rendre M. le comte de la Guithardière jaloux, et lui pardonna aisément une si courte visite.

EST-CE QUE TOUTES CES GRUES-LA VONT SE MÊLER D'ÉCRIRE?

Elle fut plus surprise de voir se lever, en même temps que Pierre, M. Lancel-Courtois qui avait la réputation de prendre volontiers racine. Mais aujourd'hui M. Lancel-Courtois avait besoin de communiquer ses impressions, et il ne voulait point lâcher le compagnon que le hasard lui avait fourni.

Dans l'antichambre, il sourit en voyant s'augmenter le paquet des paperasses que Pierre Souvré transportait. Souvré haussa les épaules et dit (ayant le langage parfois brutal) :

— Est-ce que toutes ces grues-là vont se mêler d'écrire?

Il regretta aussitôt le mot « grues », qui, s'appliquant à madame Hennebault entre autres, pouvait froisser M. Lancel-Courtois. Mais M. Lancel-Courtois était trop monté contre son amie pour relever une expression d'ailleurs juste.

— Hélas! dit-il.

— De quel côté allez-vous? demanda encore Pierre Souvré, manifestement pour se débarrasser du vieux monsieur.

Il ajouta :

— Moi, j'ai envie d'aller chez les Bricquart, retrouver ma femme qui doit y être.

Puis il s'étonna d'avoir prononcé ces paroles : car depuis environ le troisième mois de son mariage, quand la présence de sa femme lui était quelque part signalée, cela n'était point pour l'attirer, mais pour le faire fuir. Il persista néanmoins à se rendre chez les Bricquart, et M. Lancel-Courtois se découvrit alors je ne sais quelle obligation de visiter l'épouse du riche député radical-socialiste.

« Est-ce que cet homme discret va devenir collant ? » se demanda Pierre Souvré, qui, pour rebuter M. Lancel-Courtois, annonça l'intention d'aller à pied jusqu'à la rue du Général-Appert.

Mais M. Lancel-Courtois ne se rebuta point.

Lorsqu'ils arrivèrent à l'hôtel Bricquart, les deux hommes se regardèrent avec stupeur. On percevait jusque dans le vestibule les éclats d'une voix formidable comme celle de Stentor, dont le timbre était cependant féminin. Nulle autre voix ne répondant à celle-ci, ce tintamarre n'était pas, apparemment, un bruit de dispute, et l'on ne le pouvait, en somme, expliquer d'aucune façon plausible.

Cette étrangeté devenait plus étrange encore par l'air qu'avait le valet de pied de la trouver toute naturelle. Il prit en pitié l'ahurissement, l'effroi des visiteurs, et il leur dit en souriant :

— C'est Madame.

— Ah! fit M. Lancel-Courtois.

Bien que « ce fût Madame » qui hurlât de la sorte, on les introduisit chez elle tout de go. Ils la trouvèrent vêtue d'une robe de moine, ceinte d'une ceinture d'or où étaient suspendues toutes les clefs de la maison et même de la cave, enfin, dans une tenue assez ressemblante à celle que combina jadis Honoré de Balzac.

— Bonjour, dit-elle, vous ne me dérangez pas. Je suis en train de relire mon roman. J'use du même procédé que Flaubert : pour juger l'effet de mes phrases, je les fais passer par mon *gueuloir*.

— Je ne vous dis bonjour qu'en passant, répliqua Pierre Souvré. Je monte chez mademoiselle Hélène, où je pense trouver ma femme.

— Je ne crois pas que votre femme y soit, dit madame Bricquart. Allez chez Hélène, mais revenez vite ici, j'ai à vous parler... Vous devez connaître tout le monde à la *Revue de Paris*?

Souvré fit une réponse évasive, promit de revenir, se promit de ne revenir point, et s'éclipsa, ravi d'avoir semé du moins M. Lancel-Courtois. Il observa, en grimpant chez Hélène, qu'il éprouvait un étrange sentiment d'inquiétude et d'impatience.

Hélène était seule avec l'aimable petit M. Richard Peaussier. Elle lui lisait un essai qu'elle venait de terminer sur le sexe du surhomme, qui devait, suivant elle, être féminin. Pierre Souvré jugea ce thème absurde et fut indigné qu'Hélène, qui avait un Souvré à portée de la main, soumît ses essais littéraires à un Peaussier. Il s'excusa sommairement d'avoir foncé chez la jeune fille et dit :

— Ma femme n'est pas là?

JE SUIS EN TRAIN DE RELIRE MON ROMAN.

— Vous voyez bien.

— C'est extraordinaire!

— C'est extraordinaire en effet, car je lui avais donné rendez-vous, et nous l'avons attendue trois quarts d'heure avant de nous décider à lire sans elle.

Hélène marqua ensuite par un silence qu'elle ne voulait point engager une conversation avec Pierre, ni poursuivre sa lecture devant lui.

— Je vais, dit-il, aller voir à la maison si elle n'y est pas.

— C'est ça, et envoyez-la-moi.

Pierre descendit l'escalier quatre à quatre, oublia son ballot de manuscrits dans l'antichambre, et, aussitôt dehors, héla un fiacre à taximètre, bien qu'il demeurât à deux pas. L'idée lui était soudain venue que Magdeleine le trompait et qu'il allait la surprendre dans les bras d'un amant.

DONNE-MOI CETTE LETTRE!

Son imagination de littérateur lui représentait la chose avec une admirable précision. Il éprouvait simultanément la rage classique du mâle lésé, capable de meurtre, et une grande espérance, une indicible joie. Enfin, il allait pouvoir se débarrasser de Magdeleine!

Mais qui diable pouvait être l'amant de Magdeleine? Pierre Souvré cherchait et ne trouvait point. Cette recherche vaine augmenta sa fureur. Il oublia de payer son fiacre. En arrivant à son étage, il suffoquait. Sa main tremblait si fort qu'il ne put introduire la clef dans la serrure. La bonne à tout faire, qui l'entendit, lui ouvrit la porte. Il avait si mauvaise figure qu'elle prit elle-même, en le regardant, un air ahuri et suspect.

— Madame est là? demanda-t-il brièvement.

— Oui, monsieur.

— Elle n'est pas sortie de la journée?

— Non, monsieur.

— Est-ce qu'elle est malade?

— Mais non, monsieur.

Il repoussa la bonne et se précipita dans la chambre de Magdeleine où d'abord il ne vit que le lit conjugal. Le lit conjugal était bien tranquille! Magdeleine était assise devant son petit bureau Louis XVI à cylindre. Elle parut troublée à la vue de son mari, et dissimula — fort maladroitement — ce qu'elle écrivait. « Voilà, pensa Pierre, une lettre que je vais prendre tout à l'heure. »

— Tu n'es donc pas allée chez madame Jourd'heuil? dit-il d'un ton menaçant.

— Non.

— Ni chez Hélène?

Sans lui laisser le temps de répondre, il cria :

— J'en viens!

— Ah!

— Qu'est-ce que tu as fait toute la journée?

— Mais tu m'ennuies!

— Je te demande ce que tu as fait.

— Je ne te réponds pas. Tu m'assommes. Ce que je fais ne te regarde pas

— Tiens!..

Il prit un temps. Puis, de nouveau, il cria :

— Tu écrivais. A qui?

Elle ne desserra point les dents. Il bondit sur elle.

— Donne-moi cette lettre!

— Non! Laisse-moi tranquille! Fiche-moi la paix! Tu me fais mal!

« Cristi! songea Pierre, voilà que nous jouons la grande scène du *Demi-Monde*, c'est idiot! »

Et il lâcha les poignets de Magdeleine qu'il avait commencé de meurtrir, comme au théâtre.

Mais, en s'écartant du bureau, sans le vouloir il accrocha le sous-main, qui dégringola en même temps que l'encrier, et deux ou trois centaines de feuillets noircis.

— Qu'est-ce que c'est que ça? dit-il.

Magdeleine s'était prestement mise à quatre pattes et sauvait de l'inondation les précieuses feuilles. Machinalement il l'aidait.

Il ramassa une chemise de papier bulle où il lut : LA HAINE CONJUGALE, ROMAN.

Il ne put se tenir de jurer, et, levant les bras au ciel, il s'enfuit dans son cabinet.

VII

MÉNAGE D'ARTISTES

Depuis que Pierre Souvré, fouillant dans les paperasses de Magdeleine, y avait trouvé, au lieu d'une lettre compromettante, le manuscrit d'un roman, il ne décolérait plus.

Sans doute, s'il eût tenu en mains la preuve écrite d'une infidélité de sa femme, il eût d'abord été mortifié, comme le premier venu, — ou davantage, car les hommes supérieurs et imaginatifs sentent ces choses-là plus vivement. Mais à présent que l'infortune en question redevenait hypothétique, et même, avouons-le, improbable, il n'en considérait que les avantages; et il se demandait quel crime il avait bien pu commettre, pour être, en guise de punition, excepté d'une destinée si commune.

Car enfin cette distinction (si l'on ose s'exprimer ainsi) est si répandue qu'elle ne distingue plus que les gens qui en sont privés, — comme la décoration : et Pierre éprouvait en effet, à n'être pas ce qu'il qualifiait comme Molière, le même genre d'irritation que les candidats chevaliers dont le nom est annuellement omis sur les listes du 14 Juillet.

Il était grognon, obsédé par l'idée fixe.

Comme il n'y avait rien de réel dans son cas, sa fantaisie pouvait se donner libre cours, et il s'énumérait, en les exagérant fort, les profits éventuels de l'accident, ni plus ni moins que Perrette, qui n'a sur la tête qu'un pot au lait.

Il se voyait déjà libéré par le divorce, à un âge où il se pouvait refaire une vie toute neuve, et dans quelles conditions meilleures! Il était parfaitement décidé à épouser le plus vite possible Hélène Bricquart. Il l'aimait. Il l'aimait avec exaspération. Il mourait d'envie d'avoir le droit de la battre, et il l'eût épousée rien que pour ce motif. Mais il s'installait aussi, d'avance, dans la confortable dot d'Hélène, qui le mettait à même de satisfaire ses goûts magnifiques d'artiste, et il rêvait d'unir en sa personne, à la supériorité de l'intelligence, la force de l'argent.

Comme il était doué toutefois du plus vulgaire sens commun, il laissait à tout propos choir ce que nous continuerons d'appeler son pot-au-lait. Hélas! quelle chute de son rêve à la réalité!

Son ménage, comme presque tous les ménages d'artistes, était horriblement bourgeois. Non, Pierre Souvré ne se résignait pas à croire que ce fût là son définitif établissement, et, revenant à son hypothèse première d'une infidélité de Magdeleine, il supposait, comme font les mathématiciens, le problème résolu.

Il tenait avant tout pour démontré que Magdeleine le trompait, et il se remettait à chercher avec qui elle le trompait. Il employait à cette vaine recherche une part de son temps de travail, et il se gourmandait ensuite d'avoir gaspillé des heures. Il gaspilla même de l'argent, car il dépensa le prix de deux chroniques à faire suivre sa femme une demi-semaine. Il se donna pour excuse que ce lui serait une occasion d'étudier les agences de police privée.

Lorsqu'il s'en alla recevoir le rapport de son agent, il tremblait d'apprendre ce qu'il avait cru souhaiter. Il fut quitte pour la peur. Le policier l'accueillit avec une façon de respect gouailleur, et lui déclara que le mari d'une femme si manifestement irréprochable n'a rien de mieux à faire que de la garder.

A peine rassuré, Pierre enragea de l'être; et il se demanda le long du chemin s'il n'allait pas tout bonnement, pour en finir, tomber, devant témoins, sur Magdeleine à bras raccourcis. Mais ce procédé, plus simple, présentait par contre un grave inconvénient : le divorce eût été prononcé contre Pierre, qui s'aperçut qu'il tenait absolument à faire condamner sa femme. « Suis-je bourgeois ! » pensa-t-il, et il essaya de se raisonner. Ce fut peine perdue.

De plus, un homme sain d'esprit ne saurait tomber à bras raccourcis sur une femme, et même sur la sienne, si elle ne lui fournit aucun prétexte; et Magdeleine ne lui en fournissait aucun.

Hélas! ce psychologue eût été bien surpris s'il eût pu lire dans l'âme de sa décevante épouse, et voir comme elle se disposait peu à servir les projets téméraires qu'il avait conçus. Deux êtres, même quand le plus intime des liens les unit, demeurent toujours séparés par une véritable cloison étanche, et l'entente est théoriquement impossible entre les époux, même dans le désaccord. Jamais, comme on a dit un peu grossièrement, deux pendules ne sonnent en même temps l'heure.

Magdeleine était assurément indignée que Pierre se fût permis de fouiller dans ses écritures, mais elle en était aussi flattée; elle en était même troublée. Elle avait encore dans les oreilles l'étrange vibration de cette voix jalouse, dont l'accent ne peut tromper ceux-là même qui l'entendent pour la première fois. Enfin, Pierre ne l'avait pas frappée à la lettre; mais elle avait senti le froissement de ses mains brutales et c'était le premier contact de lui qu'elle n'eût point trouvé exclusivement désagréable.

Depuis lors, et sans le vouloir, ni même sans y penser, elle était devenue déférente, obséquieuse, humble. Elle mettait Pierre hors de lui par le soin qu'elle paraissait prendre de ne lui donner aucun sujet d'irritation. Elle rentrait, le soir, la première, et n'omettait plus de commander le dîner. Elle acceptait toutes les rebuffades, et même faisait mine de les trouver justes. « Mais, se disait Pierre, qu'est-ce qu'elle a donc? Son bon caractère est encore plus assommant que le mauvais! »

Il finit par s'inquiéter. « On dirait qu'elle me fait la cour! C'est le comble! »

Magdeleine lui faisait la cour en effet.

Un peu par inconsciente gratitude des bourrades qu'elle avait reçues; mais surtout par calcul, et en vue d'un objet bien déterminé.

« Maintenant, se disait-elle, Pierre sait que j'écris..» Elle s'était cachée de lui, soigneusement; pour rien au monde, elle ne lui eût avoué elle-même qu'elle lui faisait concurrence; mais elle était soulagée, enchantée qu'il l'eût appris, et appris par ce moyen-là, sans qu'elle eût la peine ou l'embarras de lui rien dire.

Certes, son mari, comme littérateur, ne lui inspirait que le plus profond dédain; d'abord parce qu'il était connu, et elle débutante; ensuite, parce qu'il était homme, et, enfin, parce qu'il était son mari : on est encore moins prophète dans son ménage que dans son pays. Au surplus, la femme d'un littérateur en veut toujours à sa rivale la littérature, même quand le littérateur lui est indifférent. Magdeleine pensait aussi qu'il est bien incommode de porter un nom déjà plus d'à moitié fait, et d'atteindre à une célébrité personnelle lorsque l'on partage déjà la notoriété d'un autre.

Mais, comme elle était femme, c'est-à-dire qu'elle jugeait bien de son intérêt, elle ne méconnaissait pas non plus les avantages que lui pouvaient procurer ce nom, et surtout les relations de Pierre. Elle comptait bien en user largement et sans aucun scrupule. Elle entendait que Pierre lui vînt en aide, et elle entendait également qu'il l'assistât de ses conseils.

Elle méprisait le talent de son mari; mais les femmes ont une confiance universelle et absolue en leur mari, même quand elles le méprisent ou qu'elles le détestent.

Le plus dur était fait, Pierre sachant déjà que Magdeleine avait commis un livre. Maintenant elle s'était mis en tête de le lui communiquer.

Elle préparait ingénieusement le terrain. Elle guettait une occasion favorable pour inviter Pierre à prendre connaissance de l'œuvre, sans avoir l'air, autant que possible, de le solliciter expressément.

Cette entreprise, si simple en apparence, présentait encore bien des difficultés. Depuis la violente et ridicule scène du sous-main, Pierre n'avait pas fait la moindre allusion au roman de Magdeleine, intitulé « La haine conjugale ». Elle s'avisa que ce titre n'avait pu être fort agréable à son mari. Elle en frémit.

Elle n'avait pas la conscience tranquille; car c'était bien dans son ménage qu'elle avait puisé les éléments de sa fiction et l'idée de ce titre même. Elle redoubla d'attention pour faire oublier à Pierre une circonstance de nature à peut-être l'indisposer préventivement contre ce premier essai littéraire.

Pierre continua d'accueillir assez rudement ses avances. Néanmoins, comme une espèce d'harmonie rudimentaire finit toujours par s'établir entre deux voix, même discordantes, qui se répondent, Pierre insensiblement quitta le ton du mari bourru pour celui de l'amant querelleur, et le ménage Souvré eut les allures d'un de ces excellents ménages où l'on s'adore en se disputant du matin au soir et du soir au matin.

Magdeleine, encouragée, prit un beau jour la ferme résolution de dire à Pierre sans plus de délai ce qu'elle souhaitait de lui.

Elle combina politiquement le menu du déjeuner, elle qui, d'ordinaire, commandait à la bonne n'importe quelle nourriture, et elle prémédita de parler à l'instant où Pierre sourirait, désarmé par la vue d'aubergines frites qu'il aimait d'une tendresse particulière. « Pourvu, songeait-elle, que cette idiote de Marie ne les ait pas ratées! »

Marie apporta le courrier du matin en même temps que les œufs brouillés. Pierre jeta un regard méfiant sur les lettres de Magdeleine, après quoi il tria les siennes, lut trois coupures de journaux où son nom était cité, et décacheta une enveloppe sur laquelle il reconnaissait l'écriture de madame Gaston Hennebault.

— Qu'est-ce qu'elle me veut encore, grommela-t-il, cette vieille folle?

Il ajouta :

— Tu permets?

Car il usait toujours de politesse machinalement, fût-ce avec sa femme; et même quand il l'injuriait, c'était avec correction. Elle lui rendit sa politesse en s'abstenant elle-même de manger cependant qu'il lisait, et elle se mit à l'observer très attentivement.

Pierre n'admettait point, en principe, qu'on lût ses lettres avant ou après lui, ni même qu'on l'interrogeât sur leur contenu. Toutefois, quand il éprouvait le besoin de se faire poser des questions contrairement au principe établi, il le donnait à entendre à Magdeleine, par des grognements inintelligibles, par des exclamations bizarres ou par de vagues réflexions.

Comme il la rabrouait après cela si elle se laissait aller trop vite à témoigner de la curiosité, elle ne s'y frottait plus guère. Cette fois, pourtant, les invites de son mari lui parurent si marquées et si pressantes qu'elle hasarda de lui demander :

— Qu'est-ce qu'elle te raconte donc, cette vieille folle, comme tu l'appelles?

Pierre repartit que madame Hennebault était en effet plus vieille et plus folle encore qu'on ne le pouvait imaginer, et qu'elle s'était ingérée d'écrire un roman idiot.

— Je n'ai jamais douté qu'il ne fût idiot, dit Magdeleine, confraternellement.

Cette réponse paraissait impliquer que Magdeleine n'ignorait point les ambitions littéraires de madame Hennebault. Pierre alors lui demanda dans quelles circonstances elle en avait reçu l'aveu, et elle demanda elle-même à Pierre :

ELLES SONT RATÉES, NATURELLEMENT !

— Tu l'as lu?

— Ah! non, fit-il. Elle me l'a pourtant fourré dans les bras. Mais mon temps est trop précieux... D'ailleurs, j'ai peut-être eu tort de ne pas le lire : car Lancel-Courtois m'a confié qu'il est délicieusement malpropre. C'est une autobiographie.

— Ah? fit Magdeleine.

— Oui, dit Pierre. C'est toujours une autobiographie.

Magdeleine rougit.

— Et voilà maintenant, reprit Pierre, qu'elle me réclame sa copie! Tu ne devinerais jamais pourquoi.

— Non. Pourquoi?

— Parce qu'elle a trouvé un éditeur!

— Non? s'écria Magdeleine, révoltée.

— Si! elle a trouvé un éditeur! Son bouquin sera publié! Et il aura beaucoup de succès! Simplement parce qu'elle n'est pas professionnelle, et surtout parce qu'elle n'est pas homme! Hurrah pour la petite différence! Et sa pièce aussi sera jouée! Elle sera jouée à la Comédie-Française! Et s'il y avait un autre théâtre au-dessus de la Comédie-Française, elle serait jouée à cet autre théâtre! Et elle aura aussi beaucoup de succès!

Magdeleine criait en même temps que Pierre, et aussi fort.

— Sa pièce? Elle a fait une pièce, elle? Oh!!...

Il n'était pas, à première vue, fort indiqué de choisir le moment où Pierre pestait contre la littérature des dames pour le solliciter de lire un roman féminin. Mais les deux époux se trouvaient par hasard vibrer à l'unisson : Magdeleine comprit qu'il fallait saisir une occasion si rare. Elle se mit à tourner une phrase d'exorde assez habile sur ce qu'il devait y avoir de différence entre la littérature d'une femme de littérateur et la littérature d'une vulgaire mondaine.

Mais Pierre s'avisa soudain que la lettre de madame Hennebault, bien que mêlée au courrier, n'était point venue par la poste.

— L'homme qui l'a portée est encore là, dit la bonne à tout faire. Il attend la réponse dans la cuisine.

— Vous auriez pu le dire tout de suite, fit Pierre, je vais la lui donner, sa réponse, je suis trop content d'être débarrassé... Tu vas voir ce tas.

Il passa dans son cabinet, rapporta le paquet ficelé et le remit à la bonne.

— Tiens, dit-il en se rasseyant, des aubergines!

Et son visage prit une telle expression de contentement que Magdeleine tressaillit d'espoir.

Mais, à la première bouchée, il fit une grimace, et dit, de mauvaise humeur :

— Elles sont ratées, naturellement!

— Ah! dit Magdeleine, ce n'est pas la faute de Marie : on la dérange tout le temps!

— Oui, c'est la faute de cette vieille muse, dit Pierre, dépouillant avec fureur de leur enveloppe ramollie les succulentes rondelles du légume qu'il préférait.

« Allons, pensa Magdeleine, ce ne sera pas encore pour aujourd'hui. »

La fin du déjeuner fut morne. Les deux époux n'échangèrent pas une parole. Après un dessert médiocre et vite expédié, ils passèrent dans un petit salon contigu, où Magdeleine avait tenté une pauvre imitation de ce chaos des styles que Pierre appelait le style Bricquart. Il détestait ce petit salon.

La station du café après le repas du matin lui était aussi odieuse : il prétendait ne pouvoir ni travailler ni digérer s'il ne se remettait pas au travail aussitôt en sortant de table. Magdeleine pensait quotidiennement, à cette occasion : « Il ne peut seulement pas me sacrifier cinq minutes. » Il devinait la pensée quotidienne de sa femme, et ses nerfs se crispaient. Il faisait des gestes saccadés et nerveux. Ceux de Magdeleine étaient ordinairement tels. Il s'effaçait pour lui laisser le passage libre, et elle sortait avec une majesté de reine. Aujourd'hui, elle poussa la déférence jusqu'à s'effacer devant lui en même temps qu'il s'effaçait devant elle. Le résultat de cette politesse inattendue fut un choc, et elle laissa choir toutes ses lettres sur le tapis.

Pierre les eût ramassées en tout état de cause, mais il mit à le faire d'autant plus d'empressement que Magdeleine laissa trop voir, par sa hâte à le prévenir, qu'elle ne s'en souciait justement point. Comme il avait le coup d'œil prompt, il vit d'abord que toute cette correspondance était négligeable, sauf une grande lettre, d'une grande écriture masculine. Il l'attrapa.

— Qu'est-ce que c'est que ça? dit-il d'un ton agressif.

Magdeleine ne sut pas dissimuler sa contrariété. Il sentit une angoisse atroce, mais qu'il voulut croire délicieuse. « Cette fois, pensa-t-il, je la tiens. » Et avec une lenteur calculée il déploya le papier suspect. Il courut à la signature et fut ahuri de lire, en toutes lettres, le nom de madame Jourd'heuil.

— Autre vieille folle, dit-il... Mais elle déguise son écriture! Elle a pris une écriture d'homme! Est-ce depuis qu'elle écrit des nouvelles qui n'offensent pas moins la nature que le bon sens?

— Lis, dit Magdeleine en riant. Je ne te l'ai pas montrée tout à l'heure : tu étais d'une humeur massacrante et tu n'aurais pas senti toute la beauté de la chose.

La chose était une invention de madame Jourd'heuil, qui se saignait de deux mille cinq cents francs pour se faire un peu de réclame. Elle pensait attribuer cette somme à une femme auteur, choisie par un jury féminin, dont feraient partie madame Hennebault, madame Bricquart, Hélène, enfin toutes les personnes du sexe que l'on pourrait dénicher qui écriraient.

Il ne parut point que Pierre fût très sensible à la beauté ni à la drôlerie de la chose, et au lieu d'en rire il s'indigna.

— Je t'interdis, entends-tu, je t'interdis de te fourrer dans ces bêtises-là!

— Tu as parfaitement raison, dit Magdeleine.

L'absolu de cette approbation le réduisit au silence. Il fit un geste gauche. Magdeleine reprit, sur un ton de grande sagesse :

— On peut se permettre de ces fantaisies-là quand on s'appelle Jourd'heuil, Hennebault, ou Bricquart...

— Oui, dit Pierre

— Mais point quand on porte le nom que j'ai l'honneur de porter.

— Évidemment, dit Pierre, confus.

— Quand on s'appelle Magdeleine Souvré.. Magdeleine Pierre-Souvré... la discrétion s'impose. On ne fait point parler de soi... on ne se fait point imprimer (Pierre n'en croyait pas ses oreilles). Si on a la témérité, la faiblesse d'écrire, c'est pour soi-même et pour quelques amis... pour un seul.

Elle sourit.

— Veux-tu, dit-elle, me faire un grand plaisir?

Pierre s'aperçut, pour la première fois, qu'on ne peut répondre à cette phrase qu'affirmativement.

— Oui, dit-il.

— Eh bien, laisse-moi te lire quelques pages du manuscrit que je mettais en ordre à ton intention lorsque tu m'as témoigné l'autre jour un peu plus d'empressement à le lire que je n'eusse souhaité.

JE T'INTERDIS, ENTENDS-TU, JE T'INTERDIS DE TE FOURRER DANS CES BÊTISES-LA.

Il trouva la formule spirituelle et repartit :

— Je ne bougerai point de là tant que tu ne m'en auras pas lu au moins un chapitre.

— Tu t'avances beaucoup, dit Magdeleine, qui, au reste, ne se fit point davantage prier. Aimes-tu mon titre? reprit-elle

Soudain redevenue femme de lettres, elle oubliait ce que son titre lui avait naguère paru sous-entendre de désobligeant pour un mari, et elle n'éprouvait pas le moindre embarras à mettre elle-même sous les yeux de Pierre une peinture, exacte jusqu'à l'impudeur, de leur triste vie commune.

Mais Pierre n'était pas moins homme de lettres, et il n'éprouva pas le moindre embarras non plus à se voir couché tout vif sur le papier.

Les dures vérités qu'il recevait en plein visage ne le faisaient seulement pas sourciller, et il ne s'irritait que des erreurs d'observation ou d'analyse. Il appréciait d'ailleurs l'impartialité toute scientifique de Magdeleine, qui ne s'était pas épargnée elle-même plus que lui.

Cet art inférieur, mais adroit, de la femme, ne lui plaisait guère, et il n'était point dupe d'une apparence de métier, ou même de style; mais certaines imitations de lui-même, très naïves, certains plagiats d'expressions, certains vols de phrases entières le touchaient jusqu'à l'attendrissement.

Elle osa lui lire un compte rendu de leur nuit de noces, qui avait l'air d'une observation clinique, mais qui lui sembla bien venu. Il ne put se défendre de dire :

— C'est tout de même dommage de ne pas publier ça.

— Et pourtant, fit Magdeleine, je suis décidée à ne pas revenir sur ce que je t'ai dit.

Tout compte fait, et malgré l'émotion sincère qu'il avait ressentie, Pierre fut charmé de cette détermination. Il en sut gré à sa femme et crut devoir, provisoirement, se remettre avec elle en bons termes.

Seulement, il eût préféré être le seul confident du sacrifice qu'elle lui faisait : or, le bruit de ce désintéressement admirable se répandit avec une surprenante rapidité.

Si Magdeleine avait publié son roman, elle n'eût pas été hissée aux sommets de la gloire avant sept ou huit semaines, temps minimum de l'impression, de la correction des épreuves, de la mise en vente et de l'apparition d'un ou deux articles enthousiastes. La voie plus courte qu'elle avait choisie rendit ces délais inutiles, et elle obtint la gloire instantanée. Son génie fut article de foi du jour au lendemain, notamment parmi ses confrères, et même (comme l'on n'a pas craint de dire) ses consœurs, certaines que ce génie ne leur disputerait point le marché.

Tant qu'elle n'était que la femme d'un homme supérieur, jeune mais déjà connu, elle n'avait jamais pu avoir, à ses jours de réception, que des visiteuses et des visiteurs de raccroc. Elle eut, subitement, une manière de salon!

Oh! point un salon de raretés; mais enfin elle se vit obligée de réunir, une des après-midi de cette fin de juillet où l'on se disperse, Philippe Hennebault, M. le capitaine Chavroche, M. le baron d'Épervans et M. le comte de la Guithardière. Pierre, que l'accablante chaleur avait retenu à la maison, passant par grand hasard chez Magdeleine vers cinq heures et demie, la trouva qui donnait le thé comme une grande personne à tous ces gens-là.

Elle le remercia, gracieusement, d'être venu. Il répondit assez fraîchement. Son air bourru gêna les hôtes de Magdeleine, sauf M. le comte de la Guithardière, dont le rôle est de mettre de l'huile. Philippe semblait penaud comme un gamin pris en faute. Il considérait trop Pierre Souvré pour lui avoir seulement parlé jamais de ses propres ambitions littéraires : il s'en était ouvert à Magdeleine, qui lui imposait moins ; et depuis quelques jours il faisait avec elle de la psychologie, cette psychologie qui consiste à recueillir les potins et à violer, quand on peut, la correspondance d'autrui. La venue

PIERRE LA TROUVA QUI DONNAIT LE THÉ.

intempestive du mari le mit en confusion.

— Comment va-t-on chez toi? lui demanda Pierre.

— Je suis assez inquiet, répondit-il : mon père ne va pas du tout.

En disant cela, il rougit extrêmement. C'est que, par une fatale coïncidence, en même temps que M. Hennebault donnait de plus vives inquiétudes, M. Lancel-Courtois se trouvait assez sérieusement indisposé. Et Philippe redoutait — sans avoir, il est vrai, pleine conscience de le redouter — que cette expression « mon père », par laquelle il venait de désigner bien entendu M. Hennebault, ne fût appliquée inconsidérément, par quelqu'un de ses interlocuteurs, à M. Lancel-Courtois.

Personne n'y pensait. Au surplus, on ignorait absolument l'indisposition de M. Lancel-Courtois. Et puis on s'en moquait pas mal. Philippe crut devoir néanmoins détourner la conversation.

— Je vais peut-être m'engager, dit-il.

On s'étonna, sachant que la loi de deux ans était son cauchemar; mais il entreprit d'expliquer, sans réussir à se faire comprendre, qu'étant assuré désormais de ne pas échapper à cette loi fatale, il aimait mieux en finir tout de suite, au risque de servir un an de plus.

— C'est, dit Pierre, l'histoire de Gribouille, qui se met à l'eau pour n'être pas mouillé par la pluie.

M. le capitaine Chavroche ne voulut point dissimuler à Philippe les déboires du métier militaire en temps de paix. Lui-même était bien résolu à démissionner. Il ne l'avait pu faire jusqu'alors, empêché par les obligations factices que lui créait sa réputation usurpée d'avoir participé au récent complot. Les adversaires du présent régime se plaisaient à lui répéter que l'on comptait sur lui : pouvait-il se dérober? Le plaisant est qu'il professait les opinions les plus radicales. Mais sa démission n'était que remise, et il hésitait entre l'industrie ou la littérature.

Pierre Souvré lui conseilla l'industrie. M. le baron d'Épervans prit alors la parole et lui déconseilla la littérature.

— Voyez où elle m'a conduit, dit M. le baron d'Épervans, officier de marine en retraite, qui publie dans un excellent journal des comptes rendus remarqués de la guerre russo-japonaise. Ma situation, déjà fâcheuse lorsque l'on restait des semaines entières sans nouvelles de l'une comme de l'autre escadre, pire encore depuis que l'une des deux est anéantie, me paraissait devoir friser le ridicule si la paix était signée. Hélas! mon malheur a bien passé mon espérance, et depuis que nos amis font des quelques vaisseaux qui leur restent un usage si singulier, je me demande comment j'ose encore me montrer dans les salons ou même dans la rue.

Un murmure de douloureuse sympathie s'éleva autour de M. le baron d'Épervans On essaya de le consoler, on lui remontra que le *Kniaz Potemkine* s'était rendu Mais soudain, à l'étonnement de tous, ce visage de carême s'éclaircit et s'illumina. M. le baron d'Épervans sourit. Et avec un grand contentement de soi, qui affectait les allures de la modestie, il annonça :

— Je viens d'achever une fantaisie que je crois ingénieuse. Je suppose qu'un correspondant de guerre — c'est moi — se trouve précisément à bord du *Kniaz Potemkine* et qu'il envoie de là à son journal un compte rendu quotidien de la révolte. Ma connaissance des choses maritimes m'a permis de reconstituer avec une saisissante vraisemblance les faits et gestes de ces brigands. C'est ainsi que je continue l'exercice de mon métier contre vents et marées, si j'ose employer cette image.

On applaudit M. le baron d'Épervans avec le plus de fracas possible pour n'entendre point qu'il proposait de lire son ingénieuse fantaisie. Mais le jeune Richard Peaussier, qui venait d'entrer avec Hélène Bricquart, se mit à harceler le baron.

— Lisez-nous cela, lui dit-il, ah! monsieur le baron, lisez-nous cela!

— Non, monsieur, répondit le baron d'Épervans, qui reprit comme par miracle sa plus sinistre physionomie, non, monsieur, je ne vous le lirai point.

— Oh!... dit M. le comte de la Guithardière avec une expression de regret.

ET IL PARTIT
POUR LA GRANDE-BRETAGNE.

VIII

AILLEURS

Philippe Hennebault ne s'engagea point, mais il s'avisa soudainement qu'il devait apprendre l'anglais sur place, et il partit pour la Grande-Bretagne. On a découvert depuis quelques années que les langues étrangères mènent, comme l'on dit, à tout. Ce « tout » est bien attrayant pour les jeunes hommes qui ne savent pas au juste ce qu'ils feront dans la vie. Ils peuvent toujours apprendre une langue ou deux, et ainsi tuer le temps.

Outre ce motif sérieux pour faire un séjour d'été en Angleterre, Philippe avait d'autres motifs, moins sérieux mais non moins déterminants.

D'abord il était snob, comme tout le monde, et, à ce titre, anglomane : l'anglomanie française est un sentiment curieux, par la synthèse qu'elle présente d'admiration ingénue et d'irrévérence, de goût sincère et d'antipathie à manifestations sarcastiques.

Il subissait, de plus, l'influence de cette politique dite cordiale qui domine présentement dans les conseils européens, et qui donnera une si drôle de figure à notre histoire quand nos petits neveux en jugeront avec le recul nécessaire. Quel Scudéry saura écrire ces annales amoureuses, quel Honoré d'Urfé lever cette carte du Tendre?

Philippe avait aimé la Russie, on peut

dire sans la connaître. Il l'avait boudée après la sanglante répression des émeutes à Pétersbourg et à Varsovie. Tout en souhaitant, mais par devoir, la défaite des Japonais, il n'avait pu se défendre d'un caprice coupable pour cette jeune nation. Depuis la rencontre du tsar et de l'empereur allemand, il était si fort monté contre ces deux souverains qu'il éprouvait un désir fou de se précipiter dans les bras de l'Angleterre, — c'est-à-dire de prendre un billet pour Calais, Douvres et Londres, d'où il devait ensuite se rendre dans la noble cité d'Oxford.

Madame Hennebault, consultée, donna son assentiment avec enthousiasme. Elle avait, ainsi que Philippe, un béguin (mais une telle expression peut-elle convenir à des sentiments de cet ordre?), elle avait un béguin pour l'Angleterre, où elle ne doutait point que son fils ne fût accueilli comme la flotte.

Le choix d'Oxford lui plaisait aussi. Elle avait ouï dire que la vertu y règne durant les « termes », et à plus forte raison pendant les vacances. Elle croyait avoir lieu d'espérer que l'innocence de Philippe s'y pourrait prolonger de six semaines, à supposer que les choses fussent encore en l'état, ainsi que M. l'abbé Mornand continuait de le lui garantir une fois par mois.

Elle prit, pour la forme, l'avis de M. Hennebault et celui de M. Lancel-Courtois. Mais leur santé les occupait trop pour leur permettre de s'intéresser au prochain, même à un fils, ou au fils d'un ami intime. Puis elle s'enquit d'un boarding-house convenable, où cependant la présence d'une jeune fille librement élevée assurerait Philippe d'y rencontrer ce qu'elle ne se souciait justement point qu'il y rencontrât, car cette mère était inconséquente.

Des amies, dont les fils avaient fait des séjours d'études en Angleterre, lui indiquèrent plusieurs maisons, sur lesquelles elles lui donnaient invariablement des renseignements excellents et vagues. Quand on cherche un domestique, on peut se décider sur la physionomie : madame Hennebault ne put se décider que sur le nom. Elle choisit pour Philippe la pension d'une certaine miss Hope J. Simpson, parce que la banalité de Simpson n'éveillait en elle aucune inquiétude; Hope, qui signifie, comme chacun sait, espérance, lui paraissait plein de promesses; et l'initiale inexpliquée, intercalée entre les deux, ajoutait à l'ensemble un assaisonnement de mystère qui la piquait.

— Va pour miss Hope J. Simpson, dit Philippe, heureux, dans sa nonchalance, d'avoir une mère capable de volonté, et soucieuse de ne vouloir qu'à bon escient.

Il partit sans émotion ni impatience. Il avait déjà passé la Manche plusieurs fois : rien ne l'étonnait, même l'impossibilité de comprendre ou d'entendre ce qu'on lui disait, après dix ans d'anglais au collège, sans compter les bonnes anglaises à la maison.

Il possédait une petite pacotille d'idées toutes faites, et il avait le ferme propos de ne s'en point départir. Ainsi, il était persuadé que les individus de race ou de nationalité différente ne se peuvent jamais pénétrer, et d'avance il ne doutait point que ses prochaines études psychologiques n'aboutissent à la vérification d'une inintelligibilité réciproque entre le type français et le type anglo-saxon. Mais il ne doutait point davantage que le privilège ne lui fût réservé de surprendre en six semaines tous les secrets de l'âme anglaise; et il flaira dès son arrivée que l'instrument de cette connaissance miraculeuse serait miss Maud Simpson, sœur cadette de la respectable « Espérance ».

Il savait d'avance également que la ville d'Oxford est l'illustration et le symbole du traditionalisme anglais, et il avait résolu de ne la point visiter bêtement comme un touriste, mais « de communier avec elle en la respirant pour ainsi dire » : il usait de ces expressions, elles avaient peut-être un sens pour lui.

Cependant il prit son Baedeker dès le matin, et il procéda en une seule journée à une exploration intégrale de la ville. Le soir, il était très fatigué, et il se demandait avec inquiétude à quoi il pourrait bien employer les cinq semaines et six jours qui lui restaient.

Cette pensée un peu effrayante fut heureusement abolie par un sommeil brusque; mais, dès le réveil, elle reparut. « Ah! songea Philippe, le temps des vacances est bien difficile à passer agréablement. »

Mais il était reposé. Il se sentait bien. Il contempla non sans plaisir l'ameublement modeste de sa chambre. La fenêtre à guillotine l'amusa. Des fleurs blanches et des feuillages verts décoraient la cretonne gros-bleu des rideaux. « Quel souci d'art dans les moindres choses ! » se dit il, avec une complaisance vraiment un peu excessive.

Cette fenêtre donnait sur un herbage.

IL CONTEMPLA NON SANS PLAISIR L'AMEUBLEMENT MODESTE DE SA CHAMBRE.

où il supposa qu'en d'autres saisons de modernes athlètes devaient lutter ou s'ébattre. Malgré leur absence, il se félicita d'habiter provisoirement un pays si ressemblant à ce qu'il imaginait de la Grèce antique. Il se rappela que l'Hermès de Praxitèle a l'air d'un jeune Anglais. Puis il fit sa toilette, s'il est possible, encore plus méticuleusement que d'habitude, persuadé qu'on ne saurait rivaliser sur ce chapitre avec les Anglais: et il descendit déjeuner.

Les deux misses Simpson étaient assises aux deux bouts de la table. La plus âgée avait réservé sa droite à Philippe, pour le pousser à la conversation. Les autres personnes présentes, les pensionnaires de la maison, étaient placés au hasard : la véritable place d'honneur était la plus proche du courant d'air. Il y avait trois mâles et trois femmes, plus une petite fille, mais qu'on eût prise pour un garçon.

« Ah! pensa Philippe Hennebault, voici une première différence entre ces gens là et moi : jamais ils ne diraient comme j'ai fait tout à l'heure que le temps des vacances est difficile à passer agréablement. » Celle de leurs facultés la plus apparente et qui, en effet, se lisait d'abord sur leurs visages, était un pouvoir presque surhumain de se reposer, d'oublier, à certaines heures ou à certaines dates, l'intérêt et le souci, de ne penser à rien, de ne rien dire.

Lorsque Philippe avait ouvert la porte, ils étaient en train de chercher, parmi un choix invraisemblable d'épithètes, la plus propre à qualifier le temps qu'il faisait. Le jour était-il beau, aimable, brillant, splendide, ou même glorieux? Philippe, après déjeuner, parcourut un des plus importants journaux, et fut surpris d'y retrouver, au long de deux colonnes, de pareilles considérations sur la température et la même poésie météorologique.

Ne sachant que faire, il recommença la visite d'Oxford, il rentra deux fois à la maison, pour le *luncheon* et pour le thé. Il se mit en habit pour dîner.

Et des jours passèrent. Il s'aperçut qu'il devenait amateur d'oisiveté comme ses compagnons, et comme eux en proie à la préoccupation continuelle du temps qu'il faisait ou qu'il ferait.

Il s'était machinalement familiarisé avec eux, sans rien connaître d'eux et sans leur avoir rien livré de lui-même. Il se sentait bien. Mais il s'irrita de se sentir bien sans raison. Il entreprit alors de s'analyser, et il reconnut qu'il jouissait profondément de cette liberté qu'on n'obtient que hors frontières : depuis son arrivée à Oxford, il n'avait pas eu besoin une seule fois de ressembler à son père, M. Hennebault.

Il éprouvait une détente comparable à celle de madame Hennebault lorsqu'elle quittait pour plusieurs semaines M. Lancel-Courtois, et qu'elle disait : « Enfin! je vais laisser reposer ma raie. »

Philippe était un délicat : il voulut, il osa raffiner ce plaisir: un matin il descendit avec une coiffure nouvelle qu'il avait longtemps étudiée devant sa glace. Et il goûtait une joie malicieuse, car, il en était sûr, personne, personne autour de la table, personne dans tout Oxford ne remarquerait qu'il n'avait plus aucun trait commun avec M. Hennebault, son père.

Il observa, ce même matin, un assez bizarre phénomène. Il ne faisait en anglais aucun progrès sensible : les conversations auxquelles il pouvait prendre part étaient vraiment trop indigentes. Par contre, il se mettait à penser en anglais, et son intelligence, ne disposant plus que d'un vocabulaire restreint, s'appauvrissait.

Son ironie nationale subissait également une transformation. Il n'avait plus d'esprit, mais de l'humour, une grosse gaieté enfantine. Le petit matériel de mots qu'il possédait lui avait suffi pour construire certaines plaisanteries peu variées, mais qu'il répétait sans scrupule, et dont le succès paraissait devoir être inépuisable.

Elles pouvaient se diviser en deux catégories : les unes ayant trait à la manie météorologique du peuple anglais, et les autres prenant pour thème l'extraordinaire diversité nominale, mais l'identité essentielle des poudings quotidiennement servis. Philippe tenait particulièrement à se moquer de la nourriture, pour le même motif que Figaro : il se hâtait de rire afin de ne pas pleurer.

Il s'amusait aussi quelquefois à faire des pataquès que l'on attribuait à son ignorance, et il lâchait en pleine table des énormités. Comme il s'aperçut qu'elles faisaient rire, il voulut s'éclaircir de cette fameuse pudeur anglaise. Ce n'est pas une petite affaire.

Il débuta par des plaisanteries relatives à la digestion. Le mot estomac et le mot ventre n'ont point cours en Angleterre; mais on y supplée par des euphémismes qui ne manquent pas de grâce.

PHILIPPE PARCOURUT UN DES PLUS IMPORTANTS JOURNAUX...

Nul homme bien élevé n'oserait dire en compagnie que son diner ne passe point : mais il ne choquera point s'il exprime la même chose d'une façon détournée, et s'il attribue son malaise au fâcheux caractère de « la petite Mary ».

IL SE MIT EN HABIT POUR DINER.

La première fois que Philippe risqua le nom de cette jeune personne, on s'émerveilla : comment un Français pouvait-il être si bien informé? Il obtint du coup, si l'on peut dire, ses lettres de grande naturalisation. Alors il récidiva : il connaissait le pouvoir des scies. Et ce mélancolique devint le boute-en-train de la maison.

Il résolut de pousser plus loin ses expériences, et il se ressouvint d'avoir à première vue pressenti que miss Maud lui révélerait un jour l'âme anglaise, peut-être même quelque chose de plus

Il avait beau la regarder, il n'arrivait pas à décider si elle était charmante ou insignifiante Il renonça donc à cette vaine recherche, et il entreprit de résoudre une question plus importante : celle de savoir si miss Maud était innocente tout à fait, ou point du tout, ou, comme il penchait à croire, si elle ne l'était qu'à moitié. Il la pria de vouloir bien lui donner une leçon d'anglais chaque matin.

Ce procédé d'information eut de médiocres résultats. Miss Maud profitait bien du tête-à-tête pour lui raconter les histoires intimes des pensionnaires, et ces histoires paraissaient bien scabreuses; mais on pouvait à la rigueur les interpréter aussi dans le meilleur sens. Car les Anglais ont, pour désigner les réalités de la chair, des mots de la plus naïve précision; mais comme ils les emploient aussi pour désigner des relations fort platoniques, un étranger ne sait jamais à quoi s'en tenir. C'est à se demander s'ils ne font pas l'amour avec des corps glorieux, et si l'on ne devrait point donner chez eux, aux moyens de cette fonction, quelque sobriquet puéril dans le genre de « petite Mary »

D'ailleurs, si monté que fût le ton de l'entretien, Maud gardait une physionomie impénétrable. Philippe sentait l'impossibilité de lui manquer de respect, sauf en sous-entendus. Il n'eût osé aucun geste. Que dirait madame Hennebault si elle se voyait un jour menacée de payer quelques milliers de livres sterling pour *breach of promise?*

Et puis, comment gesticuler à la maison? Philippe invita miss Maud à lui donner ses leçons dehors. Il loua un bateau plat sur le Cherwell. Tous deux s'y étendaient côte à côte. Elle ne manifestait aucun trouble. Lui-même n'en éprouvait aucun. Ils étaient isolés l'un de l'autre, comme par l'épée nue qui permet au guerrier de partager la couche de la vierge sans péril ni tentation.

Un jour, elle acheva de le déconcerter par une contradiction vraiment incompréhensible.

Avant neuf heures du matin, les pensionnaires erraient de leurs chambres aux salles de bain, vêtus de façon très sommaire et, la plupart du temps, comique.

Philippe, en pyjama de soie à dessins cachemire, d'une extrême légèreté, se heurta dans l'escalier à miss Maud, déjà correctement coiffée, habillée pour la journée entière, avec sa jupe tailleur de cheviotte grise, sa blouse de toile blanche brodée, son rang de perles fausses à un shiling six pence.

Fort gêné, il balbutia une excuse et un bonjour. Elle n'y répondit aucunement. Elle ne parut pas le voir. Il en conclut qu'en Angleterre un homme déshabillé, qui rencontre une femme habillée, doit également faire comme s'il ne la voyait pas et comme s'il avait lieu de se supposer invisible.

Deux heures plus tard, il était couché au fond de son bateau, et miss Maud était couchée près de lui. Ils parlaient des verbes irréguliers, distraitement. Pour remonter le courant à peine sensible, ils n'avaient qu'à tirer de temps à autre sur une des branches d'arbre qui venaient leur frôler le visage. Et ils suivaient ainsi cette langue de terre entre les deux bras du fleuve qui est appelée, un peu pédantesquement, la Mésopotamie.

Ils arrivèrent à un tournant. Philippe se leva et plongea sa gaffe dans le fleuve jusqu'au fond pour faire virer le canot. Maud aussi s'était soulevée. Elle n'avertit point Philippe qu'ils approchaient du bain des hommes, appelé d'un nom si bizarre, que nous traduirions en français par « la joie des curés ». Ils se trouvèrent soudain environnés d'une dizaine de jeunes gaillards parfaitement nus.

L'un d'eux, étendu sur le dos, se laissait glisser sur une planche frottée de savon, et plongeait. Un autre, s'accrochant à une corde qui pendait d'une forte branche, s'était hissé tout hors de l'eau, et faisait des contorsions de singe.

Ce qui aggravait le cas de ce dernier, c'est qu'il était l'un des pensionnaires — le plus jeune et le mieux bâti — de miss Hope J. Simpson. Il ne parut point cependant, confus d'être surpris par Maud en cet état et en cette posture. Il se laissa choir dans le fleuve, avec un fracas qui n'était point pour détourner l'attention; puis il tira vers le bateau une coupe vigoureuse. Il vint tendre la main à la jeune fille et lui déclara que le temps était beau. « Cristi! se dit Philippe, je ne comprendrai jamais rien à la pudeur anglaise. »

Cet incident le découragea, et il ne prit plus ses leçons avec la même régularité. Il se sentit très seul, et par une inconséquence ordinaire à tous les hommes qui éprouvent ce sentiment, il s'isola encore davantage. Il se promenait, sans compagnon, toute la journée. Il s'asseyait de longues heures dans les jardins des collèges. Il sortait même le soir, il errait dans le parc de l'Université; et souvent il y devenait l'involontaire témoin de scènes qui sont plus fréquentes à Londres, mais que les parcs de province ne laissent point d'offrir aussi à la curiosité des voyageurs.

Alors il se sentit encore plus seul, et il s'avoua qu'il s'ennuyait cruellement.

Le dimanche surtout était effroyable. Il se calfeutrait dans sa chambre, mais il entendait le grand silence des rues, l'ennui montait par la fenêtre. Il essayait de fuir. Il ne trouvait pas même un bateau à louer. Il se promenait à pied le long du Cherwell, en face de la Mésopotamie. Il marchait à pas lents. Toutes les cinq minutes, il tirait sa montre: il chronométrait l'interminable journée.

Un dimanche qu'il allait ainsi, les yeux fixés sur le cadran, absorbé dans la contemplation de la petite aiguille au point de la voir distinctement tourner, il faillit s'étaler par terre, s'étant pris les pieds dans un couple d'amoureux.

Un éclair lui traversa l'esprit. S'aimer un dimanche! C'est comme, en Italie, sortir entre midi et deux heures. Qui l'oserait faire, sauf les chiens et les Français? Son cœur battit d'espoir, et il se baissa.

Il s'attendait à une surprise (si l'on peut s'exprimer ainsi), mais point à une surprise si surprenante : le personnage mâle du couple était son ami Alexandre de la Guithardière, et la partenaire d'Alexandre avait toutes les apparences d'un mannequin de la rue de la Paix.

LE SOIR, TOUS QUATRE DINÈRENT ENSEMBLE.

Après des exclamations d'étonnement, de joie, et une présentation du promeneur au mannequin, Philippe, intrigué, sollicita des explications.

Alexandre, fort en verve, exposa comme quoi M. le comte de la Guithardière, son père, le voulant établir ici deux grands mois pour apprendre l'anglais, lui avait imprudemment laissé le soin de découvrir un boarding-house. Il avait alors affublé sa maîtresse — Nini — d'un pseudonyme britannique, et il lui avait fait écrire au comte des lettres qu'une camarade, employée à la succursale de Londres, se chargeait de faire passer par Oxford, afin de les authentiquer.

Ces lettres n'étaient point écrites en anglais, pour cause, mais dans un affreux charabia, prétendu français, par le moyen duquel Nini dissimulait son ignorance totale de l'une des deux langues et sa connaissance imparfaite de l'autre.

Séduit, apparemment, par le charabia, M. le comte de la Guithardière n'avait point hésité à expédier son fils chez celle qui osait maintenant se qualifier, par dérision, sa belle-fille. Alexandre avait loué une charmante petite maison, et il y filait le parfait amour, loin de tous regards indiscrets.

— N'est-ce pas, dit-il, qu'elle est tordante ?

— *Killing*, repartit Philippe, continuant de penser en anglais.

Et, après un instant de réflexion, il se mit à pousser des éclats de rire, comme il n'est point vraisemblable que, même en semaine, la Tamise en ait jamais entendu. Puis il dit, naïvement :

— Ça doit te coûter horriblement cher?

Mais Alexandre de la Guithardière était tout près de ses dix-huit ans : il pouvait, sans de trop téméraires escomptes, se passer de telles fantaisies.

Les tout jeunes gens ont le caractère gentiment « partageux », même et peut être surtout quand il s'agit de leur maîtresse. Philippe Hennebault se mit, tout naturellement, à vivre entre Alexandre de la Guithardière et Nini dans une intimité qui n'était pas beaucoup moins satisfaisante pour lui que pour Alexandre. Ils ne se quittaient guère que l'indispensable.

Cependant, le couple faisait la très grasse matinée, et Philippe était comme une âme en peine jusqu'au lunch. Désaccoutumé d'être seul, il ne savait plus comment passer ces tristes heures : et il faisait des cent fois de suite le tour du grand quadrangle de Christ-Church.

Un matin, il s'y trouva nez à nez avec Pierre Souvré, qui était en contemplation devant le Tom Gate. « Le monde est petit », songea-t-il. Puis il leva les bras au ciel, ce qui était une façon de dire : « Vous, ici! »

Pierre lui servit aussitôt trois développements littéraires, l'un sur la chère solitude, un autre sur le plaisir particulier qu'elle offre aux forçats du mariage, et un troisième sur Oxford, que Pierre aimait passionnément, comme Venise ou Constantinople.

Malgré cette triple profession de foi, il parut charmé de rencontrer Philippe, heureux même d'apprendre qu'il verrait, cet après-midi, l'insignifiant Alexandre de la Guithardière et une petite femme.

Le soir, tous quatre dînèrent ensemble au Randolph. Ils burent du cider-cup, puis du bock-cup, et enfin du moselle-cup. Après le moselle-cup, ils décidèrent qu'ils partiraient ensemble, dès le lendemain, pour Cowes, afin d'y assister aux fêtes données en l'honneur de la flotte française, et notamment à la revue du mercredi 9 août, passée par Sa Majesté Édouard VII

Ils trouvèrent, à grand'peine, deux chambres sous les toits dans un hôtel de troisième ordre, l'une à deux lits, l'autre avec un seul grand lit très large que le manager leur proposa d'attribuer aux deux gentlemen. Ils se réservèrent de modifier cette attribution.

Nini acheta un bonnet de marin, et les deux hommes des cravates rouges ainsi que des casquettes de yachtsman. Ils furent surpris d'entendre plus de vingt fois murmurer sur leur passage : *French people.*

Devant la jetée du Royal Yacht Squadron, ils rencontrèrent M. le baron d'Épervans. Contrairement à son habitude, le baron était rayonnant.

Il leur fit connaître d'abord les causes de ce rayonnement.

Après plusieurs semaines de marasme, M. le baron d'Épervans, officier de marine en retraite, qui rédigeait en dernier lieu, dans un excellent journal, des comptes rendus remarqués de la guerre russo-japonaise, avait trouvé un emploi rémunérateur de ses connaissances maritimes et de son talent d'écrivain il faisait pour son journal les visites d'escadres.

Il n'avait plus une minute. Il arrivait de Brest, il était présentement à Cowes, il comptait suivre la flotte anglaise dans la Baltique et envoyer de là une correspondance sensationnelle. Il s'offrait ainsi, à peu de frais et avec de beaux bénéfices, d'agréables déplacements. Il entendait résonner le canon, et parfois il mangeait aux tables officielles.

— Est-ce que votre chère mère est arrivée déjà? dit-il à Philippe tout à coup.

— Ma chère mère? répéta machinalement Philippe, ahuri.

Madame Hennebault avait pris passage sur un vapeur qui faisait dans le Solent une croisière de trois jours à l'occasion de la visite française et de la revue. Elle avait dû écrire à Philippe pour lui donner rendez-vous dans l'île de Wight.

— Cristi de cristi! dit Philippe, consterné.

Il ajouta

— Je suis parti d'Oxford avant l'arrivée de sa lettre.

— Quant à moi, reprit M. le baron d'Épervans, j'ai pris passage sur un magnifique yacht à vapeur que notre amie, madame Jourd'heuil, a loué en Angleterre, à cette même occasion Malheureusement, la plupart de ses invités et elle-même ne peuvent point supporter la mer, de sorte que j'ai fait seul à bord la traversée du Havre jusqu'ici, tandis que les autres passaient par Calais-Douvres.

— Quels autres? interrogea Alexandre, d'une voix étranglée.

JE PRIS PLACE
SUR UN MAGNIFIQUE YACHT
A VAPEUR.

Le baron sourit agréablement.

— Monsieur votre père... Monsieur et madame Mennechet, la famille Bricquart, Monsieur Richard Peaussier...

— Oh! dit Pierre.

— Et votre femme, ajouta le baron, souriant à Pierre cette fois.

Le vaudeville continuait, mais nul n'était en humeur de rire, et Nini, selon la coutume des femmes en pareil cas, se mit à faire une bruyante scène. M. le baron d'Epervans est l'obligeance même : il proposa de se charger d'elle pour sauver la situation.

Le lendemain soir, madame Jourd'heuil devait donner un grand dîner à bord de son yacht, où elle mettrait le pied pour la première fois (mais les eaux du Solent sont si tranquilles!). Les jeunes gens seraient invités sans doute à ce dîner : lui-même prétexterait quelque obligation professionnelle pour s'en dispenser, et traiterait Nini à l'hôtel Gloster.

On n'eut pas le loisir de le remercier, car il dut prendre à l'instant même son service de chaperon et s'éclipser précipitamment avec l'aimable mannequin, madame Hennebault, qui débarquait, ayant soudain paru.

Le lendemain, M. le baron d'Epervans s'éclipsa de même, et beaucoup plus tôt qu'il n'était nécessaire. Jamais les visites d'escadres ne lui avaient paru si plaisantes. Alexandre passa la journée à courir vainement après son amie et le chaperon. Il arriva même en retard à bord du yacht, où la table était dressée sur le pont. Mais ses excuses ne furent point écoutées chacun ne pensait qu'à soi.

Seule, madame Mennechet, vive, rieuse, semblait n'avoir aucune crainte du mal de mer. M. le comte de la Guithardière faisait des comparaisons attristantes pour lui entre elle et l'autre. « Aujourd'hui, pensait-il, cette pauvre madame Jourd'heuil a cent ans. » Il ajoutait finement : « Cent ans de plus. »

Le spectacle était admirable. Les deux côtes illuminées semblaient deux rives d'un immense fleuve. Les vaisseaux dressaient sur l'eau noire, à des intervalles réguliers, des triangles et des croix de lumière. Les fusées qui s'entre-croisaient ajoutaient des étoiles au ciel. Mais les yeux ternis

LES VAISSEAUX DRESSAIENT SUR L'EAU NOIRE DES TRIANGLES ET DES CROIX DE LUMIÈRE.

des convives ne voyaient de toutes ces splendeurs que des images brouillées.

La chère était exquise et le service d'une correction parfaite. Mais chacun songeait à part soi : « Mon Dieu! pourvu que je ne sois pas obligé de me lever de table avant la fin! »

Ce n'était pas non plus les sujets de conversation qui faisaient défaut : quelle belle occasion de traiter les questions de la politique extérieure, avec cette compétence qui est le propre des Français! Mais seul le petit Peaussier risqua, et de quelle voix pâteuse! le paradoxe d'un rapprochement franco-allemand.

Soudain, M. le comte de la Guithardière se leva : il avait vu pâlir encore madame Jourd'heuil. Il courut lui offrir le bras. Mais il avait trop présumé de ses forces et, victime de la contagion, il dut lui-même regagner sa cabine.

Une furieuse colère grondait au fond de son cœur malade : car il attribuait à son éventuelle fiancée toute la responsabilité de cet accident; et il sentait bien que cela, il ne le lui pardonnerait point.

IX

A MON BEAU CHATEAU

Il va de soi que madame Jourd'heuil, qui a su — jadis — se faire aimer jusqu'au mariage par un richard proche de la fin, connaît l'amour comme sa poche. Ce n'est point chez elle une science, à proprement parler, car elle n'a point de capacité pour cette forme de la connaissance où l'intelligence joue un rôle, mais c'est un instinct, d'une sûreté admirable.

Aussi n'avait-elle point manqué de s'apercevoir, même parmi les vertiges et les hoquets, de l'effet désastreux produit sur M. le comte de la Guithardière par le spectacle des tortures qu'elle subissait, et par le ressentiment de la contagion dont elle le rendait victime.

Sans doute, l'affection que madame Jourd'heuil pouvait se flatter d'inspirer à M. le comte de la Guithardière était d'une nature trop raisonnable pour que, logiquement, le souvenir de cet accident fâcheux en parût devoir ébranler la solide base. Mais madame Jourd'heuil ne se dissimulait point qu'il fallait tout de même à M. le comte de la Guithardière un fameux courage, qu'un rien pouvait faire chanceler; et ce je ne sais quoi que Socrate

AIGUILLON.

appelait son démon, mais que les gens plus ordinaires appellent simplement leur petit doigt, l'avertissait que le courage et l'estomac de M. le comte de la Guithardière avaient chaviré du même coup.

L'idée fixe de l'intérêt ne suffisait plus à ragaillardir l'amour malade. Une cure était nécessaire. Vu la saison, madame Jourd'heuil prit le parti de mettre M. le comte de la Guithardière au régime de la vie de château.

Elle possède, bien entendu, plusieurs châteaux, classés parmi les monuments historiques, et qui portent des noms illustres appartenant à des familles françaises qui ne possèdent plus de châteaux. Elle se borne à les entretenir, à les restaurer, et à les regarnir de meubles authentiques. Elle en habite un seul, deux mois par an, celui d'Aiguillon, en Touraine.

Il mérite cette préférence par le développement, en largeur et en hauteur, d'une façade qui se double encore en se réfléchissant dans un miroir d'eau, et par une salade des divers styles, qui a l'avantage de rappeler sans cesse à madame Jourd'heuil que ces Aiguillon ont travaillé pour elle de père en fils et durant trois siècles.

On y voit de la Renaissance, du Louis XIII, une rotonde Louis XVI, le tout coiffé d'un de ces gigantesques toits qui font penser à Chambord et, par association d'idées, à la royauté légitime.

C'est en ce logis que madame Jourd'heuil médita d'inviter, aux derniers jours d'août, M. le comte de la Guithardière : non pas afin de l'éblouir, mais tout bonnement encore une fois pour le mettre au régime de la vie de château.

Elle est persuadée, en effet, sur ses lectures, qu'un château est un lieu en quelque sorte enchanté, où il suffit que l'on transporte les gens du monde pour leur faire oublier les principes de la morale, les commandements de la religion, les plus élémentaires convenances, et pour les induire à pasticher la psychologie et l'intrigue de romans tels que les *Liaisons dangereuses*.

Elle jurerait que l'on entend toute la nuit des bruits de pas nus dans les couloirs, des gonds de portes qui grincent, des voix qui chuchotent, enfin ce qui se peut imaginer de plus doux en fait de murmures et de soupirs.

Jamais elle n'avait eu l'occasion de vérifier, ou de rectifier, par l'expérience, cette opinion préconçue. Cela s'expliquait par la qualité particulière des hôtes qu'elle avait, jusques à présent, pu réunir à Aiguillon.

Au temps que le monde bourgeois ne frayait pas encore avec elle, ses invités de la classe moyenne appartenaient exclusivement au sexe mâle, et ne pouvaient point, par conséquent, égayer l'antique demeure de ces ébats pour lesquels la différence et le mélange des sexes sont requis. Au surplus, ils n'y séjournaient que brièvement, et les vrais habitués d'alors, qui daignaient parfois s'y éterniser une semaine, étaient les grands-ducs, ou gens de même farine.

Or, ces personnages ne sauraient faire l'amour à la façon du commun des mortels : et, notamment, l'amour au château leur est interdit par le déploiement de police auquel donne lieu la moindre de leurs passades, qui, dans un logis privé, deviendrait trop compromettant.

Cette année, madame Jourd'heuil avait résolu de supprimer la série des grands-ducs.

Ils sont toujours charmants, mais bien incertains par le temps qui court. On ne peut plus compter sur rien avec eux. Ils peuvent vous promettre de venir et puis, révérence parler, vous claquer dans la main. On a toujours peur de les voir inopinément partir pour la Mandchourie.

Madame Jourd'heuil avait résolu de supprimer les grands-ducs, cette année.

D'autre part, s'il lui plaisait d'avoir de la bourgeoisie chez elle, elle n'était plus réduite, dorénavant, à se contenter des maris. Leurs épouses les accompagneraient. En d'autres termes, l'adultère devenait possible à Aiguillon.

Que l'on veuille bien réfléchir au sens de cette petite phrase. Elle signifie : le salon de madame Jourd'heuil devenait un véritable salon, madame Jourd'heuil devenait une vraie femme du monde.

Mais la vraie femme du monde ne peut se permettre, chez elle, ni les bijoux trop remarquables ni les galanteries trop voyantes. Elle ne doit éclipser personne. Elle doit être la plus simple et la plus chaste.

Madame Jourd'heuil ne songeait donc point à surprendre les désirs de M. le comte de la Guithardière et à se faire outrager par lui, positivement. Elle savait même qu'en recevant chez elle M. le comte de la Guithardière, elle se rendait sacrée pour lui. Mais elle pensait avoir d'autant plus de chance de lui plaire.

Elle espérait qu'ensuite l'atmosphère de perversité où elle l'aurait attiré insidieusement le griserait, et qu'environné de femmes qu'elle aurait su choisir pour vues toutes de maris et d'amants, indisponibles, inépousables, il en reviendrait, par la force des choses, à la considérer elle-même d'un œil adouci, à la parer en imagination de ces charmes dont aucune femme n'est tout à fait dénuée, dans une île déserte.

Quand elle passa en revue ses magnifiques relations, elle eut la surprise et le regret de constater qu'elle arriverait malaisément à dresser une liste très appétissante.

Elle se voyait obligée, ou à peu près, d'avoir M. de la Touche, des Quarante, plus que septuagénaire, et les Majorel.

Elle s'y résignait, car ces trois personnes, même madame Majorel, la pie, font bien dans un paysage, et les hommes sont toujours contents de pouvoir causer finances avec un routier comme le gouverneur de la Banque du Nord. Mais enfin ce n'était pas de la jeunesse.

Madame Jourd'heuil s'avisa de prier la petite madame Doré, l'une des plus chahuteuses beautés de l'Industrie, mais qui passe pour intraitable sur la bagatelle avec toutes les apparences de ne l'être pas.

Elle invita par la même occasion le capitaine Chavroche, cousin des Doré.

Elle invita les Mennechet, quoique le député réactionnaire, qui a l'air d'un toucheur de bœufs, ne puisse être compté parmi les tout jeunes : mais la femme fait compensation.

Elle obtint madame Hennebault, qui promit d'amener M. Hennebault, malgré son diabète, sucré de plus en plus ; M. Lancel-Courtois, très souffrant, voulut bien aussi préférer à une villégiature solitaire le bon air et la bonne compagnie d'Aiguillon.

Selon l'usage, et pour faire contrepoids aux Hennebault, madame Jourd'heuil pria les Bricquart, qui entraînaient maintenant, outre Magdeleine Souvré et, par raccroc, Pierre Souvré, l'aimable petit Richard Peaussier

Enfin, elle fit au comte de la Guithardière la malice d'inviter Alexandre, pour que le père vît chaque jour à l'œil nu combien vite le fils s'acheminait vers ce terme fatal de la dix-huitième année où il faudrait lui rendre l'argent. Il fut arrêté que le vicomte viendrait avec Philippe Hennebault dès qu'ils en auraient tous les deux assez de l'Angleterre, ce qui ne pouvait point tarder.

Toutes ces personnes, vieilles, mûres, ou jeunes, acceptèrent avec empressement l'invitation de madame Jourd'heuil : toutes se faisaient de la vie de château justement la même idée que cette dame, et ne doutaient pas un instant que leur séjour à Aiguillon ne dût être une bamboche extraordinaire.

Leur déconvenue fut comique.

Contrairement à l'opinion qu'une certaine littérature a répandue un peu partout, il existe encore à l'heure présente, dans la haute bourgeoisie française, nombre de maris qui ne sont point complaisants, ni même qui ne sont point du tout cocus; il y a des femmes qui ne sont point vénales et des enfants qui sont enfants de leur père autrement que par une fiction du

ILS Y RETROUVAIENT LE RESTANT DE LEUR CHOCOLAT FIGÉ...

code. Il se peut même faire que, dans une réunion assez fournie, toutes les personnes présentes soient régulières et ne prêtent point à l'agrément de la vie de château telle que la concevaient madame Jourd'heuil et ses hôtes.

La vie de château à Aiguillon se trouva manquer, en effet, de tout agrément, — sans doute pour ce motif honorable.

On n'y découvre rien à mentionner, sauf l'insuffisance du service.

Ceux des invités qui n'avaient point amené avec eux leurs gens, sonnaient désespérément toute la matinée, sans obtenir avant des onze heures, des onze heures et demie, leur petit déjeuner, ou l'eau, toujours refroidie, de leur tub. Quand ils revenaient dans leur chambre se vêtir à l'heure du dîner, ils y retrouvaient le restant de leur chocolat figé au fond des tasses, et, par terre, une réduction du miroir d'eau dans un cadre de nickel terni.

L'emploi du temps était une cruelle énigme, un problème qui se posait chaque jour.

L'incurie des domestiques sauvait la matinée, que l'on pouvait dépenser à crier en vain. On ne se montrait guère avant une heure. La vanité de madame Jourd'heuil, ainsi que celle de son chef, faisait du déjeuner une épreuve si rude pour les estomacs qu'ils réclamaient ensuite deux heures d'immobilité ou de sieste. Mais, de quatre à huit, le désœuvrement était effroyable.

Madame Jourd'heuil estimait qu'une maîtresse de maison doit s'occuper continuellement de ses hôtes, tout en leur laissant une liberté absolue ; elle ne savait point comment résoudre cette antinomie.

Elle ordonnait des promenades en corps et en grand costume, parce que le château était Renaissance par endroits; ou bien elle emmenait ses hôtes boire du lait dans une ferme, en considération des ornements Louis XVI qui égayaient la rotonde, mais l'une et l'autre de ces parties étaient assommantes également.

Les journaux de Paris n'arrivaient que vers huit heures. On se les arrachait comme, aux buffets officiels, les sandwiches; et ils subvenaient aux conversations du dîner.

Ces conversations étaient académiques, et l'on n'y prenait prétexte des nouvelles que pour généraliser et philosopher.

Ainsi l'on ne s'attardait point à pronostiquer la paix ou la continuation de la guerre ; mais l'on se demandait, par exemple, si un peuple à qui le sort des armes a toujours été contraire est bien un peuple vaincu, et

M. le comte de la Guithardière ne craignait point

LE CHATEAU D'AIGUILLON CONTINUAIT D'ÊTRE, LA NUIT COMME LE JOUR, L'ASILE LE PLUS MOROSE.

un autre peuple à qui le sort des armes a toujours été favorable est bien un peuple victorieux.

d'affirmer que rien n'épuise comme deux ans de continuelles victoires, mais que deux ans de piles ininterrompues sont la santé d'une grande nation.

On s'efforçait aussi à définir certaines expressions qui ont cours depuis des siècles sans que nul se soit avisé jamais qu'elles ne présentent peut-être aucun sens. Telle est, entre autres, l'expression : « une paix honorable ». Les invités de madame Jourd'heuil ne parvenaient point à déterminer les caractères qui rendent honorable ou non une paix d'ailleurs désastreuse.

Ils tombaient du moins tous d'accord qu'une paix de ce genre-là est la seule où puisse consentir un peuple éprouvé sur les champs de bataille, — réservant sans doute à celui que la fortune a trop insolemment favorisé le privilège d'une paix déshonorante.

Ces propos de table étaient passionnants et mettaient en valeur les ténors de la conversation ils prenaient fin dès le dessert L'après-dîner se traînait lamentablement. On serait mort sans le bridge. Mais cette mauvaise joueuse de madame Hennebault lançait les cartes au nez de ses partenaires dès qu'elle perdait trois sous.

L'après-coucher était pire encore que l'après-dîner. Chacun se hâtait d'éteindre ses feux et de s'endormir chez soi. On ne rencontrait personne dans les grands corridors; et le château d'Aiguillon continuait d'être, la nuit comme le jour, l'asile de la plus morose, de la plus désolante vertu.

Seule, peut-être, madame Hennebault, avec sa mine chiffonnée, avec ses cheveux dont le blanc pouvait être attribué à la poudre, avec ses robes surannées, ne différait point trop de l'idéal que s'étaient fait tous ces gens-là d'une héroïne de château. Seule aussi, elle se partageait sans mystère entre un époux légitime et un ami.

Mais, hélas! quelle sinistre résurrection des jolis romans d'autrefois! Quel trio! Quel amant que M. Lancel-Courtois, occupé uniquement à contempler ses pieds, dont la démarche saccadée et involontaire l'inquiétait! Et même, quel mari que M. Hennebault, toujours curieux d'analyses — rien moins que psychologiques!

M. le capitaine Chavroche s'égarait bien aussi dans le bois, à cheval, en compagnie de madame Doré, son excentrique et prude cousine. Mais il n'intriguait que pour obtenir d'elle une situation dans l'industrie : et quand il désespérait de l'obtenir, il assommait tout le monde par des dissertations interminables touchant la surproduction industrielle et le retour à la terre, qui s'impose

Enfin, il ne faudrait pas croire que M. le comte de la Guithardière eût renoncé à ses façons coutumières de galantin. Mais ses galanteries ne faisaient que désoler encore davantage la pauvre madame Jourd'heuil, car c'est à madame Mennechet qu'il osait les adresser!

Et ceci encore est absurde, ceci est inexplicable si l'on s'en tient à la logique pure : car M. le comte de la Guithardière n'était point en quête d'une maîtresse, mais bien d'une épouse légitime, et pouvant remplir à tous égards la place

LE CAPITAINE CHAVROCHE S'ÉGARAIT BIEN AUSSI DANS LE BOIS, A CHEVAL, EN COMPAGNIE DE MADAME DORÉ.

laissée vide par celle que l'un des premiers accidents notables d'automobile lui avait coûtée. Or, madame Mennechet était charmante, puissamment riche, mais douée du plus solide mari, en la personne du député réactionnaire qui a l'air d'un toucheur de bœufs. Comment madame Jourd'heuil eût-elle prévu et redouté la concurrence de madame Mennechet ?

Mais c'est madame Jourd'heuil qui avait tort d'avoir raison. M. le comte de la Guithardière s'était offert le luxe d'être illogique en se dégoûtant à peu près d'elle parce qu'il l'avait vue atteinte du mal de mer et qu'elle le lui avait communiqué : il pouvait bien s'offrir le luxe d'être illogique une seconde fois en devenant amoureux sans espoir, et même sans but précis, de madame Mennechet, simplement parce qu'il l'avait vue résister au mal de mer et demeurer seule indemne de toute nausée.

Il n'en faut souvent pas davantage pour renverser les plus sages desseins, et madame Jourd'heuil, qui connaît l'amour comme sa poche, aurait dû s'aviser de ce péril. Hélas! on ne saurait penser à tout.

Et maintenant elle était dévorée de jalousie quand elle voyait le perfide, qui, somme toute, lui plaisait infiniment, prendre des attitudes décoratives auprès de madame Mennechet, sur les bancs moussus de la charmille, ou au plein soleil des parterres, excellent pour les rhumatismes, ou même, en dépit de l'humidité des soirs, au bord du merveilleux miroir d'eau.

Un déplaisir supplémentaire s'ajoutait au cruel souci de madame Jourd'heuil. Abandonnée de son hôte ingrat, elle n'était point cependant abandonnée de tout le monde : M. de la Touche, des Quarante, septuagénaire, imbu des principes de la vieille politesse française, croyait devoir faire un doigt de cour à la femme qui le recevait si magnifiquement. Ce vieillard maigre et sec avait conservé une agilité, sinon une souplesse, de jeune homme, et il la poursuivait d'incommodes attentions, qu'elle n'avait plus assez de jambes pour éviter.

Chaque fois que, pour guetter M. de la Guithardière et madame Mennechet, elle s'allait poster dans quelque coin d'ombre, elle entendait trotter derrière elle son vieux soupirant : et il lui semblait que, d'avoir un amoureux de cet âge, cela la vieillissait encore, cela lui retirait sa dernière chance de conquérir un homme simplement entre deux âges comme le comte.

Elle fut ravie de voir débarquer enfin la fournée des Bricquart, Souvré, Alexandre de la Guithardière et Philippe Hennebault, plus le petit monsieur Peaussier. Mais le train-train n'en fut point d'abord modifié.

C'est tout juste si madame Bricquart échauffa un peu les conversations par cet usage qu'elle avait d'appeler stupides les opinions les plus légèrement différentes des siennes propres. Quant à la situation amoureuse, cette dame, anarchiste en théorie, mais, pratiquement, bourgeoise à fond, ne pouvait rien pour l'améliorer.

Pourtant le préjugé littéraire du dévergondage des châteaux n'était pas moins établi chez les nouveaux venus que chez les hôtes précédents : il sévissait notamment chez les jeunes.

Ainsi, Pierre Souvré ne doutait point que Magdeleine, sa femme, à peine installée à Aiguillon, ne dût subir l'intoxication de l'air ambiant et tomber dans les bras du premier amant venu, où il ne manquerait pas de la surprendre dès la première nuit.

Il ne doutait point davantage qu'Hélène Bricquart ne dût tomber dans ses propres bras au même instant ; et il calculait que, grâce à cette coïncidence heureuse, libéré à propos de son épouse, il serait à même de réparer ses torts éventuels envers la jeune fille.

Il se mit donc à épier Magdeleine, et il ne découvrit rien du tout, sinon qu'elle-même épiait les autres pour se documenter, en vue d'un prochain roman.

Et de même, madame Bricquart faisait des rondes d'étude ; et de même, madame Hennebault, quand ses deux malades lui en laissaient le loisir, et aussi, enfin, madame Jourd'heuil, quand, pour se divertir de sa jalousie particulière, elle s'astreignait à préparer de la copie.

Enfin tout le monde observait, personne n'agissait, comme il arrive fatalement dans une société trop infectée de littérature. Il y avait, au château d'Aiguillon, une véritable organisation de police, de police psychologique, si l'on peut dire, mais ce n'était point, en ce cas, la fonction qui avait créé l'organe, car on manquait de criminels, et nul délit, nul péché même ne se commettait dans toute l'étendue du ressort.

Ce château était, quant aux mœurs, un paradis, ennuyeux comme tous les paradis.

selon l'induction si juste de Renan qui, d'avance, préférait le purgatoire.

La présence d'un homme de Dieu dans ce paradis n'était point pour étonner. On y vit survenir, un beau jour, M. l'abbé Mornand, qui n'évoque nul souvenir du XVIIIe siècle. Il est abbé de salon, mais non point petit abbé ; il est trop gros; et il ne porte pas le petit collet, mais une vraie soutane.

Madame Jourd'heuil, qui a toutes les délicatesses, l'avait invité à Aiguillon afin que les habitudes de la famille Hennebault ne fussent en rien changées; et il arriva précisément le jour du mois où il avait coutume de purifier toutes les âmes de cette famille, c'est-à-dire le premier lundi.

M. Lancel-Courtois profita de l'occasion pour puiser des consolations urgentes à la même source que son ami M. Hennebault; et madame Hennebault en fut très heureuse. Mais elle avait hâte surtout que M. l'abbé Mornand posât à son cher Philippe, après cette longue absence, la question qu'il lui posait chaque mois, et que, par exception, il n'avait pu lui poser au mois d'août.

Philippe, estimant que son séjour à Oxford lui avait, en quelque sorte, refait une virginité, crut pouvoir donner à l'abbé de telles assurances que celui-ci, au lieu d'affirmer à madame Hennebault, selon l'ordinaire formule, que tout allait bien, déclara que tout allait de mieux en mieux.

Madame Hennebault ne chercha pas à comprendre comment cette formule du progrès pouvait s'appliquer à ce qui ne saurait changer sans périr, à ce qui ne saurait qu'être ou n'être point ; elle se réjouit sans malice, elle se réjouit dans son cœur maternel; et elle remercia la Providence de lui avoir accordé un tel fils, pour la consoler par anticipation de la double perte qu'elle craignait d'avoir à déplorer bientôt.

L'allégation de Philippe Hennebault se trouvait pourtant cette fois, par hasard, inexacte. Les semaines passées à Oxford entre son ami Alexandre de la Guithardière et la séduisante Nini, lui avaient laissé un souvenir équivoque et persistant; quelque chose lui manquait, il n'aurait su dire quoi.

Quelque chose de moins indéfinissable manquait aussi au jeune Alexandre de la Guithardière, dont les souvenirs avaient plus de précision. Pour la première fois ces deux adolescents calmes trouvaient la solitude pénible et parlaient ensemble des ennuis de la chasteté.

Philippe fit, sur ces entrefaites, une découverte qui le ravit.

Le bel étang qui dormait devant le château recevait une rivière qui, avant d'y venir mourir, traversait tout le parc en lentes sinuosités; et cette rivière rappelait le Cherwell à s'y méprendre.

Philippe en reconnut le cours; et, dans une crique entièrement dissimulée sous les arbres, il trouva plusieurs canots amarrés, ainsi qu'un de ces bateaux plats pareils à son ancien bateau d'Oxford.

Il se garda bien de rien dire à son ami Alexandre. Chaque matin il s'en alla seul s'étendre au fond de ce bateau. Il le détachait. Il le laissait glisser au fil de l'eau. Et il cherchait à ressusciter le souvenir, un peu vague, de miss Maud Simpson.

Un matin, il aperçut Hélène Bricquart assise au pied d'un arbre sur la rive et prenant des notes. Il pensa qu'il aurait tout avantage à remplacer par une présence réelle le souvenir de l'absente, et il invita Hélène à venir avec lui sur l'eau. Elle accepta cette diversion à son travail, elle prit aux côtés de Philippe une place que laissait trop vide le fantôme de Maud.

Il eut la surprise flatteuse de ne se point sentir isolé d'elle comme naguère de l'Anglaise, mais le trouble qu'il éprouvait ne se traduisit que par des galanteries verbales. Hélène les écouta distraitement.

Rien de plus ne fût arrivé, sans une de ces circonstances qui d'abord n'ont l'air de rien, et puis une simple association d'idées leur donne tout d'un coup une importance inattendue.

Un tournant brusque de la rivière, une branche d'arbre qui pendait, rappelèrent à Philippe, en coup de foudre, le *bathing place* d'Oxford et la barque où il était avec Maud entourée d'une dizaine de jeunes gaillards, bien bâtis, parfaitement nus.

Ce souvenir ne fit d'abord que l'égayer. Il rit. Il rit de ce rire scandalisé, si reconnaissable, si agaçant. Hélène ne manqua point de lui demander avec un peu d'impatience pourquoi il riait de la sorte.

Il commença de lui raconter l'épisode; mais il s'avisa que peut-être elle en allait rire moins fort que lui, ce qui est toujours désobligeant.

Alors il se tut et, sans ménager aucune transition, il l'empoigna par les épaules, il se mit à l'embrasser au petit bonheur comme un fou.

Il avait affaire à forte partie. Elle ne perdit pas le temps à protester. Elle se n'en avoir pas, dans un château où tout le monde observait?

IL SE MIT A L'EMBRASSER AU PETIT BONHEUR.

dégagea et le repoussa si rudement qu'il passa par-dessus bord.

L'aventure fut d'autant plus regrettable pour lui qu'il n'était point, comme les jeunes gaillards d'Oxford, parfaitement nu, mais habillé d'un délicieux complet de flanelle blanche à petites raies.

Ce plongeon eut des témoins. Pouvait-il

Magdeleine Souvré, en tournée d'observation, sortit d'un fourré juste à point pour voir basculer Philippe.

Pierre Souvré, ayant aperçu de loin une femme dans le canot, n'avait pu douter que cette femme ne fût la sienne, il avait accouru pour la surprendre; et il venait de sortir d'un autre fourré juste à point pour voir Philippe embrasser Hélène.

Il eut toutefois la magnanimité de tendre à son ami une main secourable, et il le tira, non sans peine, de la vase.

Philippe, Hélène, Magdeleine, Pierre, regagnèrent le château en silence, à pas lents. Ils pensaient ne rencontrer personne : ils rencontrèrent madame Hennebault qui causait avec l'abbé.

Philippe, dégouttant d'eau, souillé de boue, parut aux yeux effarés de sa mère à l'instant même où M. l'abbé Mornand répétait :

— Tout va de mieux en mieux, chère madame. J'ai la grande joie de vous assurer que tout va de mieux en mieux.

X

LE SABRE

Il est prodigieux que les hommes, depuis beaucoup plus de quatre mille ans qu'il y en a et qui croient penser, n'aient pas encore réussi à se faire une idée à peu près juste des proportions ni des lois selon lesquelles l'ordinaire et l'extraordinaire se combinent ou alternent dans la vie. On s'en tient, sur ce chapitre, à des systèmes inventés par les littérateurs. Les romanciers qui ont de l'imagination romanesque affirment, pour les besoins de leur cause, que tout arrive, et les autres, qu'il n'arrive rien. La vérité n'est ni d'un côté ni de l'autre, et encore moins entre les deux. Le fait est qu'il n'arrive rien aux gens durant des périodes fort longues; et puis, quand seulement une fois il leur est arrivé quelque chose, tout arrive : c'est à ne plus savoir où l'on va.

Ainsi le château d'Aiguillon, où les hôtes de madame Jourd'heuil n'avaient pu, durant près de deux semaines, que « bâiller leur vie », comme parle Chateaubriand, devint le théâtre des événements les plus absurdes et les plus compliqués, dès que Philippe Hennebault eut rompu le charme en sautant au col d'Hélène Bricquart et en se faisant flanquer par elle dans la rivière.

Comme si tous les mâles présents n'eussent attendu que ce signal pour s'apercevoir de ce qui leur manquait le plus, leurs mœurs, du jour au lendemain, devinrent justement celles que souhaitait madame Jourd'heuil. Ne pouvant s'attaquer à aucune des dames présentes, ils poussèrent leur pointe à l'office : c'est ce qui arrive, en pareil cas, dix fois sur douze. Madame Jourd'heuil n'avait qu'une seule femme de chambre présentable, qui se trouva bien occupée. Enfin l'on rencontra dans les grands couloirs des hommes en pantoufles et en pyjama! Tous se dirigeaient vers la même chambre. Il y eut des confusions d'heures et des carambolages plaisants.

M. le capitaine Chavroche, à qui son âge permettait de la fantaisie, se trouva une nuit nez à nez avec M. Lancel-Courtois, à qui le soin d'une santé chancelante et de sa dignité eussent dû commander plus de réserve. Madame Hennebault le sut et entra dans une belle colère; au fond, elle n'était point fâchée de ressentir encore, dans l'arrière-saison, cette sorte de jalousie.

Le vénérable M. de la Touche se trouva de même, une fois, en concurrence avec M. le comte de la Guithardière, qui crut que, de ce coup, c'en était fait de son élection à l'Académie. L'idée que madame Jourd'heuil le saurait consola un peu M. de la Guithardière. Elle le sut et, non moins furieuse que madame Hennebault, mit sa caméristé à la porte.

Sur ce, le jeune Alexandre, chez qui l'aventure de Philippe et d'Hélène avait trop réveillé les souvenirs d'Oxford, se demanda pourquoi il n'installerait pas tout bonnement Nini au village voisin. Il n'hésita pas longtemps : bien que nonchalant et mou, il était encore plus homme d'action qu'homme de réflexion.

Lorsque Nini fut installée à l'auberge, il se demanda pourquoi il ne la ferait point profiter du magnifique parc d'Aiguillon, où jamais personne ne se promenait à plus de trois cents mètres du château.

Seulement, le jour où il mit à exécution ce projet téméraire, M. l'abbé Mornand, à qui son médecin avait prescrit les longues marches, dépassa de beaucoup le rayon de trois cents mètres, et, sur les bords fleuris de la rivière, l'abbé devint témoin de privautés dont les hommes de son caractère subissent parfois le récit au tribunal de la pénitence, mais dont le spectacle leur est ordinairement épargné.

L'émotion du digne ecclésiastique fut si considérable qu'il s'en alla tout chaud conter l'aventure à madame Hennebault et à madame Jourd'heuil. Cette dernière en fut ravie, comme de tout ce qui vieillissait M. le comte de la Guithardière : car enfin, être le père d'un fils qui a dépouillé à ce point-là sa robe d'innocence, n'est-ce pas, en quelque sorte, être grand-père virtuellement? Madame Hennebault remercia Dieu que son Philippe, avec de tels exemples, fût encore ce qu'il était. Une vertu si tenace commençait même de la rendre un peu inquiète.

MADAME JOURD'HEUIL N'AVAIT QU'UNE SEULE FEMME DE CHAMBRE PRÉSENTABLE.

Son inquiétude ne dura guère. Étant allée, bien par hasard, se promener à l'endroit du parc désigné par M. l'abbé Mornand, elle vit un bateau plat qui descendait le cours de la rivière, et, au fond de ce bateau plat, deux corps humains familièrement enlacés. L'un de ces corps humain était Nini: mais, cette fois, l'autre était Philippe: et Nini, plus accommodante qu'Hélène Bricquart, ne pensait pas du tout à lui faire faire la culbute pardessus bord.

Mais ces broutilles ne sont rien auprès des dramatiques péripéties qui égayèrent les derniers jours d'août.

Un matin, M. le comte de la Guithardière dit, au moment de se mettre à table:

— Nous allons savoir aujourd'hui si la Russie et le Japon signent la paix, ou s'ils reprennent les hostilités.

— Ce serait monstrueux, dit madame Bricquart péremptoirement, sans toutefois spécifier si elle appliquait cette épithète à la cessation ou à la continuation de la guerre

M. Mennechet sourit avec fatuité, et annonça que l'on saurait la chose, grâce à lui, dès qu'elle pourrait être sue, attendu qu'il était abonné à l'Agence Havas.

— Chic! dit le petit monsieur Richard Peaussier.

— Je vous prie, dit Pierre Souvré de bien noter que je parie pour la paix, dont je n'ai pas douté un instant depuis trois semaines.

— C'est, fit Richard Peaussier, ce que diront demain, si elle est signée, tous ceux qui, depuis trois semaines, la nient.

— Mais moi, répliqua Pierre, je le dis aujourd'hui.

— Vous vous mettez absolument le doigt dans l'œil, dit M. Majorel, gouverneur de la Banque du Nord. La paix ne sera point signée.

Il laissa entendre qu'il avait, pour être si catégorique, des raisons d'ordre financier: et comme il tourna sa phrase de manière à indiquer qu'il tutoyait le plénipotentiaire russe, et à faire même espérer qu'il tutoyât le japonais, la certitude négative fut aussitôt établie. Pierre Souvré se sentit fort ébranlé dans sa conviction.

— Ce serait un grand malheur que la paix ne fût point signée, dit M. le comte de la Guithardière pour dire quelque chose.

Mais, en prononçant ces paroles, il s'aperçut qu'elles ne répondaient point du tout à sa pensée : en fait, il se moquait bien, il se moquait au point d'en être confus, que trois cent mille hommes, dont environ la moitié d'une autre nuance, fussent encore sacrifiés d'ici à une quinzaine.

Toutes les personnes présentes s'étaient tues, et faisaient justement le même petit examen de conscience que M. le comte de la Guithardière. Elles constatèrent avec la même surprise et avec la même confusion qu'elles se moquaient de ces trois cent mille hommes ainsi que d'un seul mandarin. Il y eut une façon d'accord tacite pour détourner la conversation.

M. le capitaine Chavroche, toujours préoccupé de spéculations et d'industrie, dit un mot des sucres. Madame Jourdheuil fit une si triste figure que M. de la Guithardière songea : « Diable ! y serait-elle prise ? » Mais il s'avisa que peut-être elle trouvait l'allusion fâcheuse, à cause de la maladie de M. Hennebault. Celui-ci, qui était de bonne humeur, fit observer qu'on ne doit point parler de corde dans la maison d'un pendu : mais cette phrase ne rassura point le comte, car elle pouvait être à double entente, et s'appliquer à quelque catastrophe sucrière de madame

LE CAPITAINE CHAVROCHE SE TROUVA UNE NUIT NEZ A NEZ AVEC M. LANCEL-COURTOIS.

Jourdheuil comme au diabète de M. Hennebault.

Ce même soir, vers le milieu du dîner,

c'est-à dire vers dix heures, un des valets de pied vint remettre une dépêche à M. Mennechet, qui la décacheta sans aucun empressement. Personne n'y prit garde. Mais sa physionomie devint soudainement si stupide que la curiosité, autour de lui, s'éveilla.

— Eh bien? demanda M. le comte de la Guithardière.

— La paix est faite, répondit M. Mennechet, d'une voix presque basse.

Et, par déférence, il tendit à madame Jourd'heuil le télégramme, dont elle relut, à voix haute, les quatre mots.

L'ahurissement fut tel que, durant le quart d'une minute environ, aucun des assistants ne trouva un mot à dire; mais ensuite il se passa une scène inoubliable.

Madame Hennebault, qui ne se souvenait point d'avoir pleuré depuis la première dent de Philippe, éclata en sanglots. Ses bras s'ouvrirent, et elle sentit un impérieux, un irrésistible besoin d'étreindre quelqu'un. Il lui parut que la personne qu'il serait le plus extraordinaire qu'elle embrassât était madame Bricquart, et elle se jeta au cou de cette dame hautaine, qui n'attendait que ce prétexte pour fondre elle-même en larmes.

Au même instant, un petit butor de paysan, que madame Jourd'heuil avait engagé pour aider au service et déguisé en valet de pied, se mit à pleurer comme un veau dans le plat d'argent qu'il promenait, et que, d'ailleurs, il prit le parti de laisser choir, pour pleurer plus commodément, moitié sur le tapis d'Aubusson, moitié sur la ravissante toilette de madame Doré.

Mais ni madame Doré, qui tenait à ses toilettes, ni même madame Jourd'heuil, qui ne crachait pas sur ses tapis, ne prêtèrent à cet incident la moindre attention. Madame Doré avait saisi les deux mains de son cousin, M. le capitaine Chavroche, et lui promettait une situation en lui faisant des yeux si tendres qu'elle ne lui en eût pas fait de plus tendres pour se promettre elle-même. Madame Jourd'heuil avait saisi les deux mains de M. le comte de la Guithardière et se réconciliait avec lui en des termes qui semblaient impliquer une promesse de mariage.

Hélène Bricquart, non contente de pardonner à Philippe, lui disait « Je vous dois une réparation », et Philippe, ébloui, se demandait ce qu'elle pouvait bien entendre par là. Enfin Pierre et Magdeleine Souvré se regardaient l'un l'autre avec une égale tendresse : et il se disait : « Elle est tout de même fichtrement jolie », cependant qu'elle se disait : « C'est tout de même un bon garçon, et il a bien du talent ».

Mais le plus comique de tous était l'aimable petit monsieur Richard Peaussier. Des larmes avaient jailli de ses yeux, et comme il ne voulait point convenir de son émotion, il ne les essuyait pas : il les laissait couler de part et d'autre de son nez, se bornant à faire, de temps à autre, une horrible grimace comme pour les renifler.

M. le comte de la Guithardière se leva et dit solennellement :

— Je vous propose la santé de Son Excellence le président Roosevelt.

On applaudit, mais cette interruption eut l'effet de calmer tout le monde; et comme on ne savait plus quelle contenance faire, on se leva de table précipitamment, on courut au bridge.

Le lendemain, M. le comte de la Guithardière se réveilla inquiet. Il pensait sortir d'un rêve. Il ne comprenait point comment il avait pu éprouver une émotion si forte, peu d'heures après s'être scandalisé lui-même par son indifférence pour le sort de trois cent mille soldats. Il se demandait aussi jusqu'à quel point il avait bien pu s'engager avec madame Jourd'heuil, et elle-même avec lui. Il ne savait pas au juste ce qu'il souhaitait. Il fut se promener dans le parc; mais il ne savait pas davantage si c'était pour éviter plus sûrement sa promise ou pour se ménager une chance de la rencontrer dès ce matin.

Il ne la rencontra point, mais il eut à son tour l'occasion d'apercevoir Nini, qui célébrait la paix russo-japonaise, cette fois avec Alexandre.

— Il en a un toupet, ce gamin! murmura M. le comte de la Guithardière.

L'idée que madame Jourd'heuil pourrait voir cela le divertissait infiniment; mais l'idée que madame Mennechet le pourrait voir lui déplut. Toutefois, comme Nini lui paraissait agréable, il sourit encore avec indulgence.

— Le gaillard, pensa-t-il, tient de moi, il a du goût.

Puis M. le comte de la Guithardière s'en retourna vers le château, car l'heure du déjeuner approchait.

Tout en cheminant, il recommença de songer à la grande nouvelle d'hier; et comme l'instinct des hommes est de rapporter à soi tous les événements, même ceux de l'histoire, il se demanda machinalement comment il pourrait tirer parti de la paix du monde pour se faire un peu de réclame

Un moyen qui lui parut bon était de s'instituer le promoteur d'une souscription internationale, ayant pour objet d'offrir à M. le président Roosevelt un objet d'art, en témoignage de la reconnaissance que toute l'humanité lui devait.

— Par exemple, se dit M. le comte de la Guithardière, je ne ferai pas mal de me dépêcher, parce que beaucoup de gens auront, sans doute la même idée que moi, et je ne veux pas qu'ils me la soufflent.

Mais il fit réflexion que, même en cas de concurrence, la meilleure réclame serait pour celui qui aurait l'idée de cadeau la plus ingénieuse, or, il ne craignait personne pour l'ingéniosité Il se promit d'y rêver; mais d'abord il se contenta, vu l'heure, de rectifier le coup de vent de ses cheveux et il descendit, pour l'annonce du déjeuner, au salon, où presque tout le monde était déjà réuni.

On observa le retard d'Alexandre, M. le comte de la Guithardière, qui savait à quoi s'en tenir, sourit mystérieusement, et non sans orgueil paternel. Le retard de madame Jourd'heuil l'étonna davantage, car elle était toujours à son poste la première. L'étonnement devint général quand le maître d'hôtel ouvrit la porte à deux battants pour annoncer à Madame, qui n'était point là, que le déjeuner était servi.

Interrogé, il répondit que Madame lui avait simplement fait dire qu'elle ne déjeunerait ni ne dînerait point, et qu'elle s'absentait. Peut être bien que le cocher l'avait conduite ce matin à la gare: mais alors il revenait par le plus long, car ni lui, ni ses chevaux, ni sa voiture n'avaient encore reparu. Comme la femme de chambre expulsée n'avait pas encore de remplaçante, personne au monde ne pouvait donner sur la maîtresse de la maison le moindre renseignement.

Le procédé de madame Jourd'heuil à l'égard de ses hôtes parut critiquable. Ils ne purent, durant tout le repas, s'entretenir d'autre chose, et ils oublièrent totalement les grands événements de la veille Comme l'absence de madame Jourd'heuil leur donnait toute liberté, ils ne se gênèrent point pour dire ce qu'ils pensaient d'elle, même devant les domestiques. Ils s'amusèrent à chercher des explications de sa fuite, qui fussent ensemble romanesques et désobligeantes.

Après déjeuner, lorsqu'on fut délivré des gens, on se débrida encore plus. Le petit monsieur Richard Peaussier affirma sérieusement qu'il avait de bonnes raisons de croire que la vieille s'était détruite

LE MAITRE D'HÔTEL OUVRIT LA PORTE A DEUX BATTANTS.

dans un coin reculé du parc M. l'abbé Mornand se récria avec une douleur si vraie que les plus respectueux de son habit furent pris du fou rire, hilarité bien convenable dans l'hypothèse d'un suicide.

Pierre Souvré, qui contredisait toujours de parti pris le petit Peaussier, abonda cette fois dans son sens. La verve de ces deux littérateurs excita encore plus toute la bande, et l'on fit la partie de battre le parc pour y chercher ce qui pouvait rester de madame Jourd'heuil M. l'abbé Mornand, continuant de prendre cette bêtise au pied de la lettre, se joignit à la battue pour le cas où la suicidée, trouvée respirant encore, aurait besoin de son ministère.

On ne partit que vers quatre heures, une fois la digestion terminée Ce fut une promenade encore, ainsi que l'on en faisait souvent sous la direction de madame Jourd'heuil, mais le protocole était bien relâché. Les silhouettes d'arbres et les épouvantails à moineaux donnèrent lieu à quelques plaisanteries faciles et innocentes; mais il y eut un froid quand on découvrit un châle en laine des Pyrénées accroché à une grosse racine saillante, tout au bord de l'eau.

Il n'était point invraisemblable que cet objet, bien que vulgaire, appartînt à la riche madame Jourd'heuil, car elle ne s'habillait que pour la galerie, et l'on n'osait point imaginer ce qu'elle pouvait être dans le privé. N'avait-elle point jeté ce châle sur ses épaules pour traverser le parc de bon matin, et ne l'avait-elle point abandonné sur le rivage avant de se précipiter dans les eaux?

M. le comte de la Guithardière eut lui-même un instant d'effroi. Mais la mine que faisait son héritier lui donna des soupçons, et soudain il se rappela qu'il avait vu ce même châle sur les épaules de Nini Il fut alors repris du fou rire, qui, cette fois, parut indécent.

On lui demanda des explications : il les refusa, mais il rit de plus belle. Quand il fut un peu calmé, il proposa de télégraphier à Paris, pour demander si madame Jourd'heuil y était, et l'on s'émerveilla de n'y avoir pas songé depuis midi (il était cinq heures), mais on s'émerveilla davantage de n'avoir pas songé au téléphone, et l'on revint en hâte au château.

M le comte de la Guithardière ne mit pas plus d'un quart d'heure à obtenir la communication, et ce fut madame Jourd'heuil en personne qui lui répondit. Elle lui dit, d'une voix altérée, mais particulièrement affectueuse, qu'elle était partie pour Paris comme une folle, au reçu d'une dépêche qui lui annonçait un gros ennui, mais qu'elle pensait être de retour à Aiguillon le lendemain pour dîner.

— Décidément, se dit M. le comte de la Guithardière, elle est dans le sucre. Elle est ruinée Ça change tout

Il communiqua aux autres la réponse de madame Jourd'heuil, mais il garda pour lui l'hypothèse du sucre.

Le dîner fut encore plus libre et plus gai que le déjeuner On fit des plaisanteries comme ce matin, d'aussi mauvais goût, mais moins macabres

— Il faut, pensait M. le comte de la Guithardière, que j'en aie le cœur net J'irai à Paris demain, par le premier train, je reviendrai par le même que madame Jourd'heuil. Le tout sera de ne pas me faire pincer par elle à la gare

Après le potage, les journaux, qui avaient du retard, furent distribués. Madame Jourd'heuil n'étant pas là, on ne se gêna point pour les ouvrir à table

Madame Hennebault lut à haute voix une dépêche d'Amérique relatant des scènes d'embrassades et de larmes à l'hôtel de Portsmouth, plus extravagantes encore que celles d'hier à Aiguillon. Tous les hôtes du château se sentirent justifiés par cet exemple transatlantique.

Jugeant la minute favorable, M le comte de la Guithardière dit :

— Il m'est venu une idée.

Mais, madame Bricquart ayant prononcé les mêmes mots, exactement au même

CE FUT MADAME JOURD'HEUIL EN PERSONNE QUI LUI RÉPONDIT.

instant, il dut se taire, et il lui céda la parole en faisant le même geste qu'on fait devant une porte quand on s'efface pour laisser passer quelqu'un.

— Je trouve, poursuivit-elle, que l'humanité entière devrait se cotiser pour offrir au président Roosevelt un témoignage de gratitude et d'admiration.

— C'était justement mon idée, dit M. le comte de la Guithardière, qui ne put s'empêcher de rougir.

— Et la mienne, dit l'aimable Peaussier.

— La mienne aussi, dit Pierre Souvré

C'était l'idée de tout le monde.

— Le tout, reprit M. le comte de la Guithardière, est de trouver le cadeau qui convient.

Des propositions diverses furent faites aussitôt : elles manquaient d'originalité, — monument, statue, buste, tombeau, branche d'olivier ou de laurier en or massif. M. le comte de la Guithardière sourit triomphalement. Il venait d'avoir une inspiration.

— Un sabre d'honneur, dit-il.

On pensa qu'il était devenu fou.

Soudain, madame Hennebault se mit à pousser de petits cris de poule. Elle lisait dans son journal que les Japonais avaient cédé sur toute la ligne, et que la paix était un désastre pour eux, une victoire éclatante pour les Russes.

— La première, dit Richard Peaussier. Il était temps.

— Cela doit être un peu exagéré, dit Pierre.

Cependant M. le comte de la Guithardière se demandait s'il n'avait pas commis une imprudence en témoignant d'une si enthousiaste sympathie à l'égard du pacificateur. N'allait-il point passer pour pacifiste, ce qui est compromettant et peu distingué? Du moins, il rendait grâce à la Providence qui lui avait suggéré si à propos ce moyen terme d'un sabre d'honneur.

Il reprit avec force :

— On ne peut, on ne doit offrir à M. le président Roosevelt qu'une arme, — un sabre de préférence. J'ajoute que, si l'on prétendait lui offrir autre chose, non seulement je ne prendrais pas l'initiative de la souscription, mais je refuserais mon obole. Il est certain que l'humanité entière doit témoigner, par une manifestation solennelle, qu'elle sait gré au président Roosevelt d'avoir assuré la paix du monde, mais il faut surtout éviter que cette manifestation ait un caractère, si je puis dire, théoriquement pacifiste.

— C'est trop drôle, interrompit le petit Richard Peaussier.

— Il est possible, monsieur, que cela vous paraisse drôle, répliqua le comte, avec une assurance qui ne lui était pas coutumière; mais vous voudrez bien remarquer que tout le monde est de mon avis.

De fait, personne ne soufflait mot. L'idée d'offrir un sabre d'honneur à l'artisan de la paix avait d'abord foudroyé toute l'assistance par sa cocasserie, mais M. de la Guithardière ne se trompait point en induisant de la prolongation du silence que l'on se mettait à la trouver ingénieuse.

M. de la Touche (des Quarante) rappela que ce Roosevelt, qui faisait faire la paix aux autres, avait précédemment fait la guerre pour son propre compte. L'histoire contemporaine est ce qu'on oublie le plus vite : cette allégation surprit. On interrogea M. de la Touche. Ce fut M. de la Guithardière qui répondit, et si brillamment qu'on peut dire qu'il posa, ce soir, sa candidature à un fauteuil d'historien.

Madame Bricquart déclara brusquement que l'invention du sabre d'honneur était stupide; mais Pierre Souvré la jugea heureusement symbolique, représentative de la paix armée. Ensuite la conversation dévia. Il fut question des incidents marocains, des relations franco-allemandes, et, à la vérité, l'on pataugea, mais cela n'avait plus d'importance, vu que l'on parlait tous à la fois, et que les paroles prononcées n'étaient plus destinées à être entendues, mais seulement à faire du bruit.

Cependant, M. le comte de la Guithardière, enchanté de son succès, ne perdait pas la carte : et déjà il faisait circuler une liste de souscription, sur laquelle chacun s'inscrivait selon ses moyens ou selon sa vanité.

Il fut se coucher avec le contentement de n'avoir point perdu sa journée. Il s'endormit comme un enfant et passa une nuit excellente. Mais il se réveilla de lui-même à cinq heures, fit sa toilette sans aide, et s'esquiva du château sans avertir personne. Il mit seulement un mot dans la boîte aux lettres, à l'adresse de son fils, afin que l'on ne prît point la peine de chercher son corps dans le parc.

Malgré les quatre kilomètres, il alla jusqu'à la gare à pied. Dans le train, il dormit encore. Quand il se réveilla définitivement, il se sentit capable d'actions héroïques, ce qui le surprit un peu.

— Pauvre madame Jourd'heuil, songea-t-il, la voilà donc ruinée. Que reste-t-il de cette énorme fortune? Apparemment rien du tout. Quel effondrement! C'est prestigieux, c'est magnifique. Ah! si je choisissais l'instant de cette catastrophe pour lui demander sa main, je serais véritablement un chevalier français.

Il se vit si près de céder à la séduction

DANS LE TRAIN, IL DORMIT ENCORE

de cet inepte projet qu'il en eut un vertige et une sueur froide.

— Ah çà, se dit-il, est-ce que je perds la boule?

Mais il avait beau se raisonner, il n'y pouvait plus rien. C'était une décision prise, une question réglée. Il épousait madame Jourd'heuil sans le sou. Il fut consterné... L'héroïsme reprit le dessus. Il marchait au mariage avec l'enthousiasme et l'exaltation des premiers chrétiens marchant au martyre.

— Je ne suis pas aliéné, se dit-il : je suis idiot, carrément idiot.

Il courut chez son notaire en débarquant du train. Par une coïncidence heureuse, ce notaire était également celui de madame Jourd'heuil. M. de la Guithardière usa de toutes les précautions oratoires par où l'on peut entortiller un officier ministériel ou un médecin pour l'amener à l'oubli du secret professionnel. Puis, se démasquant soudain, il avoua qu'il prétendait à épouser madame Jourd'heuil, qu'ayant de bonnes raisons de la croire engagée dans les sucres et ruinée à plates coutures, il voulait choisir ce moment-là pour lui demander sa main, et qu'il désirait, en conséquence, savoir à quoi s'en tenir.

Le notaire éclata de rire et ne se retrancha point derrière le secret professionnel. Il ne fit aucune difficulté de révéler à M. le comte de la Guithardière que madame Jourd'heuil était, en effet, engagée dans les sucres, où elle venait de perdre une somme d'exactement quarante-deux mille six cents francs : un notaire peut révéler cela sans scrupule, d'une cliente qui jouit d'environ deux millions de revenu. Ce qui le faisait rire était que ladite cliente gémissait depuis la veille, pour ses quarante-deux mille six cents francs, comme si elle eût perdu le fond de son bas de laine.

Le prestige de madame Jourd'heuil s'évanouit instantanément aux yeux de M. le comte de la Guithardière. Il continua d'être « idiot », comme il disait; car il ne se réjouit nullement de savoir sa quasi-fiancée encore en si bon point, et il ne prit garde qu'à la mesquinerie, à la ladrerie de cette richarde.

Tel fut son désenchantement qu'il balança s'il retournerait à Aiguillon ou s'il n'y retournerait point. Il y retourna par raison.

Il vit de loin madame Jourd'heuil arriver à la gare, trotter sur le quai et se hisser dans un wagon. Elle portait un petit sac, que nos grand'mères eussent appelé cabas.

— Quelle tournure! dit le comte de la Guithardière.

Et il ricana.

Ses voisins le regardèrent avec méfiance. Alors il se renfogna, rabattit son chapeau sur ses yeux, et se mit à fredonner machinalement

« Voici le sabre... le sabre... le sabre... »

XI

LES DRUIDES

Madame Gaston Hennebault reçut l'une des pires mortifications qui puissent être envoyées de Dieu à une stricte observatrice du code et du calendrier mondains : elle fut contrainte de rentrer à Paris sensiblement avant la fin de septembre ; non point, comme il est séant de le faire à cette époque, pour cinq ou six jours en cachette, entre une villégiature honorable d'été et une villégiature avouable d'automne, mais officiellement et d'une façon définitive. Elle ne revenait point ouvrir la chasse, mais soigner son mari, M. Hennebault, et M. Lancel-Courtois, son ami. La santé de tous les deux était inquiétante de plus en plus.

« Il y a des années où l'on n'est pas en train », disait je ne sais plus quel paresseux homme de lettres. Cet aphorisme, d'une portée générale, trouve une application entre autres dans les ménages à trois. Quand ils craquent, c'est toujours à la fois des deux côtés ; et une femme, à qui un seul homme ne suffit pas et qui en prend deux, double ses soucis quand elle croit assurer sa consolation.

Bien que madame Hennebault fût femme de cœur et de devoir, au point même de l'être pour deux comme il semblerait qu'on ne pût l'être que pour un, la contrariété de rentrer en septembre primait assurément chez elle l'inquiétude causée par les santés déplorables de son ami M. Lancel-Courtois et de son mari, M. Hennebault. Mais, comme elle était douée d'un heureux caractère, elle faisait à mauvaise fortune bon visage.

Selon l'exemple des milliers de gens qui se trouvent à Paris quand il convient de n'y pas être, elle s'efforçait à se procurer l'illusion de n'y être que campée. Les persiennes des fenêtres donnant sur la place Malesherbes étaient tenues aussi closes que possible ; et le concierge de l'hôtel avait ordre de prendre le frais devant la porte, en civil, et même en négligé, pour signifier que les maîtres n'étaient point là, ou qu'ils y étaient sans y être.

Madame Hennebault allait faire des promenades à pied, dès le matin, dans certaines allées du Bois où l'on n'aurait même pas l'idée de se cacher en pleine saison. Elle courait les magasins et les couturiers toute l'après-midi, et pensait profiter de ce retour prématuré pour faire ses commandes avant le coup de feu d'octobre : elle ne commandait d'ailleurs rien, ne sachant point ce qui pourrait prochainement lui arriver, ni comment elle serait obligée de se mettre cet hiver. Elle avait trop de bon goût pour se dire cela à la lettre : elle suivait, sans approfondir, son instinct naturel d'économie et de prévoyance, et elle n'avait nul besoin de songer précisément aux éventualités douloureuses qui la menaçaient pour s'interdire jusqu'à nouvel ordre l'emplette de costumes, destinés peut-être bien à se démoder dans les armoires.

Elle se faisait conduire par Philippe dans les divers théâtres, avec cette hâte de tout voir qu'ont les étrangers qui ne disposent que de trois semaines. Enfin, elle s'occupait de modifier certains arrangements intérieurs de son hôtel. Elle s'interdisait de songer que l'attribution de tel ou tel appartement pût, d'ici à quelques mois, devenir différente ; mais, en attendant, elle rajeunissait le mobilier sans consulter personne, et sans tenir compte d'aucun autre goût que le sien propre.

Elle restait aussi chez elle de cinq à sept. Presque tous ses amis ordinaires étaient dans la banlieue, c'est-à-dire à Paris de deux jours l'un, ou dix heures sur douze. On la venait voir, mais telle est la force des superstitions qu'elle ne s'en apercevait positivement point. Elle croyait ne recevoir aucune visite, et ne prenait garde qu'à celles de l'abbé Mornand, qui venait même un peu trop, au fait tous les jours.

Quotidiennes, les visites de M. l'abbé Mornand ne pouvaient plus avoir le même objet utile qu'au temps où elles n'étaient que mensuelles. Pures visites de politesse : car enfin l'on ne pouvait pas s'examiner la conscience pour lui tous les matins. Le digne ecclésiastique jugea que l'on tombait dans l'excès contraire et que l'on ne s'examinait plus du tout.

Il ne put se défendre d'en faire un jour l'observation à madame Hennebault. Il l'interrogea notamment sur Philippe.

— Je ne le rencontre plus, dit-il, et vous ne me parlez même plus de lui.

— Ah ! soupira madame Hennebault, ce n'est plus la peine.

M. l'abbé Mornand ne comprit point ce qu'elle entendait par là ; mais il crut devoir ajouter, charitablement :

— J'espère que *tout va bien*.

Madame Hennebault ne se rappela pas tout de suite le sens convenu de cette phrase, qu'elle avait tant de joie jadis à entendre, lorsque l'innocence de Philippe était son unique préoccupation. La mémoire lui étant revenue soudain, elle ne pût s'empêcher de rire, quoiqu'elle y fût peu disposée en des conjonctures si tristes, et elle repartit :

— Ah! ouiche! tout va bien... Mon pauvre abbé... Ça y est.

— Comment, « ça y est »? demanda M. l'abbé Mornand, surpris et, à tout hasard, un peu choqué.

— Mais oui, ça y est. Vous n'êtes pas le seul qui ait vu d'étranges choses dans le parc d'Aiguillon. Le lendemain même du jour où vous avez pris la main dans le sac ce polisson d'Alexandre de la Guithardière...

— Madame!... interrompit l'abbé d'un ton sévère et en esquissant un geste de propitiation.

Elle toussa, rougit et conclut :

— Quel spectacle pour une mère!

— En effet, dit l'abbé naïvement.

Mais il s'avisa que son rôle était de consoler et d'absoudre : il s'empressa donc de tranquilliser madame Hennebault sur les suites morales de ce qu'elle avait pu voir dans le parc d'Aiguillon. Il lui assura que tout péché peut être remis, même celui-là, pourvu que le pécheur n'y retombe pas trop régulièrement, et qu'enfin on ne doit pas jeter le manche après la cognée. Madame Hennebault sourit.

Comme cette conversation les gênait également tous deux, ils en changèrent sans crier gare : ils se rabattirent sur le malheur des temps.

— Hélas! dit madame Hennebault, il y a toujours deux France. A la fin, qu'est-ce qui les réconciliera?

— Un grand cataclysme peut-être, dit l'abbé.

— Il faut donc le souhaiter, dit madame Hennebault.

A ce moment la porte s'ouvrit, et le valet de chambre annonça :

— Monsieur le baron d'Épervans.

On ne l'avait point vu et l'on n'avait point ouï parler de lui depuis si longtemps que madame Hennebault et l'abbé l'accueillirent comme un revenant, avec moins de politesse que d'effroi. De fait, ils le croyaient mort, par raisonnement : M. le baron d'Épervans, officier de marine en retraite, qui rédigea, mais qui naturellement ne rédige plus, dans un excellent journal, des comptes rendus remarqués de la guerre russo-japonaise, pouvait-il avoir survécu à la paix?

Il l'avait pu quelques semaines, au moyen de la rubrique « visites d'escadres ». Mais les escadres ne se visitent plus, et M. le baron d'Épervans ne pouvait donc plus qu'être mort, cette fois pour de bon.

— J'apporte de grandes nouvelles, dit-il avec son emphase coutumière : la paix est assurée.

— Ah? fit madame Hennebault, songeant : « Il n'est pas mort, mais il est fou. »

Elle ajouta :

— D'où sortez-vous donc?

— J'arrive de Christiania, dit ce personnage prépondérant. Nous avons été à deux doigts de nous battre, et j'avais déjà pris mes dispositions pour suivre les hostilités à cheval...

— A cheval! s'écria l'abbé.

— A cheval sur les deux pays : mais tout espoir est désormais perdu. Je suis donc revenu en France, et je ne le regrette pas : car j'arrive à temps.

— Ah? fit encore madame Hennebault.

— Oui, répéta M. le baron d'Épervans, j'arrive à temps pour entamer une campagne de presse, qui sera menée bon train, je vous en réponds. Je veux faire appel au concours de tous mes amis et, en particulier, au vôtre.

— Au mien! dit madame Hennebault d'une voix plaintive. Hélas! mon cher monsieur, je n'écris plus du tout. M. Hennebault va de mal en pis. Il sera même très heureux de vous voir si vous voulez bien prendre la peine de monter jusqu'à sa chambre.

— Vous écrirez bien tout de même une petite lettre? dit M. le baron d'Épervans... Croyez que je prends part à vos inquiétudes... Je ne vous demande, je ne demande à tous mes amis qu'une lettre, mais tapée. M. l'abbé lui-même me ferait le plus grand honneur et le plus grand plaisir, il rendrait à notre cause le plus signalé service, s'il daignait m'écrire aussi. Nous aimerions avoir quelques signatures du clergé.

L'abbé se récusa d'un geste éperdu. Madame Hennebault, impatiente, dit au baron :

— Sapristi! de quoi parlez-vous?

— Ne l'avez-vous point deviné, madame? Ignorez-vous encore le sacrilège attentat que prépare une administration de vandales?

Ces expressions lyriques n'émurent point madame Hennebault. Mais quand le baron dit nettement : « Ils veulent raser le bois de Boulogne », elle se dressa en pied, farouche, prête à donner et à recevoir des coups : — et elle empoigna son gros flacon de sels anglais, car elle ne savait pas encore si elle n'allait pas plutôt s'évanouir.

— Ils ne savent qu'inventer! murmura M. l'abbé Mornand, qui avait déjà croisé ses bras avec une résignation toute chrétienne.

Ses regards vagues avaient l'air de contempler dans le lointain l'armée des bûcherons officiels occupée à commettre ce que M. le baron d'Épervans appelait si justement un sacrilège.

La placidité de l'ecclésiastique indigna madame Hennebault.

— Il ne s'agit pas de dire, proféra-t-elle d'un ton qui était entre le miaulement et le rugissement, il ne s'agit pas de dire que les bandits qui nous gouvernent ne savent qu'inventer : il faut mettre ordre à cela une bonne fois, il faut agir. Raser le bois de Boulogne! Mon cher baron, vous pouvez compter sur moi. Je suis déjà descendue dans la rue quand on a expulsé les sœurs de leurs couvents : j'y redescendrai s'il le faut pour empêcher qu'on ne rase le bois de Boulogne, *mon* bois de Boulogne!

— Je préfère que vous m'écriviez simplement une petite lettre, dit M. le baron d'Épervans, à qui, en effet, la descente de madame Hennebault dans la rue n'aurait point fourni de la copie toute faite.

— Au surplus, dit M. l'abbé Mornand avec un peu d'amertume, nous avons pu voir que ces dames n'arrivent pas à grand'chose quand elles descendent dans la rue, et, pour ma part, je ne les engagerai jamais à recommencer.

— Raser le bois de Boulogne! répéta madame Hennebault. Mais il faut que ces gens-là soient fous!

— Ils le sont, madame, dit M. le baron d'Épervans.

Et, tirant de sa poche un plan, il tenta d'expliquer à madame Hennebault quelle était la zone menacée. Madame Hennebault ne comprenait rien aux plans : mais elle se refroidit quand elle sut qu'il n'était pas question, à proprement parler, de raser le bois de Boulogne, mais seulement de l'écorner. Pour la remettre au point, M. le baron d'Épervans dut lui annoncer la destruction de six mille arbres. Elle jeta un cri douloureux. Le valet de chambre introduisit M. le capitaine Chavroche.

La vue du baron effara le capitaine, comme précédemment madame Hennebault et l'abbé. Mais on ne lui laissa point le loisir de traduire cet effarement, fût-ce par un simple jeu de physionomie. Il ne put même s'informer des santés de M. Hennebault et de M. Lancel-Courtois, et il en fut marri : car il avait imaginé, en chemin, d'ingénieuses transitions pour s'informer successivement de l'un et de l'autre, sans blesser les convenances ni les justes susceptibilités de madame Hennebault. Mais celle-ci se précipita au devant de lui, comme dans *la Fille de Madame Angot*, et lui cria en pleine figure, d'une voix vibrante :

— Saviez-vous, capitaine, que ces gredins-là veulent raser le bois de Boulogne?

Il manqua de tact : il sourit. Et pour faire le malin il déclara :

— Je le savais.

— Vous le saviez!... s'écria madame Hennebault, avec des points de suspension, dans la voix, qui signifiaient : « Vous le saviez et vous ne me l'avez pas dit! Vous le saviez, et vous n'avez assassiné personne!... » etc.

— Il ne s'agit pas tout à fait de raser le

« ILS VEULENT RASER LE BOIS DE BOULOGNE. »

bois de Boulogne, reprit M. le capitaine

Chavroche, souriant toujours, et calme : à la fin, ce calme devenait exaspérant.

bon stratégiste pour ne point faire, sur-le-champ, face à tous les imprévus. Il s'avisa

SIX MILLE ARBRES!!... INTERJETA MADAME HENNEBAULT.

— Peu importe, dit madame Hennebault.

— Comment : peu importe? dit M. le baron d'Épervans.

— Permettez, fit le capitaine, je suis quelque peu au courant de l'affaire...

— Six mille arbres!!... interjeta madame Hennebault, comme elle eût dit : « Tarte à la crème. »

Le capitaine Chavroche ne se laissa pas démonter.

— Je suis, répéta-t-il, au courant de l'affaire, mon cousin Doré a soumis à qui de droit un projet d'utilisation des terrains qui vont devenir libres...

Madame Hennebault, le baron d'Épervans, l'abbé même crièrent haro sur le cousin Doré. M. le capitaine Chavroche sentit qu'il se compromettait et n'essaya point davantage de défendre son parent. Il n'y renonça que par force et à regret, car, sans bien définir le rôle que pourrait jouer un militaire dans une affaire de cet ordre, il s'était flatté qu'elle dût être pour ses cousins l'occasion de lui procurer une situation dans le civil. Mais il était trop qu'il forcerait bien plus sûrement la main au parent riche en s'associant à une protestation publique et en le faisant un peu chanter. Il se mit à hurler, quant à lui, avec les loups; et lorsque madame Hennebault lui dit : « Eh bien? c'est un joli coco, votre cousin Doré! » il répondit en souriant : « Ah! madame, à qui le dites-vous? »

Madame Hennebault annonça qu'elle voulait écrire sa lettre sans plus tarder, et cela parut une manière de congé donné à ses visiteurs. Ils se levèrent. Toutefois, avant de se retirer définitivement, ils montèrent dire un petit bonjour à M. Hennebault, dans sa chambre.

Ils y trouvèrent M. Lancel-Courtois, qui venait là quotidiennement, pour marquer l'avantage qu'il avait sur M. Hennebault de pouvoir encore sortir. Madame Hennebault oublia les ménagements que l'on doit aux malades et cria dès la porte :

— Savez-vous ce que vient de m'annoncer le baron d'Épervans? Il paraît que ces coquins-là veulent raser le bois de Boulogne!

L'effet de cette nouvelle sur les deux valétudinaires fut prodigieux. M. Hennebault en parut galvanisé. Le sang lui monta au visage, et il déclara d'une voix forte qu'il ne laisserait point raser « son » bois : il employa le même possessif que tout à l'heure madame Hennebault, touchant accord qui ne s'était manifesté que trop rarement au cours d'une longue existence commune.

Par contre, M. Lancel-Courtois eut une faiblesse. Sa pâleur fit même craindre la syncope. Il balbutia des mots sans suite, puis ses yeux se mouillèrent. L'émotion du vieil homme fut si communicative que M. le capitaine Chavroche qui décidément retournait sa casaque s'écria :

— Il faut constituer un comité de défense.

— C'est déjà fait, s'empressa de répondre le baron.

Il ajouta, crevant de modestie :

— J'en suis le président.

— J'en veux être membre actif, dit M. Hennebault.

— Et moi, dit madame Hennebault, dame patronnesse.

— Je comptais même, dit le baron, vous demander d'être présidente à mes côtés ; car nous aurons un bureau mixte.

Madame Hennebault fut éblouie, mais elle ne perdit pas le sens. D'un douloureux regard elle fit comprendre au baron qu'elle ne pouvait pas, dans les circonstances présentes, se mettre ainsi en avant. Elle poussa un soupir à fendre l'âme, où l'abbé reconnut qu'elle était en train d'accomplir un acte de renoncement, et elle dit ces paroles incroyables :

— La présidente qui pourra être le plus utile à la cause est madame Bricquart.

— Grand Dieu! songea M. l'abbé Mornand, voici l'aube de la réconciliation. La catastrophe bienheureuse qui devait res-

ELLE ÉCRIVIT D'UN SEUL JET SON DÉBUT.

tituer en France l'unanimité, c'était donc la destruction hypothétique du bois de Boulogne!

Les visiteurs se retirèrent enfin, sauf l'abbé, qui demeura seul entre M. Hennebault et M. Lancel-Courtois. Ce dernier ne se remettait point vite, et M. Hennebault, dont l'excitation ne tombait pas, le regardait défaillir avec une amicale férocité.

Madame Hennebault s'enferma chez elle, s'assit devant son joli bureau à cylindre et se mit à improviser.

Elle écrivit d'un seul jet son début.

« Si je proteste contre la destruction de notre cher bois? Pouvez vous, mon cher baron... »

— Cher bois, cher baron... murmura-t-elle.

Après délibération, elle retira l'épithète au bois.

« Pouvez-vous, mon cher baron, vous qui connaissez ma sensibilité, pouvez-vous me poser une telle question? J'aime les arbres comme des personnes... »

— Ah! songea-t-elle, un arbre qui ressemblerait à M. Lancel-Courtois... ou même à Gaston... Mais quelle niaiserie!

« J'aime les arbres comme des personnes. Un arbre, c'est de la vie, c'est de l'âme, c'est de la beauté... »

Elle feuilleta son petit Larousse pour vérifier si cette tournure de phrase était correcte; mais, n'y trouvant rien pour ni contre, elle fit justement ce qu'il est prescrit de ne point faire quand on doute.

« ... C'est de la beauté... La santé du riche, la joie du pauvre... »

Elle hésita. Ne valait-il pas mieux retourner la proposition et dire : la santé du pauvre, la joie du riche? Car la joie est le superflu, et convient aux riches: la santé, qui est le nécessaire, suffit aux pauvres...

Elle corrigea : « La joie du riche, la consolation du pauvre, et la santé de tous les deux. » Cette formule la contenta : mais quand elle se relut, sa prose lui parut manquer d'imprévu et de brillant. Elle allait se décourager : soudain elle trouva le trait final. « Nous, les femmes françaises, nous ne tolérerons jamais que l'on déshonore Paris! »

— Ah! dit-elle tout haut, d'un ton respectueux, c'est bien.

Elle sonna sa femme de chambre, mit son chapeau en moins de dix minutes et courut en fiacre chez madame Bricquart, — qui, par le plus grand des hasards, était aussi, malgré l'époque, de passage dans la capitale.

Madame Bricquart fut tellement indignée quand elle apprit qu'on allait raser le bois de Boulogne, qu'elle accepta, sans même s'en apercevoir, la présidence du comité. Elle se fit apporter un quelconque de ses chapeaux et, autrement, resta comme elle était, c'est-à-dire affublée d'un déshabillé qui pouvait aussi bien être une toilette de bal, enfin n'importe quoi sauf un costume pour sortir. Elle ne prit pas le temps de faire atteler et profita du fiacre que madame Hennebault, toujours parcimonieuse, regrettait fort d'avoir gardé.

Ces dames se transportèrent chez madame Jourd'heuil, qui était à Paris, mais non par hasard : elle y venait six jours sur sept, rattraper quelques miettes de son sucre. Bien que les persiennes du palais Jourd'heuil fussent closes par bienséance (et aussi pour mettre madame Jourd'heuil dans ce demi-jour qui lui est plus favorable), madame Bricquart et madame Hennebault rencontrèrent là une vraie foule de visiteurs, qui se trouvaient tous à Paris pour des motifs d'ordres divers et par la plus singulière des coïncidences. La conversation était animée et M. le comte de la Guilhardière y brillait d'un vif éclat lorsque les nouvelles venues parurent. M. le baron d'Épervans arriva au même instant.

Il eut tôt fait d'emballer son auditoire, et madame Bricquart, qui se considérait partout comme chez elle, ne vit point d'inconvénient à tenir d'urgence la première séance du comité, dont elle se rappela tout d'un coup qu'elle était la présidente, dans le logis et sous le nez de madame Jourd'heuil, qui n'était provisoirement rien. Pour être quelque chose, madame Jourd'heuil revendiqua le titre de bienfaitrice qu'on ne lui refusa pas. Admirable élan de charité! Mais comment garder le sang-froid quand M. le baron d'Épervans prêche la croisade? Seul, M. le comte de la Guilhardière savait réfléchir encore.

— Ah! se disait-il, l'animal (et c'est à M. le baron d'Épervans qu'il appliquait cette qualification), ah! l'animal, quel merveilleux dada il a trouvé! Il sera célèbre demain, ce soir. C'est rudement mieux que mon sabre d'honneur pour le président Roosevelt, à quoi personne ne pense déjà plus. Ah! que n'est-ce moi qui ai inventé le coup du bois de Boulogne?

Et M. le comte de la Guithardière, jaunissant, regardait de travers M. le baron d'Épervans. Le sentiment que lui inspirait le baron n'était cependant point à la rigueur un mauvais sentiment. C'était de l'émulation plutôt que de l'envie, nuance malaisée à percevoir, mais qui existe, si nous en croyons les faiseurs de dictionnaires et les définisseurs de mots.

ELLE COURUT EN FIACRE CHEZ MADAME BRICQUART.

M. le comte de la Guithardière n'était d'ailleurs point, à ce moment-là, capable d'un sentiment mauvais à la rigueur : il avait éprouvé une émotion trop sincère en apprenant que le bois, « son » bois, était menacé de destruction. Il s'inscrivit donc parmi la foule obscure du comité, sans marquer de mauvaise humeur. Il se disait : « J'écrirai une lettre de protestation si belle que tout le monde la remarquera et que les autres ne feront aucun effet. »

Chacune des personnes présentes se flattait du même espoir. C'est ainsi que les Français pratiquent la solidarité. On veut bien faire tout son devoir, mais chacun entend se tailler son petit succès.

Cependant, la séance du comité pouvait être censée ouverte, car tout le monde parlait à la fois. M. le baron d'Épervans, président, et madame Bricquart, présidente, s'installèrent côte à côte dans des fauteuils, devant une magnifique table régence. Ils tentèrent de mettre un peu d'ordre dans la discussion, ou d'obtenir au moins le silence. Mais ils avaient beau sonner tous les deux ensemble, le bruit ne cessait point.

Alors, M. le baron d'Épervans, officier de marine en retraite et qui a l'habitude de commander dans le fracas des tempêtes, hurla :

— Quelqu'un de vous a-t-il une proposition à faire?

Comme personne n'avait rien à dire, et qu'on ne savait même pas au juste pourquoi on était assemblé, il se fit un silence de mort. Madame Bricquart en profita pour proposer l'élection d'un secrétaire, et elle fit acclamer le nom de l'aimable Richard Peaussier.

Ce petit monsieur voulut, en guise de remerciement, s'instituer le parrain de ses électeurs. Il proposa de baptiser le comité « Comité des Druides », en souvenir des sentiments bien connus que les Druides professaient à l'égard des arbres, dans une haute antiquité. On ne sait pourquoi cette motion parut impertinente.

M. le baron d'Épervans, pour occuper le tapis, entreprit d'exposer la situation. Il se mit à faire un discours du style des oraisons funèbres, et qui fut écouté avec le même ennui. Au bout d'un quart d'heure, l'ennui devint si insupportable que plusieurs dames, notamment madame Jourd'heuil et madame Hennebault, ne purent retenir leurs larmes.

Soudain on vit apparaître M. Lancel-Courtois, toujours défaillant et livide, accompagné de M. Hennebault, toujours excité. Dès que madame Hennebault avait eu le dos tourné, ils s'étaient échappés de la maison. Ils avaient retrouvé sa piste chez madame Bricquart, d'où on les avait renvoyés ici ; et ils arrivaient, se soutenant à peine, mais, plutôt que de manquer la séance, ils se seraient fait porter sur des civières.

— Ça n'a pas de bon sens! grommelait madame Hennebault, allant de l'un à l'autre et se multipliant, incommodée du partage comme elle ne l'avait jamais été.

Mais cette belle entrée, qui rappelait plusieurs épisodes historiques, avait fait une sensation. M. le comte de la Guithardière étranglait. Il tourna les yeux vers madame Jourd'heuil et la vit dans un état analogue. Il lui saisit alors les deux mains et lui cria dans l'oreille, car on ne pouvait pas autrement se faire entendre

— Je vous aime! Voilà des mois que je vous aime et que je n'ose pas vous le dire, mais on ne subit pas impunément de telles émotions.

Elle lui serra les mains avec force et cria de même :

— Taisez-vous, mon ami, pour Dieu, taisez-vous!

Il lui répondit, comme un sourd :

— Je vous aime! Je vous aime éperdument!

Bien qu'il se bornât à déclarer son amour sans demander rien, elle tint la demande pour sous-entendue et cria qu'elle consentait. M. le comte de la Guithardière fut calmé tout aussitôt, et même rafraîchi, à vrai dire comme s'il eût reçu une douche.

— Ah! cria-t-il encore, quel bonheur! Je n'y puis croire!

Mais, malgré lui, il tournait maintenant les yeux vers madame Mennechet. Elle causait à l'autre bout du salon, avec son mari et plusieurs personnes. Mennechet semblait furieux. Il devint rouge, puis violet, et presque noir Il porta la main à sa gorge, arracha sa cravate, son col.

— Il a un coup de sang! s'écria M. le comte de la Guithardière.

Ce n'était qu'une fausse alerte, et le député réactionnaire qui a l'air d'un toucheur de bœufs reprit vite couleur humaine.

M. le comte de la Guithardière regardait alternativement madame Mennechet et madame Jourd'heuil, et il se disait :

— Je viens peut-être de faire une gaffe.

XII

COMBINAISONS

Bien que le petit monsieur Richard Peaussier n'eût pas un physique avantageux, il ne laissait point de se regarder dans les miroirs ; et il procédait, chaque jour, dès son petit lever, avant sa toilette, à une inspection de soi, qu'il appelait son examen de conscience.

Un matin, l'altération de ses traits l'inquiéta. Il observa que son teint était jaune, ainsi que ses yeux. Comme le jaune est la couleur de l'envie chez les blancs, il fut tout naturellement amené à se demander si, par hasard, il n'éprouvait point ce sentiment.

Il s'avoua qu'il l'éprouvait : car, dans ses relations avec soi-même, il usait d'une franchise absolue, ou mieux, il n'usait d'aucune pudeur. Il enviait éperdument M. le baron d'Épervans, pour la réclame formidable que cet ancien officier de marine s'était taillée en s'instituant le protecteur du bois de Boulogne. Et il se mordait les doigts d'avoir accepté, dans le comité des Druides, une situation inférieure, au mépris de sa règle ordinaire, qui était de ne prétendre à rien dès qu'il ne pouvait pas prétendre à tout.

« Je suis dans une très mauvaise passe, mes affaires ne vont point », se dit-il, et à rebours de ce que l'on pourrait croire, il se félicita d'avoir fait cette constatation, qui lui parut l'indice d'une réaction prochaine. Ses jalousies n'étaient jamais stériles.

Pour commencer, il résolut de ne point dissimuler davantage à cette petite Bricquart qu'il avait l'intention de l'épouser bientôt. Il considéra dès lors l'affaire comme faite, sachant qu'il suffit de vouloir, avec un peu de patience, ou, au besoin, de brutalité, pour être assuré du succès. Il n'hésitait plus, quant à présent, que sur les moyens.

Comme il y rêvait, en flânant par les rues, il croisa d'aventure un autre petit homme, de sa taille exactement, et aussi jaune, mais pour des motifs d'origine : un Japonais. Ce Japonais était habillé, comme de juste, à l'européenne, et même avec élégance : il portait le veston trop long et trop pincé à la taille qui est de mode cet automne, et qui s'adapte aussi mal que possible à la structure des Japonais.

Peaussier regarda celui-ci avec la curiosité bienveillante que nous témoignons volontiers, depuis la guerre, aux ennemis de nos amis et alliés — tels sont les caprices du cœur français. La bienveillance et la curiosité de Richard ne s'adressaient donc point personnellement à ce Japonais, qui n'était à première vue qu'un Japonais comme les autres, et impossible à discerner de ses congénères.

Le passant répondit toutefois au regard affectueux par un sourire : dont Richard ne s'étonna point, car chacun sait que les Japonais ont le sourire.

Mais, souriant toujours et, en outre, la main tendue, il s'avança vers le petit Peaussier, lui dit en excellent français, avec un fort accent anglais :

— Tiens! ma vieille... Bonjour. Comment va?

— Mais... très bien... Et toi, *old chap*? répondit Peaussier, en prononçant ces deux mots anglais de la plus française façon.

Il y eut ensuite une scène classique de reconnaissance. Le petit Français se rappela que le petit *Jap*, qui avait fait une partie de ses études en France, avait été son condisciple à Louis-le-Grand. Le petit Jap conta au petit Français qu'il arrivait présentement du théâtre de la guerre, où il se plaignait de n'avoir pas réussi à se faire tuer, ni même estropier ou blesser grièvement. Il venait reprendre sa place dans une importante maison de commerce de Londres. Le gouvernement de son pays lui avait, par-dessus le marché, confié une importante mission.

Toujours préoccupé d'emprunter à la civilisation occidentale ce qu'elle contient d'utile, le Mikado s'était, paraît-il, demandé s'il n'y aurait pas à tirer quelque chose de nos religions diverses, et si ce n'était pas une infériorité pour le Japon d'en rester à ce point dépourvu.

Le vertueux empereur avait été frappé surtout de la constance avec laquelle le pieux peuple russe endurait ses défaites pour l'amour de Dieu; et quoique l'orgueil national lui interdît de prévoir une si mortifiante éventualité, il se demandait s'il ne convenait point de suggérer dès à présent à ses peuples un peu de religion, pour le cas où ils seraient aussi battus un jour à plate couture.

Comme les Japonais, ainsi que les Américains, tiennent à se procurer toujours « ce qu'il y a de meilleur dans le monde », le Mikado avait chargé l'ancien Louis-le-Grand d'étudier à fond toutes les religions de l'Europe, et d'établir un rapport, sur les conclusions de quoi on en choisirait une toute faite, ou bien on en fabriquerait une composite.

Richard Peaussier estima l'idée originale et le missionnaire intéressant. Il méditait déjà comment il pourrait se faire honneur de cet ancien camarade. Le Japonais l'ayant invité à déjeuner, il pensa ne pouvoir point faire autrement que de l'inviter à dîner. Il n'aimait guère à inviter les gens.

— Au fait, se dit-il, je l'inviterai chez madame Bricquart.

Cela était tout indiqué. La femme, si voyante, du député radical-socialiste si effacé, avait, entre autres prétentions, celle d'être la première lanceuse de Paris. Elle n'admettait point qu'une célébrité, sédentaire ou passagère, se produisît ailleurs que chez elle. Si un artiste, surtout un peu hétéroclite, était signalé, vite elle en achetait l'œuvre entière. Tous les maîtres de chapelle et tous les orchestres ambulants qui traversaient Paris étaient requis, moyennant n'importe quelle somme, d'exécuter n'importe quoi d'abord chez elle. Le moindre chroniqueur ou dessinateur y était prié au premier dessin ou à la première chronique: et l'on recevait d'ordinaire son carton en même temps que la première coupure de l'*Argus* ou du *Courrier de la Presse*.

— Je ferai inviter mon Japonais chez madame Bricquart, se dit l'aimable petit monsieur Richard Peaussier.

Il s'avisa qu'elle n'avait point encore donné un seul dîner à effet, le 1er octobre déjà passé!

— Je veux, pensa-t-il, m'instituer son impresario.

Le rôle était avantageux, car madame Bricquart ne savait rien refuser à qui lui amenait un invité de marque. Refuserait-elle sa fille à qui lui aurait amené un Japonais?

Richard Peaussier fut particulièrement heureux pour son dîner : il dénicha, par surcroît, une vedette féminine, une danseuse, qu'on disait qui avait été honorée naguère des faveurs, — des premières faveurs de son souverain. (Il ne serait pas convenable de désigner plus clairement cette danseuse et ce souverain. Il suffira de dire que la rencontre de la danseuse avec un Japonais était amusante.)

Deux jours après ce dîner, qui fut mentionné dans les échos de la vie mondaine comme « très select et réussi de tous points », le petit Richard Peaussier fit encore une rencontre dans la rue : celle d'un autre petit jeune homme, mais point jaune, tout blanc au contraire et tout rose, et même trop blanc et rose, vêtu, comme le Japonais, d'un veston long, cambré et pincé, mais qui seyait fort bien à une taille singulièrement fine.

Totalement rasé, fort joli, ce jeune homme paraissait avoir de quinze à trente-cinq ans. Il avait, en vérité, l'âge même de Richard, et, comme le Japonais de l'avant-veille, il était son ancien condisciple. Il se nommait Langelier, et il était le fils d'un de nos raffineurs les plus remarqués ces derniers temps.

Comme il avait des prétentions littéraires, il portait usuellement, à l'exemple de plusieurs jeunes littérateurs, les deux prénoms de son acte de naissance, auxquels même il en avait ajouté un troisième, de son autorité privée; et il exigeait que les gens qui lui parlaient sur le ton de la familiarité ne l'appelassent rien moins que Jean-François-Loup.

Richard, voyant de loin Jean-François-Loup, fit le possible pour l'éviter.

Tout en n'ayant de superstition d'aucune sorte, il préférait n'être point trop remarqué dehors avec un compagnon si jeune et si bien fait.

Il ne se rappelait d'ailleurs pas bien s'il avait lu que Langelier le père était à demi ruiné ou tout à fait, ou même mort subitement, et il redoutait pour sa sensibilité le contact des malheureux.

Mais Jean-François-Loup, qui avait également vu Richard de loin, ne consentit point à passer inaperçu. Il vint droit à son ancien camarade. Il n'était pas en deuil, mais vêtu de vert de la tête aux pieds, conformément à la mode du mois. Cette couleur instruisit Peaussier que Langelier le père n'était probablement point mort.

Quant à la ruine, Richard fut aussitôt fixé : car Jean-François-Loup lui dit d'abord, avec un air de contentement :

— Tu as vu, dans les feuilles, le pouf énorme que nous avons fait ?

Cet air de contentement étonna fort Richard Peaussier, qui savait Jean-François-Loup Langelier arriviste féroce et homme d'argent, comme la plupart des idéalistes professionnels.

Mais Jean-François-Loup fournit à

L'UN DE CES JOURNAUX, LE « FRANC-PARLER »...

Peaussier des explications, au reste bizarres et peu compréhensibles.

Le père Langelier possédait deux fortunes : l'une, réelle et personnelle, ou plutôt personnelle à madame Langelier, et l'autre, officielle, qui était plutôt fictive. Cette dernière était seule atteinte, et l'autre intacte, peut-être même augmentée.

On avait dû procéder néanmoins à une espèce de liquidation. Or, dans l'actif de Langelier père, il se trouvait un certain nombre de journaux, qui, assurément, ne valaient pas grand'chose, mais auxquels il paraît que le gouvernement accordait un certain prix, à condition, bien entendu, qu'ils demeurassent intelligemment hostiles et n'eussent point le zèle maladroit de devenir complaisants.

L'un de ces journaux, *le Franc-Parler*, appartenait depuis une quinzaine à madame Jourd'heuil, et était censé représenter les quarante-deux mille six cents francs qu'elle n'avait donc pas entièrement perdus dans le sucre

Madame Jourd'heuil ne pouvait pas exploiter ni diriger elle-même un journal, et elle ne s'était pas opposée à la nomination de Jean-François-Loup comme administrateur et rédacteur en chef. Le jeune homme savait ce qu'on peut tirer du papier avec un peu d'industrie. Sa joie était concevable.

— Mon vieux, dit-il à Richard Peaussier, j'ai dans l'idée que je vais faire des choses épatantes... Nous les ferons ensemble, ajouta-t-il soudainement, dans un élan de cordialité.

Il aurait parlé de même à n'importe lequel de ses camarades rencontré à cette minute. La chance de Richard Peaussier fut d'être le camarade qu'il rencontra.

— C'est la fortune, se dit Richard.

Il tira sa montre et vit trois heures juste.

— J'aurai eu la veine, se dit-il, exactement à trois heures de l'après-midi.

Les « choses épatantes », que Jean-François-Loup Langelier avait idée de faire, étaient encore, dans son imagination, à l'état vague; mais on ne reste pas longtemps dans le vague avec un auxiliaire tel que Richard Peaussier.

Dès le lendemain, Richard fournit à Jean-François-Loup un excellent article, humoristique et sérieux, sur le Japonais et la danseuse. Il y avait glissé une réclame à madame Bricquart, qui s'abonna. Ce n'est pas un reportage et un abonnement qui suffisent à lancer un journal

— Il faudrait frapper un grand coup, trouver quelque chose, se disait Richard Peaussier.

Et il ruminait d'offrir un banquet monstre ou bien de créer une fanfare il ne s'arrêtait que peu de temps à ces deux projets

Comme il passait devant l'Académie de Médecine, machinalement il se mit à lire de grands placards affichés à la porte de ce sanctuaire. Il vit l'annonce d'un Congrès international Les spécialistes du monde entier devaient se réunir, la semaine suivante, pour aviser aux moyens d'en finir avec une certaine maladie qui est devenue le sujet de toutes les conversations, chez les gens même les plus timorés, depuis qu'un auteur dramatique l'a rebaptisée d'un euphémisme impropre, mais décent.

— Telle est notre légèreté parisienne! murmura le petit monsieur Richard Peaussier. Nous savons tous que monsieur Claretie vient de remercier un de ses pensionnaires, ou que les professeurs du Conservatoire démissionnent parce qu'on veut les contraindre de professer; et nous ne savons pas que, la semaine prochaine, les plus illustres savants de l'Univers ont rendez-vous ici pour supprimer l'un des fléaux de l'humanité... Mais sapristi! songea-t-il, voilà le coup du *Franc-Parler!*

Il étudia soigneusement le programme du Congrès, il en prit une copie, et il courut au bureau du journal.

Le numéro suivant paraissait avec une « manchette » énorme et débutait par une « note de la rédaction ». Il y était dit que le *Franc-Parler*, dans l'unique vue de rendre service à l'humanité et de plaire à ses lecteurs, surtout aux jeunes, avait décrété la suppression d'un mal, qui « répand la terreur ». A cet effet, il réunissait la semaine prochaine, en congrès international, les savants les plus désignés de l'Univers il avait fixé, d'accord avec les principaux d'entre eux, un programme qu'il publiait ci-dessous *in extenso*

Une bande de calicot blanc fut accrochée aux fenêtres du journal, portant la mention *Congrès du « Franc-Parler »* Deux garçons de bureau en livrée furent mis de planton à la porte de l'Académie de Médecine. Enfin un numéro spécial, distribué parmi la jeunesse des écoles, assura au *Franc-Parler* un public frémissant et neuf, auquel se joignit dès le premier jour la foule des victimes adultes, et le troupeau bien plus considérable encore des malades imaginaires ou des phobiques.

Le nombre des abonnés et des acheteurs au numéro devint si imposant du jour au lendemain que le petit Peaussier, qui ne s'étonnait jamais de rien, en fut lui-même ahuri. Il sentit qu'il avait une dette de reconnaissance envers tous ces gens-là, et il annonça que le *Franc-Parler* ferait une grande surprise à ses lecteurs pour le dernier jour du Congrès.

Quelle surprise? demanda Jean-François-Loup.

— Mais, dit Richard Peaussier, je n'en

sais absolument rien. Ce sera une surprise pour moi d'abord. Enfin, nous trouverons toujours bien quelque chose.

annonçons depuis huit jours quotidiennement ?

— Tiens, dit Richard Peaussier, c'est vrai.

CONGRÈS DU FRANC-PARLER.

Les médecins, qui ne savaient pas avoir affaire au *Franc Parler*, et dont plusieurs même ignoraient l'existence de ce journal, éprouvèrent quelque étonnement et un peu d'irritation. Mais leur temps était précieux, ils ne le perdirent point à protester.

Les Français haussèrent les épaules; les étrangers ne purent se défendre d'être sensibles aux attentions que l'on avait pour eux. On venait les cueillir à la sortie des séances. L'aimable Richard Peaussier se faisait leur cornac. Il les guidait à travers la capitale. Il les menait partout, et notamment où des spécialistes de cette catégorie peuvent trouver de l'intérêt.

Il va de soi que, pour le bouquet, on leur offrit un grand dîner chez les Bricquart. Nul d'entre les congressistes ne connaissait les Bricquart, mais ils s'y laissèrent conduire docilement.

Jean François Loup et Richard Peaussier s'étaient donné rendez vous, pour y aller ensemble, au journal.

— Au fait, dit Jean-François Loup, et votre surprise? La surprise que nous

— As-tu trouvé quelque chose?

Peaussier réfléchit trois minutes, sourit et rédigea

« La surprise que, depuis huit jours, nous promettons à nos lecteurs pour demain, c'est.. la GUÉRISON!!! »

— Tu t'avances peut-être beaucoup, dit Jean François-Loup interloqué.

— On ne s'avance jamais trop, répondit Richard Peaussier avec importance.

Et ils allèrent dîner chez les Bricquart.

Ce dîner fut assez extraordinaire, — sans l'être beaucoup plus, toutefois, que la plupart des dîners de même sorte donnés chez les Bricquart, où la maîtresse de maison passait le temps à demander le nom de ses convives, tantôt à son voisin de gauche et tantôt à son voisin de droite. Mais la conversation fut particulièrement savoureuse.

Dans un milieu intime et cordial, les spécialistes les plus spécialistes, et même réunis ensemble, arrivent quelquefois à se divertir de leur spécialité. Mais ici cette spécialité était trop l'unique raison d'être de la réunion pour que l'on se pût croire autorisé à parler d'autre chose.

La présence même d'une jeune fille n'empêchait rien. Au surplus, Hélène Bricquart avait pris soin de mettre tout ce monde à l'aise en marquant sa curiosité d'une maladie qui ne saurait intéresser personne davantage que les jeunes filles à marier.

Richard Peaussier, qui était assis à côté d'elle, profitait des rapports de la maladie en question avec l'amour pour lui faire des déclarations explicites; et il lui donnait à entendre, afin de la séduire mieux, qu'il était, quant à lui, sain comme l'œil.

Mais soudain il dressa l'oreille. Le professeur Azow — un Russe — venait de déclarer qu'il pensait être sur la piste d'un remède nouveau. On le pressa de questions, auxquelles, naturellement, il ne répondit point. Cependant, il ne crut pas devoir taire que son remède avait déjà guéri plusieurs singes. Il était résolu de l'expérimenter sur des hommes, ou du moins sur des moujiks, dès son retour en Russie, et il espérait que, d'ici à cinq ou six mois, « un peu de lumière viendrait du nord ».

Jean-François-Loup ne prêta seulement pas attention à ces paroles; mais Richard passa au journal sur le coup de minuit pour rédiger une petite note, d'où il ressortait que le *Franc-Parler* avait promis à ses lecteurs la guérison, et que le *Franc-Parler* tenait sa promesse.

L'illustre professeur Azow venait de découvrir enfin le remède. Il l'affirmait : qui oserait douter d'un tel maître? Azow ne voulait pas livrer à la publicité sa drogue avant de l'avoir étudiée encore six mois : mais il avait juré que, dans six mois jour pour jour, c'est à dire en avril prochain, il lâcherait tout.

— Il a juré? dit Jean-François-Loup. Je n'ai pas entendu ça.

— C'est que tu es sourd, dit Richard Peaussier.

La journée du lendemain fut affreuse pour le professeur Azow.

Il vit sa chambre d'hôtel envahie par les reporters, et il sentit qu'il avait encouru la réprobation unanime de ses confrères.

Il essaya de donner des explications : elles furent maladroites. Il ne nia point positivement qu'il eût découvert un remède. Les interviews de lui que publièrent les autres journaux eurent bien cependant une allure de rectification, et Jean-François-Loup, qui décidément n'était pas à hauteur, s'en émut.

Mais Richard Peaussier ne s'en émut point, et il en fit un résumé si habilement infidèle que l'on put l'insérer sous ce titre :

Le professeur Azow confirme officiellement ce que nous avons annoncé hier : le remède est enfin trouvé !

L'infortuné professeur Azow pensa devenir fou quand il lut l'article de Peaussier. Il courut au journal. Peaussier, en personne, le reçut, et profita de l'occasion pour le faire causer.

Ce nouvel interview parut le lendemain. Les paroles du professeur y étaient rapportées avec la plus scrupuleuse exactitude, et l'on ne saurait expliquer par quel miracle, une fois transcrites par Peaussier, elles se trouvaient signifier tout le contraire de ce que le professeur avait dit.

Lui-même n'y put rien comprendre. Il lut et relut cette prose, qui était sa prose, sans arriver à débiner le truc, comme on dit vulgairement. La veille, il avait pensé devenir fou; cette fois, il pensa devenir enragé.

Il prit le parti de ne s'en fier qu'à soi seul et d'écrire une lettre de sa bonne plume. Mais sa bonne plume n'était point trop bonne. Son français ne valait point celui de Peaussier. Il ne dit pas encore très précisément ce qu'il voulait dire. Jean-François-Loup fut bien penaud quand il reçut l'épître, mais Richard haussa les épaules de dédain.

Ordre fut donné d'insérer la communication du professeur Azow, sans omettre ni changer un mot. Seulement, Peaussier la fit précéder d'un « chapeau », comme on dit en termes de métier; et ce chapeau était pour remercier le professeur d'avoir bien voulu confirmer une fois de plus, par la lettre qu'on allait lire, les articles du *Franc-Parler*. La lettre contredisait le chapeau, mais cela n'avait pas la moindre importance ; le coup était porté.

Une courte « note de la rédaction » suivait, pour déclarer que « l'incident était clos », et que, sous aucun prétexte, il ne serait plus question du fameux remède avant l'échéance des six mois réclamés par le professeur.

Le pauvre grand homme eut un si fort

accès de colère en lisant ce chapeau et cette note que sa santé en fut ébranlée : il faillit mourir cinq ou six jours plus tard, d'une crise soudaine d'appendicite.

SON COCHER SE RETOURNA ET LUI ADMINISTRA UNE VOLÉE DE COUPS DE FOUET.

Richard avait pris congé de Jean-François-Loup, aussitôt le chapeau et la note donnés à la composition. Il sauta dans un fiacre et se fit conduire rue du Général-Appert, où il put voir Hélène Bricquart seule, dix minutes, — pas plus : car on l'attendait à la gare de l'Est, pour le départ des bleus.

Devenu, par occasion, l'âme du *Franc-Parler*, journal réactionnaire et officieux, il n'avait point renoncé pour cela à ses idées personnelles, et il était l'un des membres les plus bruyants de l'association internationale antimilitariste.

Quand Hélène Bricquart sut pour quel motif louable il la quittait si vite, elle se garda de le retenir. Elle l'envoya où son devoir l'appelait, d'une réplique analogue au « Va te battre » du *Gendre de M. Poirier*, encore que « va te battre » fût peu approprié à la circonstance.

Il ne se le fit pas dire deux fois. Il ressauta dans son fiacre, et promit au cocher un fort pourboire s'il arrivait encore à temps.

Il arriva tout à fait à la dernière minute. Les jeunes soldats étaient massés dans la cour de la gare, et la foule leur faisait une ovation.

— Ça va bien, ça va très bien, se dit Richard Peaussier, qui n'entendait point ce que l'on criait et ne tenait compte que du charivari.

Il se leva dans son fiacre découvert et hurla :

— A bas l'Armée!

A l'instant même il reçut une effroyable volée de coups de poing. Il se mit à l'abri comme il put contre le dos de son cocher. Mais son cocher se retourna et lui administra une volée de coups de fouet.

Il avisa deux agents.

— Mais défendez-moi donc! leur cria-t-il. Défendez moi!

ILS LE TRANSPORTÈRENT AU POSTE.

Les deux agents n'avaient pas attendu cet appel pour tenter de se frayer un chemin jusqu'à lui. Ils le dégagèrent enfin, l'empoignèrent et, tandis qu'il les remerciait avec effusion, ils le transportèrent au poste, où ils le passèrent à tabac.

Il fut mené ensuite au Dépôt, où il demeura toute la nuit. Il eut, le lendemain matin, l'humiliation supplémentaire d'être photographié tout nu, de profil et de face, et de tremper ses pouces dans une encre indélébile.

Mais là s'arrêtèrent ses mésaventures. Il

n'était pas pour rien l'âme d'un journal ensemble opposant et officieux. Jean-François-Loup Langelier n'eut qu'à s'adresser en haut lieu pour obtenir son élargissement : et quand Hélène Briequart et sa mère vinrent, deux heures plus tard, lui apporter quelques friandises pour tromper l'ennui du cachot, elles le trouvèrent qui en sortait.

Grand Dieu! dans quel état! Un œil tout noir, l'autre plutôt bleu, le nez informe, la lèvre supérieure tuméfiée, les vêtements en loques! Mais Hélène Briequart lui trouva l'aspect d'un héros.

Et elle sentit qu'elle ne ferait plus languir bien longtemps un homme capable de s'exposer à recevoir de tels gnons par peur théorique des coups.

XIII

LE MANDARIN

Depuis que M. le comte de la Guithardière pouvait se tenir pour fiancé à madame Jourd'heuil, il ne prenait plus la peine de se dissimuler qu'il éprouvait un désir chaque jour plus pressant d'épouser madame Mennechet.

Parmi les nouveautés de la psychologie contemporaine, le désir d'épouser une femme actuellement en puissance d'époux est l'une des espèces les plus récentes, mais les plus fréquentes aussi, et les plus reçues, et qui n'étonnera que les provinciaux éloignés ou les entêtés retardataires. Les jeunes gens à établir, qui sont forts sur l'arithmétique, délaissent volontiers les jeunes filles pour faire la cour aux femmes provisoirement mariées; et la justesse de ce calcul saute aux yeux : car une jeune fille n'a que sa dot, qui neuf fois sur dix, n'est point trop grosse, et huit fois sur neuf n'est point payée, tandis qu'une femme mariée, qui divorce, emporte, outre sa dot, la moitié de la fortune faite par le mari qu'elle lâche.

Maintenant que la Loi facilite et consacre les aventures, il y a tout avantage à les mettre sous sa protection, et l'on se demande comment l'adultère n'est pas encore tombé tout à fait en désuétude. Il y est d'ailleurs tombé à peu près : c'est pourquoi les hommes de progrès ont raison de dire que l'institution du divorce a moralisé, assaini celle du mariage.

Il va de soi, pourtant, que M. le comte de la Guithardière n'envisageait pas une telle solution. Un homme de son monde, et qui rêve l'Académie, sans autre titre pour y parvenir que celui de comte et la décence de ses mœurs, n'épouse pas une femme divorcée, même riche, surtout quand il est déjà fiancé à une autre, plus riche et veuve. M. le comte de la Guithardière n'avait pas le choix des expédients; il n'en pouvait concevoir qu'un, plus naturel que le divorce, qui est d'invention humaine, plus radical aussi : la mort, tout bonnement, de l'un des conjoints, — du mari, bien entendu.

Il s'étonnait un peu, mais assez peu, et il ne s'effrayait pas outre mesure, d'imaginer si tranquillement, et même de souhaiter la mort de Mennechet. Il est devenu philosophe à force de faire la conversation, comme on devient forgeron en forgeant, et il a dans le cerveau des idées générales, faute de connaissances particulières, comme on a l'estomac gonflé de vent quand on lui fait attendre sa pâture. Il ne fut donc point embarrassé pour justifier par de bons raisonnements et par de mauvaises raisons le sentiment qu'il éprouvait.

Il s'avisa que rien n'est humain comme souhaiter la mort d'autrui, quand il vous gêne. Ce dénouement est le seul qui mérite d'être appelé un dénouement. Il est instantané. Il est absolu. Il est bien commode.

Supposez, par exemple, que lui, comte de la Guithardière, ait commis un acte douteux, en présence d'un unique témoin : pourrait-il se défendre de souhaiter la disparition de ce témoin, quand elle suffirait pour abolir toute trace, — disons mieux : la réalité même de son erreur? Non, certes, il ne le pourrait pas.

Grâce à Dieu M. de la Guithardière n'avait commis aucune action fâcheuse, et ce qu'il possédait de plus précieux, à savoir sa respectabilité, n'était point en péril. Mais s'il prétendait épouser madame Mennechet et que l'existence de Mennechet fût l'unique obstacle à ce vœu, il devait logiquement souhaiter la fin d'une existence si contrariante, ou alors il n'eût pas été un homme. Et comme il se targuait d'être un homme, il souhaitait, sans honte, la suppression du député réactionnaire qui a l'air d'un toucheur de bœufs.

Même, ce n'est pas sans une certaine satisfaction que M. le comte de la Guithardière s'avouait ce désir impertinent. La vanité est toujours chatouillée quand on pense avoir lieu de se dire : Quel vaurien je fais, ou quel perverti! M. de la Guithardière se disait tout bas : « Je suis un sadique. Il y a du sadisme à souhaiter le trépas du prochain. Le désir est un commencement d'exécution. Jusqu'à un certain point, j'assassine. »

M. de la Guithardière se contentait d'assassiner jusqu'à ce point-là. L'idée ne lui venait pas d'expédier de ses mains le *terzo incommodo*. La faculté de tuer est, comme disent les savants, congénitale, de même que la faculté de rôtir; et M. de la Guithardière avait tout au plus des dispositions à devenir cuisinier.

Si toutefois il répugnait aux procédés de meurtre primitifs, qui sentent trop la boucherie, il arrêtait son esprit avec complaisance sur les procédés moins salissants. Le plus connu est celui du mandarin.

— Admettons que l'on me dise : « Vous n'avez qu'à faire un signe de tête pour que cette brute de Mennechet cesse, à l'instant même, d'exister », ferais-je le signe? se demandait M. le comte de la Guithardière... Oui, je le ferais!

Et il le faisait : de sorte que son valet de chambre, en train de l'habiller, ou, si c'était dans la rue, les passants le regardaient avec surprise et le prenaient pour un fou. Ah! qu'il était sage, au contraire!

Lorsqu'il avait fait bien souvent le signe du mandarin dans la journée, il se flattait d'apprendre, en rentrant, le décès de son rival; et il demandait, dès la porte : « A-t-on téléphoné? » Mais le mouvement de tête qui suffit à foudroyer les Chinois n'a point d'efficacité contre les députés réactionnaires.

Le comte de la Guithardière songeait alors à d'autres façons d'opérer plus sûres, quoique indirectes, qui sauvent les apparences, et qui ménagent à la conscience même du meurtrier le bénéfice d'un doute. Il se rappelait une nouvelle de Maupassant, où un père se débarrasse d'un fils nouveau-né en ouvrant une fenêtre à propos.

Les personnes atteintes d'une affection du cœur sont, aussi, faciles à exécuter. On rit quand on voit annoncer dans les journaux l'autopsie de gens qui ont reçu trois ou quatre balles de revolver; et puis, on est bien étonné d'apprendre que la victime n'est pas morte de ses blessures, mais de saisissement. Vous vous chamaillez avec un ami, vous lui jetez au visage votre gant : il s'affaisse, il n'est plus. Ce n'est pas votre gant qui l'a tué : il a eu peur.

M. de la Guithardière ne devait malheureusement point user du soufflet; car les bienséances interdisent encore d'épouser la veuve d'un homme qu'on a giflé, et surtout qui en est mort. Rien, au surplus, ne permettait d'espérer que Mennechet eût le cœur malade.

En revanche, la courte encolure, le teint violacé du personnage, étaient pour suggérer d'autres espoirs. Ce « toucheur de bœufs » n'avait-il pas eu l'autre jour, dans le salon de madame Jourd'heuil, à propos de rien, à propos d'arbres, une manière d'attaque? Une récidive est toujours possible M. de la Guithardière se mit à houspiller M. Mennechet et à systématiquement le contredire. Il dut faire violence à son tempérament, car il n'avait jamais contredit personne.

Ces joutes avaient d'ordinaire pour théâtre le salon de madame Jourd'heuil, où le comte, en dépit de ses arrière-pensées, croyait devoir venir chaque jour, et où il faisait aussi, à tout hasard, porter quotidiennement des fleurs coûteuses, — les dix-huit ans de son fils Alexandre n'étant pas encore révolus. Les habitués du salon s'étonnaient de voir un La Guithardière si batailleur et si hargneux. Mennechet n'y comprit d'abord rien, mais ne tarda pas à se rebéquer. « Monsieur le comte m'embête, dit-il un jour à sa femme, je le moucherai. »

Seule, madame Jourd'heuil appréciait le nouveau style de son ami. « Il a du nerf, se disait-elle, c'est un homme, j'aime cela. » Et mesurant le pas qu'il avait fait depuis leurs secrètes fiançailles, elle souriait malicieusement; elle se disait encore, avec une tendre satisfaction : « L'amour est un grand maître ».

Elle lui était reconnaissante de ses fleurs, mais beaucoup plus d'être un homme. Toutefois, comme elle ne pouvait le remercier explicitement que des bouquets, elle le remerciait double, et elle s'ingéniait à diversifier chaque jour son compliment.

M. de la Guithardière n'était pas insensible à cette gracieuseté, bien que, d'autre part, sa froideur à l'égard de la personne même de madame Jourd'heuil augmentât de jour en jour jusqu'à le consterner. Lorsqu'il traversait la « galerie d'Apollon » qui mène au petit salon où madame Jourd'heuil reçoit, la chose à quoi il pensait chaque jour était : « Qu'est-ce qu'elle va trouver encore à me décocher aujourd'hui? »

Un soir, il entendit de loin l'un des visiteurs prononcer les mots : « Ni fleurs, ni couronnes ». Il fut choqué. Devait-il prendre cela pour lui? Là-bas, sur le frêle guéridon où madame Jourd'heuil posait son coude, il voyait s'écheveler, dans une potiche de collection, les chrysanthèmes vraiment monstrueux qui étaient son envoi du jour.

Mais il s'avisa que, sans doute, on s'entretenait de choses *funèbres*, et cela lui parut naturel : nous sommes toujours portés à croire que les autres ont les mêmes idées fixes que nous.

Comme on avait le loisir d'entendre un bon nombre de répliques, cependant que l'on traversait de bout en bout la galerie d'Apollon, il fut informé du sujet de la conversation avant de pénétrer dans le boudoir. Ce sujet était la mort subite de M. Lancel-Courtois. « Ah! se dit M. de la Guithardière, ce sont toujours ceux-là de qui la mort ne sert à personne qui s'en vont les premiers. » Et de la porte il darda sur M. Mennechet un regard furibond.

— On m'a envoyé de belles fleurs, dit avec gentillesse madame Jourd'heuil, qui n'avait peut-être pas raison de faire la petite fille.

Mais elle observa qu'il avait la figure à l'envers. Il ne pouvait pas s'empêcher, quand il apprenait un décès, de faire une figure tellement de circonstance que les intéressés les plus proches devaient renoncer à entrer en concurrence avec lui. C'était toujours lui qui se chargeait de pleurer ceux que les autres avaient perdus.

— Qu'avez-vous donc? dit madame Jourd'heuil, inquiète.

— Pardonnez-moi, dit M. le comte de la Guithardière, c'est que je viens brusquement d'apprendre, sans ménagement ni préparation...

Il se laissa choir dans un fauteuil.

— C'est ridicule, pensa-t-elle piquée. Il apprendrait ma propre mort qu'il ne serait pas davantage sens dessus dessous.

Mais elle ne pouvait pas être plus en colère que La Guithardière lui-même, qui louchait vers la glace pour y épier sa pâleur et l'incroyable décomposition de ses traits. Il se tâta le cœur à la dérobée. « Nom d'un chien! se dit-il, est-ce que c'est moi qui vais mourir d'une rupture d'anévrisme? » Et il regarda de nouveau, encore plus furieusement, Mennechet, dont l'affreuse mine le rasséréna. Il put alors prêter l'oreille aux propos que son malaise n'avait que momentanément interrompus.

C'était le baron d'Épervans qui tenait le crachoir et personne ne songeait à le lui disputer. Il semblait en l'occurrence lui être dû, à cause de cet air d'enterrement que le baron a toujours. L'ex-officier de marine donnait des renseignements fort curieux sur les derniers instants de M. Lancel-Courtois. M. de la Guithardière dressa l'oreille en l'entendant affirmer que M. Hennebault était l'auteur responsable de ce décès. On se récria, mais Épervans maintint son dire.

Ayant dû successivement renoncer aux comptes rendus de la guerre russo-japonaise, à ceux des visites d'escadres et à la protection du bois de Boulogne, le baron, qui cherchait toujours une rubrique où se raccrocher, en était présentement à l'occultisme. Il attribuait, en conséquence, le décès de Lancel-Courtois à une espèce d'envoûtement.

— Bah? dit madame Jourd'heuil.

— Oui, madame, répondit le baron. Chacun sait, et il n'y a plus de raison pour s'en taire, le rôle de Lancel-Courtois entre les époux Hennebault, la patience d'Hennebault, et même sa touchante affection pour Lancel-Courtois. Mais Hennebault a un vif sentiment de sa dignité d'époux. Il a toujours prétendu que Lancel-Courtois partit le premier. « Après vous, s'il vous plaît, je suis chez moi. » Sa volonté muette, mais obstinée, a suffi pour contraindre Lancel-Courtois, qui d'ailleurs s'est exécuté de bonne grâce. Et telle est, au regard de la science, la cause de la perte que nous déplorons aujourd'hui.

— Comme ce serait beau! songea M. le comte de la Guithardière.

Et il darda sur Mennechet un nouveau regard, où il concentra si fortement sa volonté meurtrière, que le député réactionnaire qui a l'air d'un toucheur de bœufs parut chanceler sous le choc.

Content de ce petit succès, il n'insista point pour le moment. Il se leva et prit congé.

— Si vite? dit madame Jourd'heuil.

— Je vais, dit-il, poser mon carton...

— Où cela? dit aigrement la vieille madame Majorel. On ne voit jamais madame Lancel-Courtois ni son fils, c'est à peine si on les connait : on ne peut pourtant pas aller faire une visite de condoléance à madame Hennebault.

— Il faut pourtant, dit La Guithardière, donner signe de vie.

Le mot sembla féroce.

M. de la Guithardière ne se laissa point retenir, et, sans savoir au juste où aller, il partit. Il était maintenant tout à fait remis, et même guilleret. Non par sadisme : malgré son goût des choses funèbres, il ne lui suffisait pas encore d'apprendre le décès du premier venu pour être excité. Mais cette excitation, en de telles conjonctures, est normale. La mort n'est le contraire de la vie que pour ceux qui la subissent. Pour ceux qui restent, elle est une occasion de vivre davantage, de déployer une activité exceptionnelle, et, surtout s'ils sont du monde, de remplir leur fonction. Le comte de la Guithardière, qui aimait sa besogne de mondain, aimait tout ce qui lui donnait occasion de la faire, et ne distinguait pas à cet égard entre un grand enterrement et, par exemple, un grand mariage.

M. Lancel-Courtois était une trop discrète personne pour avoir omis de marquer dans son testament qu'il voulait des obsèques sans prétention. Il estimait que, dans les ménages à trois, la première classe doit être réservée au mari. Mais il ne pouvait empêcher que ses relations fussent les mêmes que celles des Hennebault, c'est-à-dire ensemble étendues et choisies, et que la cérémonie eût un caractère parisien.

Ses intimes n'en attendirent même point le jour pour manifester leur sympathie : et ils vinrent en foule s'inscrire sur un registre que le concierge avait ouvert de son autorité privée. Cette intelligente initiative levait la difficulté que l'on avait objectée à M. de la Guithardière chez madame Jourd'heuil, quand il avait dit qu'il allait au domicile du défunt donner signe de vie.

Le comte choisit, pour y apposer son ample signature, un blanc resté libre entre celle d'un prince et celle d'un socialiste que l'on s'arrache dans les salons. Il demeura dans la loge quelques minutes, assis, le chapeau en arrière, feuilletant le registre, revenant à sa page, vérifiant que ce grand nom de la Guithardière faisait bien, même sous un nom d'Altesse, et tenait le coup.

IL DEMEURA DANS LA LOGE QUELQUES MINUTES, ASSIS, LE CHAPEAU EN ARRIÈRE.

Mais il vit passer dehors Philippe Hennebault. Alors il se précipita, il lui serra la main, — sans rien dire de trop, ni même sans rien dire du tout, mais comme on la doit serrer à un jeune homme qui vient peut être de perdre un père, et qui en a d'ailleurs un autre chez soi.

M. le comte de la Guithardière, en dévisageant Philippe Hennebault, constata de ses yeux un véritable miracle : Philippe était livide à force d'émotion, il avait un teint de malade, le teint de son père (M. Hennebault); en sorte qu'il ressemblait à ce dernier comme jamais encore il n'avait réussi à faire, à cette minute où les convenances exigeaient qu'il lui ressemblât d'une façon particulièrement saisissante. M. de la Guithardière en fut bien heureux pour lui.

« C'est tout de même drôle cette ressemblance, songeait le comte en regagnant à pied son domicile. C'est un cas. On dit que la fonction crée l'organe. Il faut croire que la fonction de fils crée la ressemblance. »

Cette formule lui plut. Il se la répéta trois ou quatre fois : il la trouvait spirituelle. Il s'oublia même jusqu'à en rire tout haut, ce qui fit retourner une dame. Il rougit. Pour se donner une contenance, il glissa le pouce et l'index de sa main droite dans son gousset du même côté, en tira trois sous, et fut au kiosque le plus voisin acheter *le Temps*.

Ainsi que tous les gens qui savent vivre, il en commença la lecture par les dernières nouvelles de la quatrième page. Il apprit, par une dépêche de Copenhague, que le prince Charles de Danemark allait sans doute monter au trône de Norvège, et régnerait sous le vocable d'Haakon IX. « Fichu nom », murmura M. le comte de la Guithardière avec un sourire entendu.

Mais il avait l'esprit trop sérieux pour s'attarder à un tel détail, et c'est en artiste qu'il apprécia le joli de cette aventure, d'un homme — prince ou manant, il n'importe — né pour être sujet, qui devient à l'improviste roi. Cela lui parut un épisode de féerie, et il lui plut de vivre à une époque où, contre la créance générale, un peu de merveilleux est encore possible de loin en loin.

Il sentit naître dans son cœur une sympathie tendre pour cet Haakon qu'il ne connaissait pas autrement. Nous éprouvons toujours de la sympathie et de la tendresse pour les gens à qui nous voyons advenir un bonheur singulier. Nous voudrions bien être à leur place, nous y croyons être. Nous ne savons plus si c'est leur félicité qui nous émeut ou la nôtre. « Veinard », murmura M. le comte de la Guithardière.

Sa conception du pouvoir royal était enfantine. Il se figurait qu'un roi est affranchi de toutes les gênes sociales et peut ce qu'il veut. Il enviait notamment à Haakon IX le droit de vie et de mort qu'il lui attribuait sur le reste des humains, et dont lui, La Guithardière, n'eût point manqué d'user d'abord pour dépêcher dans l'autre monde, par strangulation, décapitation, électrocution, ou tout autre procédé, l'encombrant Mennechet.

Mais il ne rêvait guère aux choses impossibles. Il n'était point chimérique ou, plus généralement, penseur, et il pratiquait, entre autres prophylaxies, celle de la méningite. Il dîna légèrement et se mit au lit de bonne heure, afin d'être dispos et frais pour la triste cérémonie du lendemain.

Cette petite fête fut favorisée par un temps agréable. Le froid matinal piquait, mais le soleil brillait dans un ciel pur. M. le comte de la Guithardière arriva exactement et se mit à serrer le plus de mains possible.

Celle qu'il eut l'honneur de serrer la première fut la main de M. de la Touche, des Quarante; et il en tira un augure flatteur. Par une association d'idées qui se conçoit, il se vit suivant un autre convoi funèbre, — bientôt peut-être, qui sait? avant la fin du mois ou de l'année, — un autre convoi funèbre qui serait celui de M. de la Touche. Il se vit en butte aux invites à peine déguisées de MM. les collègues du futur défunt.

Pourquoi ne succéderait-il pas, en effet, à M. de la Touche? L'Académie est comme la nature, qui ne procède point par sauts ni par bonds. Quand elle a un M. de la Touche à remplacer, elle n'aime pas à mettre un grand homme dans son fauteuil. M. le comte de la Guithardière avait une conscience très juste de sa non-valeur et des avantages qu'elle pouvait lui procurer.

Il fut détourné de ces réflexions par le capitaine Chavroche, qui lui dit à l'oreille :

— Vous savez que Phillippe Hennebault s'est engagé ce matin?

— Ah bah? dit M. le comte de la Guithardière.

— Oui. La mort de Lancel-Courtois lui a porté un coup. Il éprouve le besoin de s'éloigner Il vient de s'engager à Versailles, dans mon régiment.

— Ah bah? répéta M. le comte de la Guithardière.

Et il observa madame Hennebault, qui attirait tous les regards.

La situation de la pauvre dame était vraiment impossible. Sa tristesse ou son indifférence, un deuil trop peu ou trop accusé, tout enfin d'elle devait choquer aujourd'hui. Sa présence même et son absence étaient également inacceptables. Elle s'en tirait en ne faisant rien pour s'en tirer, en étant tout bonnement elle-même. « Ah! la maligne! » disait-on. Elle était maligne à peu de frais. Mais Philippe faisait peine à voir, et la glapissante madame Majorel demanda s'il poussait l'hypocrisie jusqu'à avoir hérité de la maladie de son père (M. Hennebault).

M. de la Guithardière, qui fait son esprit comme les abeilles leur miel, en butinant celui des autres, prit note du mot. Puis il observa madame Bricquart et sa fille, venues à cet enterrement comme à l'Opéra Comique ou au Ritz, pour y rencontrer en public l'aimable petit monsieur Richard Peaussier, désormais fiancé officiel d'Hélène.

Mais le petit monsieur ne s'occupait guère de sa promise. Il était en grande conversation avec un tout jeune homme que M. de la Guithardière ne se pardonna pas de ne point connaître. Pour faire cesser une telle anomalie, le comte se hâta d'aller joindre Richard et cet inconnu. Il se hâta d'autant plus qu'il voyait venir M. le baron d'Épervans, qui, pour une fois, n'avait pas l'air d'un enterrement (le baron choisit bien ses jours), et quand ce vieux loup de mer a l'air gai, c'est qu'il s'apprête à raser les gens.

La Guithardière se fit présenter à l'acolyte de Richard Peaussier, qui n'était autre que Langelier-Jean François-Loup. Il fit à ce charmant jouvenceau de grands saluts et lui parla d'une voix très haute qui troubla le recueillement du cortège. Cependant Richard Peaussier ne s'était seulement pas interrompu de discourir. Et il disait :

IL EN COMMENÇA LA LECTURE PAR LES DERNIÈRES NOUVELLES...

— C'est toujours le même procédé. Les Allemands nous bourrent d'un poing et nous caressent de l'autre. Tous nos hommes d'État, les uns après les autres, s'y laissent prendre. Et quand on les a bien compromis...

— Pardon, dit Jean-François Loup,

Alors, tu n'es plus pour l'alliance allemande?

— Les mains libres! répondit Peaussier. Les mains libres!... Bonjour, Souvré.

— Bonjour, dit La Guithardière au même.

Peaussier reprit :

— Tu admets, toi, que l'on nous dise : Vous serez les amis de celui-ci, les ennemis de celui-là? Avec nous ou contre nous?

— Mais, objecta Jean-François-Loup, tu es pacifiste et antimilitariste.

— Oui, dit Richard Peaussier. Mais le pacifisme et même l'antimilitarisme ne sont forts que s'ils s'appuient sur une armée forte.

— Comme vous avez raison! dit le comte de la Guithardière, qui souffrait de n'avoir approuvé encore personne.

— Ce qui est inouï, dit Peaussier, c'est qu'il se trouve encore des naïfs pour se laisser prendre aux risettes allemandes. Je t'engage à lire demain matin le journal que tu diriges. Je compte y servir à Mennechet un plat de ma cuisine.

LA GUITHARDIÈRE SE FIT PRÉSENTER A L'ACOLYTE DE RICHARD PEAUSSIER.

— A Mennechet? dit La Guithardière.

— C'est bien embarrassant, fit Jean-François-Loup. Mennechet est notre ami politique.

— Nous n'avons pas d'amis inamovibles, dit Richard Peaussier. Nous ne voulons pas en avoir. On ne gagnerait plus sa pauvre vie.

— Mais qu'est-ce qu'il a donc fait? insista M. de la Guithardière.

Jean-François-Loup n'était pas encore assez intime avec le comte pour le traiter, comme faisait Richard, par-dessous jambe. Il crut donc devoir lui répondre.

Il lui expliqua succinctement que, la veille, Mennechet avait offert un dîner politico-diplomatique à une espèce d'émissaire du gouvernement allemand. Cette nouvelle causa un tel transport de joie à M. le comte de la Guithardière que, sur-le-champ, il résolut de n'aller point jusques au Père-Lachaise.

Il rentra chez lui au plus tôt, éclaircit son costume et s'adonisa; puis il fut, à l'heure coutumière, chez madame Jourd'heuil. En traversant la galerie d'Apollon, il entendit la voix de son ennemi. Elle lui fit battre le cœur. « Tu n'y coupes pas », murmura-t-il.

C'est à peine s'il salua madame Jourd'heuil. Il courut sus à Mennechet et lui dit avec arrogance :

— Eh bien! vous êtes dans de beaux draps, vous!

— Dans quels draps? dit Mennechet d'une voix étranglée, et changeant de couleur trois fois coup sur coup.

— Et puis, cria La Guithardière, ne se contenant plus, vous ne l'avez pas volé!

Mennechet, à son tour, cria :

— Qu'est-ce que vous osez dire?

« Je suis allé trop loin », pensa M. le comte de la Guithardière.

Mennechet voulut crier encore : « Vous vous permettez de juger ma conduite! » Mais il ne réussit qu'à sussurrer ces mots; et il les fit suivre d'une épithète vraisemblablement injurieuse, mais si faiblement articulée que nulle des personnes présentes n'eût su dire si c'était « misérable » ou « imbécile », ou quelque chose de plus ou moins approchant.

de la Guithardière avec une amère ironie.

Il vit au même instant son rival. Une

EH BIEN! VOUS ÊTES DANS DE BEAUX DRAPS, VOUS!

Et, enfin, il porta, comme l'autre jour, sa main à sa gorge, et s'abattit sur un canapé.

« Ça y est, » se dit M. le comte de la Guithardière, froidement.

Un médecin, qui se trouvait là comme par hasard, fit transporter la victime dans la galerie d'Apollon.

— Vous avez fait là de la belle besogne! dit madame Jourd'heuil outrée.

Mais La Guithardière n'entendait plus. Il était sans pensée, non sans remords. Par l'effet d'une étrange hallucination, il voyait écrits sur le mur, comme un *Mané, Thécel, Pharès*, les mots CRIME ET CHATIMENT.

Le crime n'était pas si grand qu'il espérait, et le châtiment ne se fit pas attendre. Le médecin reparaissait déjà.

— Eh bien? dit madame Jourd'heuil.

— Est-il mort? dit M. de la Guithardière, sinistrement goguenard.

— Lui? dit le médecin. Il est taillé pour vivre jusqu'à cent cinquante ans! Seulement vous avez tort de le taquiner. Il est sujet à des accès de colère effroyables, et, sans la syncope qui l'a terrassé, il aurait parfaitement pu vous tuer.

— C'eût été le comble, dit M. le comte

épouse, hélas! trop fidèle, le soutenait. M. de la Guithardière tourna vers elle un doux et triste regard, qui signifiait : « Ce n'est vraiment pas ma faute, avouez que j'ai fait tout ce que j'ai pu ». Madame Mennechet ne comprit rien à cette éloquence muette, mais madame Jourd'heuil comprit. Elle sourit d'une manière satanique.

— L'incident est clos, dit-elle. Je veux qu'on se donne la main.. Si, je le veux... Vous n'allez pas, ajouta-t-elle en regardant M. le comte de la Guithardière avec une impérieuse tendresse, vous n'allez pas me gâter ce jour-ci, celui que j'avais choisi depuis longtemps, dans le secret de mon cœur, pour annoncer nos fiançailles publiquement.

XIV

VARIATIONS SUR UN THÈME BREF

Philippe Hennebault avait pris machinalement la petite glace ronde de deux sous, devant quoi son camarade de lit achevait de raser une barbe naissante et hebdomadaire ; et il se regardait sans reconnaître ce fantôme de lui-même, que le miroir, de qualité inférieure, faisait plus indécis encore et plus brouillé.

Autour de lui s'épanouissait la gaieté coutumière de la chambrée un dimanche matin. Des terrines d'eau savonneuse traînaient sur les tables, et des artilleurs étaient en grande tenue de sortie, parmi d'autres en bourgeron sale et d'autres à moitié nus. La fenêtre était grande ouverte, et, sur le sol inégal de la place d'Armes, on entendait grésiller le pas des promeneurs matineux. On entendait corner d'innombrables automobiles.

Philippe, qui se croyait naguère observateur et curieux, quand il était du monde, ne prenait pas le moindre intérêt au décor ni au spectacle nouveau. Sa délicatesse ne s'offensait même point des façons grossières, des propos orduriers ni des odeurs fortes. Il éprouvait, pour les compagnons de sa vie présente, une espèce de sympathie ; il était flatté de leur admiration vaguement ironique, et touché de leurs gâteries. Il goûtait aussi l'aise que procure toujours aux hommes d'éducation noble ou bourgeoise le déguisement peuple, et leur transplantation en un milieu libre où ne s'exerce plus la tyrannie de l'honneur, ni celle des convenances.

Mais il n'éprouvait, à vrai dire, et de façon déterminée, qu'un sentiment unique, où tous les autres venaient se confondre et se perdre : l'étonnement, — un étonnement immense, grandiose, divin ! Et l'objet de cet étonnement, ce n'était point le nouveau monde extérieur qui l'environnait, mais sa personne même. Il se disait, du soir au matin, à propos de toutes choses : « Comment ai-je pu faire cela ? » Et il était stupide comme un honnête homme qui a dérobé, ou un homme qui a horreur du sang et qui a tué.

Quelle inconséquence, en effet, de s'être engagé, après n'avoir eu si longtemps que deux idées fixes : esquiver le service de deux ans, et ressembler à son père M. Hennebault ! Sur ce dernier point, toutefois, il recevait la plus imprévue des satisfactions, car cette ressemblance décevante, il venait enfin d'en atteindre le *summum*, grâce à l'uniforme d'artilleur, et il la vérifiait avec un surcroît d'étonnement, en se mirant dans la petite glace de deux sous qu'il avait empruntée à son camarade de lit.

On demande des miracles : en voici un. Comment, pourquoi Philippe ressemblait-il davantage à M. Hennebault, le plus pacifique des hommes et le moins militaire d'aspect, dès qu'il était sanglé dans un dolman noir, coiffé d'un képi semi-rigide ? Et lorsqu'il était, comme à cette minute, vêtu rien que d'un pantalon à basanes, la chemise flottante et déboutonnée, les manches retroussées, le cou nu, comment faisait-il, ô mon Dieu ! pour ressembler davantage encore à M. Hennebault, le plus correct des hommes et le plus tiré à quatre épingles, qu'une épouse même et qu'un fils ne se souvenaient pas d'avoir jamais vu autrement qu'en habit noir après sept heures, et en redingote auparavant ?

Mais un tel problème passait de beaucoup la portée de ce qu'il lui restait d'intelligence après quinze jours de classes à cheval et de classes à pied. Il posait la question, mais n'y souhaitait point de réponse. Il préférait s'étonner : c'était sa façon d'avoir conscience. Il aurait dit volontiers, à peu près comme Descartes : « Je m'étonne, donc je suis ».

Soudain, deux phénomènes acoustiques violents le secouèrent.

Le trompette de garde sonna au brigadier de semaine ; alors, Philippe chanta, sur l'air de la femme de ce brigadier ; et il remarqua tout d'un coup que le temps était beau et clair, il se rappela que sa mère venait déjeuner avec lui aux Réservoirs, et que les Souvré y viendraient dîner avec lui. Il rabattit ses manches et enfila son dolman.

Puis, son camarade de lit, ayant reçu par le visage un quart plein d'eau, proféra tranquillement le mot le plus énergique, le plus bref, et peut-être le plus significatif de la langue française : Philippe songea aussitôt à M. le comte de la Guithardière.

La bizarrerie de cette association excita son hilarité. Il fit effort, malgré sa paresse d'esprit, pour l'expliquer ; et il se rappela que, naguère, un jour que sa mère avait « fait signe » à quelques amis, M. de la Guithardière avait dit en plein salon : « C'est une sotte pruderie et peu française de nommer fond d'artichaut et fond de bouteille ce que nos pères nommaient cul d'artichaut et cul de bouteille ».

Sans doute que depuis ce jour-là une liaison indissoluble s'était formée, dans l'esprit de Philippe, entre l'idée de M. le comte de la Guithardière et celle de n'importe qu'i terme monosyllabique et grossier; à moins que l'association ne fût entre le monosyllabe même dont M. le comte de la Guithardière avait usé et celui que le camarade de lit de Philippe venait de proférer tranquillement. Dans l'un comme dans l'autre cas, M. le comte de la Guithardière, cet homme de si bon ton, se trouvait sali à jamais et déshonoré pour l'imagination de Philippe, qui ne put s'empêcher d'en rire.

Le jeune soldat descendit l'escalier quatre à quatre, en faisant sonner sur les marches de bois les talons de ses grosses bottes, ni plus ni moins qu'un homme de la classe. Dehors, le clair soleil d'automne excita encore sa gaieté, sa gaieté plébéienne et puérile. Il eut vraiment l'âme de son uniforme. Tout en se hâtant lourdement vers la gare de la rive gauche, il murmurait : « Cul d'artichaut, cul de bouteille », et aussi le monosyllabe cher à son camarade de lit.

— Je m'abrutis, décidément, songea-t-il.

Mais il ne pouvait déjà plus vaincre cette ridicule obsession, et quand, de loin, il vit sa mère sauter à bas du wagon, il pensa si énergiquement le mot incongru qu'il en rougit, comme s'il l'eût crié. Il fut d'autant plus en confusion que madame Hennebault n'arrivait point seule, mais flanquée de M. l'abbé Mornand.

— Quelle bonne surprise! dit-il à ce dernier, avec le plus gracieux sourire, mais en rougissant de nouveau : car en lui-même il venait de prononcer une fois de plus le mot fatal, qu'il avait fait précéder de l'interjection « ah! » et suivre de l'adverbe « alors ».

— Je suis venu voir si tout va bien, dit finement l'abbé.

Philippe répliqua mentalement par le mot dont l'application est, en vérité, universelle; heureusement, il eut aussi la présence d'esprit et la force de répliquer à voix haute :

— Tout va bien.

Il ajouta :

— J. q. n. o.

— J. q. n. o.? dit l'abbé.

— Cela signifie jusqu'à nouvel ordre, dit Philippe, songeant « Monsieur l'abbé n'est pas à hauteur ».

Ce j. q. n. o. était une impertinence; mais madame Hennebault trouva bien plus impertinente la question de l'abbé. Après avoir passionnément tenu à l'innocence de Philippe dans le civil, elle n'en voulait plus entendre parler sous l'uni-

LE JEUNE SOLDAT DESCENDIT L'ESCALIER QUATRE A QUATRE.

forme et avec un sabre au côté. D'ailleurs, ne savait-elle pas où il en était? Alors, à quoi bon ce protocole et ces simagrées? Elle détourna la conversation.

Elle s'excusa auprès de son fils de ne point rester jusqu'au soir. (« Eh bien, songea Philippe, il ne manquerait que cela! Et les Souvré? ») Elle devait retourner prendre à Paris plusieurs tasses de thé. Depuis la mort de Lancel-Courtois, elle était accablée d'invitations, et se croyait obligée de les accepter toutes, ne pouvant décemment point se retirer du monde pour un homme qui n'était à aucun degré son parent.

Elle énuméra les maisons où elle avait pris le thé durant la semaine, et celles où elle devait le prendre aujourd'hui ainsi que les jours suivants. Elle ne laissait pas à Philippe le temps d'une réplique, mais il n'en pensait pas moins, et comme l'on ne pense pas sans mots, il pensait avec les mots qu'il entendait depuis quinze jours, et notamment avec celui qui, depuis tout à l'heure, le hantait

— Quelle drôle de tournure d'esprit j'ai ce matin! se dit-il.

Et il conclut cette remarque en jurant le nom de Dieu.

Il regarda l'abbé du coin de l'œil; mais la finesse d'ouïe du vénérable ecclésiastique n'allait pas jusqu'à entendre ce que les lèvres n'articulent point. Puis il regarda sa mère. Elle était singulièrement habillée.

Elle profitait de la mode pour arborer un voile aussi grand que celui des veuves; mais comme elle redoutait que ce voile n'eût l'air d'être en effet un voile de veuve, elle avait entassé dessous des roses à foison servies sur une assiette plate, le tout composant cet objet informe que les femmes appellent aujourd'hui un chapeau. Sa robe était simple et noire, mais elle l'avait éclaircie d'une veste de chinchilla que Philippe eut plaisir à voir, parce qu'il la connaissait depuis l'enfance.

— Tu regardes mon chinchilla? dit-elle en se pavanant.

Elle eut l'imprudence d'ajouter

— Comment le trouves-tu?

— Je le trouve solide, pensa Philippe, qui demanda, par complaisance : — C'est neuf?

— Une petite folie, dit madame Hennebault, minaudière.

Philippe, assez militaire déjà pour avoir la coquetterie de l'uniforme, fut piqué qu'elle n'eût point encore pris garde à son dolman de fantaisie. « Comment le trouves-tu? » dit-il...

Madame Hennebault daigna enfin jeter les yeux sur le dolman, et sur tout son fils, de haut en bas. Elle vit soudain la merveilleuse ressemblance de Philippe et de M. Hennebault.

Elle en eut la parole coupée, elle pâlit. Philippe comprit.

— Papa va bien? balbutia-t-il.

— Pas bien fort, dit madame Hennebault.

Puis ils pensèrent à *l'autre*. M. l'abbé Mornand poussa un grand soupir.

— Bonjour, dit aimablement Philippe. (Car ils arrivaient à l'hôtel des Réservoirs, et Philippe saluait la dame du bureau.)

Le maître d'hôtel les conduisit à un petit salon qu'on leur avait réservé, madame Hennebault ne se souciant pas de déjeuner dans la salle commune. Ils y trouvèrent le capitaine Chavroche, qu'elle avait convié sans avertir Philippe. Cette surprise ne plut guère au jeune bleu, qui exprima *in petto* son déplaisir par un terme — également familier d'ailleurs à M. le capitaine Chavroche.

Ce petit mot (est-il magique?) suffit pour divertir Philippe de la mélancolie où l'avait récemment jeté la pensée importune de Lancel-Courtois. Mais il n'y gagna rien, car l'obsession de la malsonnante syllabe devint dès lors si incommode, qu'il pensa vingt fois être obligé de quitter le salon pour aller la crier dehors et revenir soulagé.

Ainsi, M. le capitaine Chavroche annonça que ses cousins Doré lui avaient trouvé enfin une position dans le civil. On le félicita « Je suis navré, dit le capitaine, par politesse, de quitter le régiment au moment où vous y arrivez. »

Philippe partagea cette contrariété; mais il en dut garder pour lui l'expression, trop vive.

— Comment se porte La Guithardière? demanda-t-il.

— La Guithardière? dit madame Hennebault. Il est fiancé à madame Jourd'heuil.

L'exclamation que cette nouvelle faillit arracher à Philippe eût bien mortifié M. le comte de la Guithardière.

— C'est un heureux événement, dit l'abbé.

— Un joyeux événement, dit Chavroche.

— Le mariage d'Hélène Bricquart avec

ton ami Richard Peaussier aura lieu de demain en huit, reprit madame Hennebault. Ce mariage sera purement civil, bien entendu.

— Hélas! dit l'abbé.

Philippe pensa quelque chose d'approchant, mais autrement tourné.

— Vous demanderez sans doute une permission? dit Chavroche. Je me charge de vous la faire accorder.

— Merci, dit Philippe, qui eut un poids de moins quand il eut achevé ce mot.

— Une permission pour un mariage civil! s'écria l'abbé.

Philippe dut se tenir à quatre pour ne pas répondre.

— Au fait, venez-y donc, monsieur l'abbé, dit en riant madame Hennebault.

— Ce serait une fameuse plaisanterie à leur faire, dit Chavroche.

Mais le garçon, qu'on avait sonné en

ILS ARRIVAIENT A L'HÔTEL DES RÉSERVOIRS.

vain plus de dix fois, parut. Philippe lui cria :

— Ah çà, voilà un quart d'heure qu'on vous sonne. Vous déciderez-vous à nous servir, oui ou... oui ou non? reprit-il en baissant les yeux.

Il jugea dès lors plus prudent de ne point prendre une part trop active à la conversation; et il fut impatient de voir ce déjeuner finir et sa mère partir avec l'abbé. Tous étaient pressés également, cela ne traîna point. Le capitaine Chavroche s'éclipsa le premier, pour ne point gêner les épanchements, mais, dès qu'il eut le dos tourné, madame Hennebault dut reprendre le chemin de la gare. Les adieux, hâtés, ne donnèrent lieu à aucun accident de parole : Philippe eut, tout de même, quand il vit s'éloigner le train, un soulagement, — qui s'exprima comme on devine.

Il avait une grande heure à perdre jusqu'à l'arrivée des Souvré. Il s'en alla le long de la rue de Satory, parmi la foule du dimanche. Il songeait :

« Ce monosyllabe décrié est plus qu'une brutalité expressive. Il contient véritablement, sous un petit volume, si j'ose dire, une philosophie complète. Toutes les langues humaines possèdent ainsi un petit mot synthétique. Les Russes disent *nitchevo*. Il faut avouer que notre *nitchevo* est un peu raide : mais qu'il est bien français! »

Comme Philippe avait une jolie tournure et qu'on ne devinait point le bourgeois sous l'uniforme égalitaire, les petites ouvrières et les bonnes en permission le regardaient avec complaisance. Sa vanité était sensible à ces hommages. Il revint sur ses pas. Il arriva longtemps d'avance à la gare de la rive gauche. Il était ravi de finir son dimanche en compagnie de Pierre et de Magdeleine Souvré.

Quand il les vit descendre de leur wagon, et qui lui souriaient de loin, il se sentit gêné de son uniforme, qui le faisait si différent de Pierre. Mais Pierre, qui avait porté le même uniforme peu d'années auparavant, s'attendrit de voir son ami ainsi vêtu.

— Maintenant, dit-il, je suis ton ancien, tu es mon bleu.

Les hommes jeunes encore aiment à se souvenir et à parler du passé : d'abord parce que cela leur donne de l'importance; et puis leur passé est d'hier, il n'est pas fané comme celui des vieillards. Il a le prestige des choses mortes avec le reflet de la vie.

Comme Versailles est à la mode parmi les littérateurs des deux sexes, Pierre et Magdeleine, à l'envi, se mirent à vanter le parc, le château, en termes ingénieux

Philippe eut la bonne surprise de goûter toutes les délicatesses de leur langage.

— Ah! songea-t-il, je me retrouve. Je puis donc être encore moi-même! Depuis qu'ils sont ici, je n'ai pas été une seule fois tenté de leur dire ce que j'ai failli dire tout le temps à maman et à monsieur l'abbé.

Il fit cette réflexion précisément dans les termes ci-dessus, et une longue périphrase lui épargna la honte de penser un vilain mot. Il s'attendrit à son tour. Il regarda ses deux amis avec optimisme, et il eut l'impression que ce couple, si bien assorti, formait le meilleur, le plus heureux ménage.

Cette impression ne correspondait en aucune manière à la réalité, surtout à la réalité d'aujourd'hui. Non que le ménage Souvré eût été, en ces derniers temps, beaucoup plus cahin-caha que d'ordinaire; mais on ne faisait que s'y chamailler depuis ce matin, sans motif apparent.

La dispute avait commencé en voiture, trois minutes avant l'arrivée des adversaires à la gare du Pont de l'Alma. Magdeleine avait déclaré tout d'un coup qu'elle en tenait pour l'élargissement du divorce, et non seulement pour le divorce par consentement mutuel, mais encore pour le divorce par la volonté d'un seul.

Bien que cette question soit intéressante par elle-même, elle laisse d'ordinaire indifférents ceux qui jouissent du bonheur, ou au moins de la paix conjugale. Pierre Souvré avait donc sujet de s'en inquiéter ou de s'en offenser; il crut faire preuve de longanimité autant que de diplomatie en s'abstenant de répondre : « Comment dois-je le prendre? Est-ce que tu dis ça pour nous? » Il eut la condescendance de sérieusement exposer pourquoi il n'était point partisan du divorce par la volonté d'un seul, c'est-à-dire de la répudiation. Mais ce fut Magdeleine qui prit cela pour elle. Ainsi que la plupart des femmes, elle considérait toute espèce de raisonnement comme une injure à son adresse. Elle se mit donc à bouder, et continua jusqu'à Versailles.

Cette bouderie tombait mal. Pierre était déjà mélancolique à l'idée de passer une journée dans les environs de Paris, qui lui rappelaient ses vacances d'autrefois, du temps heureux où il n'était pas le mari de Magdeleine, et où il ne soupçonnait même pas qu'il y eût une Magdeleine au monde. Et un désir lui était venu, un désir puéril et impérieux, de rester ce soir à Versailles, plusieurs jours peut-être, mais, ce soir, d'y coucher. Il n'en avait soufflé mot à Magdeleine, dont il craignait l'esprit de contradiction, mais il ne cessait point d'y penser, — et il avait une drôle de manière d'y penser.

La veille, en bouquinant, il avait feuilleté par hasard le théâtre d'Émile Augier: et il avait rencontré, dans *Gabrielle*, deux vers qui l'avaient bien fait rire, mais qu'il se répétait depuis lors à satiété.

— *Vous restez à coucher, j'espère?*
— *Assurément.*
Je n'ai jamais compris la campagne autrement.

Puis il tournait vers Magdeleine des yeux féroces, et il murmurait un autre vers de la même comédie :

— *Hélas! j'ai plus aimé cette femme que vous!*

Cette apostrophe, que le triste mari de *Gabrielle* adresse à sa mère, Pierre Souvré l'adressait à la sienne propre, qui jamais ne s'était formalisée d'être aimée moins que Magdeleine, ni d'ailleurs n'avait eu lieu de s'en formaliser.

— Êtes-vous partisan du divorce par le consentement d'un seul? demanda soudain Magdeleine à Philippe.

— Le consentement d'un seul! gémit Pierre.

— Quoi? fit Magdeleine, piquée.

— CONSENTEMENT... D'UN SEUL!!

Elle haussa les épaules et se corrigea :

— ... Par la volonté d'un seul?

La réponse de Philippe fut qu'il s'en moquait — en termes militaires. Alors il conta gaiement à ses amis l'obsession où il était en proie depuis ce matin, ses réponses muettes à madame Hennebault et à l'abbé Mornand. Ils s'en amusèrent. Pierre, pour se rappeler le bon temps, ne parla plus que l'argot de caserne; et Magdeleine, qui du moins n'était pas bégueule, se mit de la partie. Philippe trouva qu'elle avait une moue charmante quand elle articulait de gros mots, et même le pire. Mais Pierre redevint mélancolique en contemplant la pièce d'eau des Suisses, où il avait pêché tout gamin.

Pour fuir les promeneurs trop nombreux, ils gagnèrent le bois. Ils y firent une rencontre : ils virent M. le comte de la Guithardière et madame Jourdheuil qui cheminaient bras dessus, bras dessous.

Magdeleine murmura :

— *Dans le vieux parc solitaire et glacé,*
Deux spectres ont évoqué le passé.

M. le comte de la Guithardière, romantique, portait une redingote pincée à la taille et un chapeau mou. Madame Jourdheuil se contentait d'être second Empire, sans effort.

La citation de Verlaine avait mis Pierre en mémoire de poésie. A son tour, il murmura :

— *Vous restez à coucher, j'espère?*
— *Assurément*, etc.

— Qu'est ce que c'est que ça? dit Philippe en riant.

— Deux vers, si j'ose m'exprimer ainsi, dit Pierre. Deux vers d'Émile Augier.

Mais il n'était plus à la blague. Il venait, en sortant du bois, de découvrir le terrain de manœuvres où jadis il entendait commander : Batterie à gauche!

— Voici la piste d'obstacles, dit-il. Magdeleine, considère cette haie : je l'ai sautée. J'ai même aidé à construire le mur. J'ai travaillé de mes mains à la banquette irlandaise.

Il avoua son goût pour le métier militaire et sa haine du militarisme.

— Sur cette question, dit-il, comme, au reste, sur toutes les autres questions importantes, les hommes sincères ont toujours plusieurs façons de voir et plusieurs opinions, qui, tout en se contredisant, coexistent.

Philippe, inquiet, tira sa montre.

— Je n'ai, dit-il, que la permission de dix heures. Si nous rentrions aux Réservoirs?

Ils y arrivèrent un peu trop tôt pour dîner.

— Visitons des appartements, dit Pierre.

Un entresol de deux pièces, qui était à louer dans l'hôtel même, les enchanta. Il avait vue sur un étroit jardin privé, puis sur le parc. Le plafond était bas, et les lambris Louis-Philippe pouvaient, à la rigueur, passer pour Louis XVI. La garniture de cheminée leur plut infiniment. Sous deux globes de verre, deux petites

PIERRE ET MAGDELEINE LE RECONDUISIRENT AU QUARTIER.

pelles de bronze doré, d'un usage indéfinissable, étaient maintenues debout par de petits supports à crochets. La pendule était de biscuit, à trois personnages; et ces trois personnages étaient Paul, Virginie et un esclave nègre, reconnaissable à la physionomie, malgré la blancheur paradoxale de la matière dont il était fait.

— Comme ce serait charmant de demeurer ici! s'écria Magdeleine.

— Tes désirs sont des ordres, répliqua Pierre. Je vais louer cet appartement pour ce soir même.

Elle objecta qu'elle n'avait pas de chemise de nuit. Mais elle ne s'entêta point : elle aimait l'imprévu, et elle était un peu bohème. Philippe, qui avait une chambre dans l'hôtel, et un petit bagage, prêta le strict nécessaire. Ils allèrent, tout joyeux, dîner dans la grande salle. Ils s'y trouvèrent un peu trop en pays de connaissance.

La Guithardière et madame Jourd'heuil étaient là. Pouvaient-ils éternellement se promener ? Leurs fiançailles ne leur coupaient pas l'appétit. Ils se trouvaient presque voisins de table des Mennechet.

A la suite de son deuxième coup de sang, le député réactionnaire qui a l'air d'un toucheur de bœufs avait donné des signes d'affaiblissement cérébral. Son médecin lui avait ordonné une cure d'air et recommandé Versailles. Il était installé aux Réservoirs depuis une huitaine, sous la garde de sa fidèle épouse.

Mais ce voisinage, qui gênait fort La Guithardière, n'était pas celui qui gênait plus madame Jourd'heuil. Elle voyait, à deux pas d'elle, un des grands-ducs avec qui elle se flattait d'être en intimité : et comme ce grand-duc était accompagné d'une dame qui n'était pas une grande-duchesse, madame Jourd'heuil souffrait de l'imprévoyance du protocole, qui n'a point décidé si, dans ce cas, l'on doit reconnaître les grands-ducs ou faire mine de ne pas les voir.

Pour comble, le vieux Majorel, gouverneur de la Banque du Nord, dînait mystérieusement dans un autre coin, avec un financier, compatriote du grand-duc, qui avait une tête de négociateur d'emprunt.

Pierre Souvré s'amusa de ces rencontres.

— Comme les vaudevillistes, dit-il, ont le sens de la réalité !

Mais Philippe ne prenait plus garde qu'à l'heure. Il ne voyait rien, ne causait plus, mangeait à peine, et tombait de sommeil, comme un jeune soldat qui se lève tôt. Pierre et Magdeleine le reconduisirent au quartier.

Comme ils revenaient, traversant à petits pas la place d'Armes, Magdeleine interpella son mari :

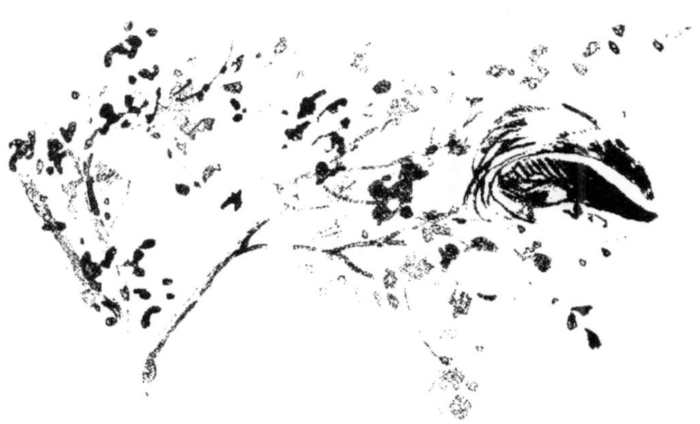

LE CHAPEAU S'ÉTAIT ACCROCHÉ AUX BRANCHES D'UN CHARME.

— Tu ne m'as toujours pas dit, fit-elle tout d'un coup, pourquoi tu n'admets pas le divorce par la volonté d'un seul.

— Je te l'ai dit, répliqua Pierre ; et puis, tu vas me f... la paix.

— Vous êtes un grossier personnage, dit Magdeleine avec dignité.

Ils rentrèrent, muets, tristes, dans leur jolie chambre. Magdeleine posa son chapeau sur la tête du nègre, et ils se mirent au lit pleins de haine l'un contre l'autre.

Cependant, Philippe Hennebault s'était mis aussi dans son petit lit, dans son étroit lit de soldat, où il était si mal et où il dormait si bien. Il se réveilla deux minutes vers onze heures, et il pensa :

— Demain, je trouverai un prétexte pour couper aux classes et pour sortir en ville de très bonne heure. J'irai les surprendre au réveil.

Il obtint, en effet, une permission, grâce au capitaine Chavroche. Il courut aux Réservoirs comme huit heures sonnaient.

Il n'osa point monter chez les Souvré, mais il se glissa dans le jardinet de l'hôtel, reconnut la fenêtre, et siffla deux fois. Personne ne répondit. Alors il ramassa un caillou et visa longuement la vitre de l'imposte droite.

Mais, soudain, la fenêtre s'ouvrit avec fracas. Pierre parut, en chemise, brandissant la pendule de biscuit toujours coiffée du chapeau de Magdeleine, et hurla un mot que les échos inconscients répétèrent avec une sorte de sauvage entrain.

Philippe, ahuri, n'eut que le temps de

se jeter de côté pour éviter le choc de la pendule. Elle se brisa en trois morceaux : Paul, Virginie, le nègre. Le chapeau s'était accroché en route aux branches frissonnantes d'un charme.

XV

LES GENS DE LA NOCE

Le mariage d'Hélène Briequart et du petit monsieur Peaussier ayant lieu à midi précis en la mairie de l'avenue Henri-Martin, Magdeleine Souvré avait décidé que l'on « déjeunerait à l'anglaise » sur le coup de dix heures, pour n'être pas plus tard qu'onze heures à la municipalité, avant le grand flot, et d'ailleurs ne point trop mourir de faim jusqu'au lunch des Briequart.

Pierre, qui pensait aimer les habitudes anglaises et qui aimait à coup sûr les œufs bacon, du moins en France, trouvait cependant à redire à cet arrangement et ne cessait point de grogner. Sa mauvaise humeur s'exprimait ainsi d'une façon détournée, et les critiques de mauvaise foi qu'il feignait d'adresser à la cuisinière visaient en réalité Magdeleine, dont les embarras, à propos de cette noce, l'irritaient. Par esprit de contradiction, il affectait de s'en désintéresser, mais il s'apercevait bien qu'il n'était pas lui-même dans son assiette ordinaire, et que sa propre sensibilité subissait des modifications incohérentes et absurdes.

D'abord il éprouvait cette allégresse machinale qui peut également servir les jours de baptême, de première communion et de mariage. C'était déjà de quoi étonner, et même choquer un incrédule professionnel : c'était aussi de quoi l'amuser; car il est comique d'éprouver un sentiment, somme toute, chrétien, à l'occasion d'une solennité purement civile et qui tourne à la manifestation. Mais le plus surprenant était encore qu'il pût sentir une allégresse quelconque à l'occasion du mariage d'Hélène Briequart — qu'il avait rêvé d'épouser lui-même — avec un autre que lui.

A vrai dire, ce mariage de tout à l'heure ne changeait guère la situation. Pierre avait rêvé d'épouser Hélène Briequart quand il était lui-même marié : elle se mariait, ce n'était qu'une petite difficulté de plus, pas bien grave. Qui sait même si ce n'était pas, au contraire, une facilité? Supposé que les époux fissent mauvais ménage, ce qui est toujours le cas le plus à prévoir, une anarchiste comme Hélène balancerait-elle à divorcer? Aussitôt libre, elle redeviendrait en butte aux compétitions; mais le plus redoutable des candidats, à savoir Richard Peaussier, se trouverait cette fois éliminé, comme non rééligible.

Pierre se disait aussi que naguère, étant garçon, avec sa toute petite fortune, son rien de renommée, et point arriviste pour deux sous, s'il eût sollicité la main d'Hélène jeune fille, il eût été repoussé avec perte; au lieu que dans deux ou trois ans, si, divorcée, il sollicitait la main d'Hélène divorcée, il aurait beaucoup plus de chances d'être accueilli. Pourquoi? Mon Dieu, cela ne s'explique ni ne se justifie point : cela se sent. Pierre le sentait.

« Pour les garçons comme pour les filles, il est plus facile de se remarier que de se marier, par le temps qui court. Courir est le mot. Le progrès se précipite. Autrefois, les plus en avant, les plus cyniques étaient ceux et celles qui ne voyaient au mariage d'autre raison d'être que l'adultère, qu'il rend possible. Aujourd'hui, un premier mariage est généralement provisoire, et son unique raison d'être est que, sans un premier, il ne pourrait y en avoir un second. » Ainsi raisonnait Pierre Souvré; et il se sentait plein de sympathie pour les mœurs et les idées nouvelles, pour le mariage moderne.

Magdeleine, en dépit de la diligence qu'elle avait faite, n'étant point encore habillée, il eut le plaisir de pouvoir s'isoler quelques instants pour méditer sur ces graves questions, les seules véritablement sociales. Il passa dans son cabinet. Il n'était point de naturel flâneur, et, quand par hasard il se permettait de rêver, il faisait toujours en même temps quelque besogne matérielle indifférente : il se mit à parcourir les dernières lettres qu'il avait reçues.

Il détruisait d'ordinaire, aussitôt lues, celles où il n'avait pas lieu de répondre, et il classait les autres avec le plus grand soin. Il n'y répondait pas davantage : mais de temps en temps il y revenait, pour les détruire, dès qu'il y avait prescription. Son bureau, qu'il n'avait pas nettoyé depuis des semaines, se trouvait fort encombré de correspondance.

C'était, d'abord, des lettres d'affaires, — une ou deux, et d'importance nulle : puis des lettres d'amis en voyage, — cinq ou six ; des lettres, non des cartes postales illustrées, avec une ligne manuscrite. Mais le tas presque tout entier se composait de circulaires-interrogatoires adressées à Pierre Souvré, ainsi qu'à toutes les célébrités, petites ou grandes, de France, d'Europe, de partout, par des reporters avides de connaître et de publier ce qu'il pensait des divers problèmes à l'ordre du jour.

A LA FIN, ES-TU PRÊTE ?

« Monsieur et cher maître, lui écrivait l'un, je ne vous apprendrai pas que la Norvège vous admire. Mes compatriotes et moi sommes passionnément désireux de savoir si vous estimez que nous devions adopter le régime républicain ou élire Haakon roi. »

« Je ne veux pas croire, illustre maître, lui écrivait un autre raseur, que vous vous désintéressiez des luttes de races qui se poursuivent au sein de la monarchie austro-hongroise. Daignez me formuler en quatre lignes votre opinion sur la question des nationalités. »

« La Russie, demandait un troisième, est-elle mûre pour une révolution ? » — Je le crois, murmura Pierre. Un autre l'invitait à juger sans phrases Guillaume II. « Que pensez-vous de la mort ? » interrogeait un cinquième.

Mais le pompon était pour un sixième, dont les coupures d'articles, cartes de visite ou lettres, rangées dans une chemise de papier bulle, formaient un volumineux dossier. Pierre ne se lassait point de lui consigner sa porte et de ne lui point répondre, et il ne se lassait point d'interroger Pierre sur l'union libre dans la bourgeoisie, l'amour dans le code et le divorce à deux battants. Cette enquête « se poursuivait dans les colonnes du *Franc-Parler* » (comme on dit, hélas !). Oui, dans le journal même de Langelier, Jean-François-Loup, et de Peaussier, Richard, le marié d'aujourd'hui.

Plusieurs personnalités, moins rétives que Pierre Souvré avaient déjà fait parvenir au *Franc-Parler* leurs réponses. Il les lut; et comme il était doué d'un certain bon sens moyen, elles le révoltèrent. Elles étaient cependant conformes aux opinions qu'il devait lui-même professer, puisqu'il préméditait déjà de désunir à son profit un couple qu'il allait hypocritement contribuer à unir tout à l'heure. Il fronça le sourcil : il n'aimait point à se mettre en contradiction avec soi-même. Pour s'en tirer, il n'y pensa plus. Il ouvrit brusquement la porte qui communiquait à la chambre à coucher et cria :

— A la fin, es-tu prête?

— Tu le vois, dit Magdeleine à peu près nue, mais le chapeau sur la tête.

— Qu'est-ce que c'est que ça? dit Pierre effaré.

Car le chapeau eût paru, en tout état de cause, excentrique : mais, sur la tête d'une femme à peu près nue, il prenait des airs de coiffure de Peau-Rouge.

Magdeleine dédaigna de répondre, mais demanda, naturellement :

— Est-il droit?

— Comment veux-tu, répliqua Pierre, que je sache s'il est droit, quand je n'ai pas encore compris sa forme, et que j'en suis à me demander si tu n'as pas mis devant ce qu'il fallait mettre derrière et réciproquement?... Bon Dieu! quel usage comptes-tu faire de ce monument-là, après que tu l'auras exhibé une fois au mariage d'Hélène?

— Je le finirai au théâtre, dit Magdeleine avec simplicité.

— J'allais le dire, fit Pierre. Je te préviens qu'à la première observation des gens placés à l'orchestre dans ton dos, moi, je m'en vais.

— Je reconnais là ton courage, dit Magdeleine.

— Dieu! que tu es bête! dit Pierre.

Elle haussa les épaules et lui fit remarquer, d'un signe, la présence de la femme de chambre accroupie.

— Faut-il envoyer chercher un fiacre? dit Pierre bourru.

— Un fiacre! dit Magdeleine indignée. Nous avons une voiture.

— De la noce!...

— Bien entendu, de la noce! Oh! sois tranquille, les Bricquart ont bien fait les choses : ils nous ont envoyé un landaulet.

— Un landaulet?

— Électrique. Allons, viens.

Malgré le landaulet électrique, ils n'arrivèrent avenue Henri-Martin qu'à onze heures vingt-cinq. Ils se hissèrent jusqu'à la quatrième marche de l'escalier. Entre cette quatrième marche et le pied même de la table destinée à l'officier de l'état civil, une foule compacte rendait impossible toute circulation.

— Mais monte donc! cria Magdeleine.

— Tu vois bien que je ne peux pas, dit Pierre.

— Puisque j'ai une carte de madame Bricquart! Il y a des places réservées!

— Oh! là là, dit quelqu'un.

Les foules, même de gens du monde, sont rarement distinguées.

Celle-ci du moins était joyeuse. On faisait des mots : « Quand vous seriez le petit caporal... N'en jetez plus, la cour est pleine », etc. Les personnes qui se mêlent de ce qui ne les regarde pas se demandaient avec angoisse si l'on réussirait à déblayer l'escalier pour les mariés quand ils arriveraient, ou si l'on ne serait pas obligé de faire passer le cortège par un escalier de service. Pour divertir les écrasés, l'orchestre, placé au palier supérieur, attaqua un pas redoublé.

Dès que l'on put s'entendre, Magdeleine, obstinée, répéta :

— C'est tout de même trop fort, quand on a une place réservée...

— Fais-moi le plaisir de te taire, dit à demi-voix son mari, qui n'aimait pas les esclandres.

Ils furent tirés de peine par un incident inespéré. Une dame neurasthénique, et qui avait une peur maladive de la foule, se mit soudain à pousser des cris et à battre l'air de ses bras. Un grand vide se fit, comme par miracle, autour d'elle. Alors, comme elle avait le choix des névroses, et qu'elle était également atteinte d'agoraphobie, elle redoubla de cris et de gestes effrayants.

« Un médecin! » cria-t-on. Il y en a

toujours. Un aimable chirurgien, qui s'est frayé des voies plus difficiles, se dégagea de la cohue entassée là-haut dans la salle lieu de porter les Souvré dans la salle des mariages, les jeta dans un petit salon voisin.

UNE FOULE COMPACTE RENDAIT IMPOSSIBLE TOUTE CIRCULATION.

des mariages, et se précipita vers la neurasthénique. Magdeleine, qui se précipitait dans l'autre sens, le tamponna, mais elle était passée. Pierre, courant après elle, était passé aussi. Déjà l'escalier était renvahi. Un remous se produisit, qui, au

Rien ne leur pouvait arriver de pire; car, dans ce petit salon, qui d'abord leur parut désert, il y avait un homme, un seul, comme eux-mêmes bloqué, et cet homme était M. le baron d'Épervans. La colère de Magdeleine le fit sourire. Il s'approcha d'elle galamment et lui dit :

— Votre infortune, madame, vous semblerait négligeable par comparaison, si vous veniez, comme moi, de demeurer huit jours entiers dans la gare de Wirballen, sans aucun espoir de retourner en Allemagne ou de pénétrer en Russie, et sans nourriture que du saumon fumé à quatorze roubles la tranche, arrosé de vodki à six roubles le petit verre. Heureusement que le rouble-papier ne vaut presque plus rien du tout.

— Mais que diable, dit Pierre, alliez-vous faire à Wirballen?

— Après avoir, dit M. le baron d'Épervans, publié dans un excellent journal des comptes rendus remarqués de la guerre russo japonaise, j'étais tout désigné pour une correspondance de la révolution russe : le *Franc-Parler* m'en a chargé. Hélas! j'aurais mieux fait de l'écrire à tête reposée dans mon cabinet, ainsi que précédemment mes articles sur l'amiral Togo et l'amiral Rodjestvensky. Mais j'ai la maladie du scrupule ; j'ai voulu y aller voir de mes yeux. Mal m'en a pris !... Dès que les trains ont recommencé de circuler, j'ai quitté Wirballen, comme vous pouvez croire. Je suis arrivé à Saint-Pétersbourg à l'instant même où l'on y annonçait officiellement un massacre des Juifs pour le lendemain. J'ai eu la malchance d'être pris pour juif. Pour juif! Moi! Tout mon physique le dément. J'avais déjà fait le sacrifice de ma vie. Heureusement. M le comte Witte a bien voulu faire dire à tous les agents-portiers qu'on les révoquerait si ce massacre de Juifs avait lieu, et on n'a pas touché un cheveu de nos têtes, — pardon de leurs têtes. Non, mon cher monsieur, nous ne devons pas désespérer d'un pays où, pour empêcher une émeute, le premier ministre n'a qu'à menacer les concierges de leur retirer leur cordon.

Les considérations politiques de M. le baron d'Épervans furent interrompues par un nouvel éclat de l'orchestre. Puis une grande clameur retentit : « Les voilà! » et Magdeleine s'aperçut que la porte était dégagée. Elle se jeta dehors, bousculant les garçons de bureau du *Franc-Parler* en uniforme.

— J'ai une place réservée! criait-elle.

— Je n'en ai pas, dit M. le baron d'Épervans; mais je vous suis.

C'est tout juste si Pierre passa pardessus le marché M. le comte de la Guithardière, pour laisser aux Souvré un petit espace, se serra contre madame Jourd'heuil. L'orchestre exécutait la *Marche nuptiale* qu'à l'occasion d'une pièce récente les critiques dramatiques ont attribuée à Massenet et à Beethoven, mais qui est de Mendelssohn. Toute l'assemblée se leva et se tourna vers le fond de la salle. Hélène parut enfin au bras de M. Bricquart, qui, pour la première fois de sa vie, jouait dans la famille un rôle si important.

On n'avait pas réussi à lui faire comprendre que l'habit est du soir et qu'un homme peut se montrer en redingote sans trahir par là l'insuffisance de sa garderobe. Il portait donc son frac, chamarré d'innombrables décorations. Se trouvant naguère ministre lors d'une exposition universelle, il avait dû accepter, par politesse, de tous les souverains d'Europe, ces hochets et colifichets de la vanité. Il était l'un des décorés les plus décorés de France, lui qui n'admettait aucune décoration! Du moins, il n'avait pas la Légion d'honneur.

La toilette de la mariée était une toilette de mariée, avec les fleurs d'oranger. Hélène y avait osé cependant quelques ingénieuses modifications. La première qui sautait aux yeux était la nuance du blanc de cette robe. On ne saurait porter le même blanc au jour et aux lumières. Le satin choisi était donc ivoire, très vieil ivoire, ou crème si on veut, et un mauvais plaisant dit que c'était la première fois qu'il voyait une mariée en jaune.

Hélène, bien qu'ayant peu de goût pour les traditions, n'avait pas craint d'en ressusciter une de l'ancien régime : et, adoptant pour cette robe une coupe du XVIIIe siècle, elle l'avait voulue décolletée; mais décolletée comme on décolletait à cette époque-là quand une fois on s'y mettait, et ce n'était plus un décolleté, mais une exhibition de gorge, plus indécente, vu la circonstance, que l'exhibition du trousseau de linge aux soirées de contrat. Elle-même en était gênée, et pour cacher un peu de ce qu'elle montrait, elle s'était mis autour du cou tout ce qu'elle avait trouvé dans sa corbeille de perles et de diamants. Elle se drapait dans son voile d'Angleterre comme une baigneuse dans son peignoir.

Richard Peaussier venait derrière, au bras de madame Bricquart, faute d'une mère à soi. Elle était en velours héliotrope et lui en habit bleu, fâcheux assemblage de couleurs. Mais on avait, pour se rincer l'œil, la vue de Jean-François-Loup, garçon d'honneur, qui suivait; et il était si joli en redingote à vaste jupe, avec sa cravate vert sur vert piquée d'un péridot ancien, que l'on ne pouvait se défendre de le trouver déplacé dans un mariage.

Pierre Souvré détourna la vue, et regarda de préférence Hélène, dont le décolletage l'indignait. Il n'était pas, à proprement parler, jaloux. Il pouvait alternativement porter ses regards sur ce beau sein découvert et sur Richard Peaussier sans être incommodé par des associations d'idées trop désobligeantes. Son sentiment était plutôt celui d'un époux qui trouve son épouse habillée de façon peu modeste, et qui se promet, comme on dit, de lui laver la tête en rentrant. « Ce n'est pas, se disait-il, quand elle sera ma femme qu'elle se décollètera ainsi. »

Il s'étonnait bien un peu d'être si sûr

de son fait, surtout aujourd'hui; mais cette certitude l'amusait, et le rendait fier, comme une preuve de sa faculté de prévoir et de vouloir. Les droits même qu'il s'arrogeait sur la personne de la mariée étaient si décidément des droits différés qu'il n'éprouvait, à la vue de ce beau sein, aucun désir actuel. Il était comme le créancier qui n'a point avant l'échéance

HÉLÈNE PARUT ENFIN AU BRAS DE M. BRICQUART.

l'appétit de son argent. Pour l'instant, il ne réclamait à Hélène rien du tout, en vertu du principe que « celui qui a terme ne doit rien ».

Il admira l'originalité de ces sentiments et la clairvoyance de son sens intime. Puis il lui souvint qu'il jouissait de la même clairvoyance à l'égard d'autrui, qu'il n'avait qu'à regarder les gens en face pour voir à l'intérieur d'eux, comme le héros du *Diable boiteux* voit à l'intérieur des maisons dont le toit est supprimé. Alors, pour se divertir de l'hétéroclite cérémonie, il se mit à dévisager tous les gens à portée de sa vue, pour voir ce qu'il y avait dedans.

Et il lut, en effet, leurs pensées les plus intimes, et, pour commencer par Magdeleine, il vérifia que l'irréparable était désormais entre elle et lui. Non qu'elle lui en voulût de la rendre malheureuse, et de ne l'aimer plus, ou de ne l'avoir jamais aimée, mais pour deux raisons baroques : la première, c'est qu'elle le trouvait toujours mal habillé, de tenue critiquable (lui, le plus correct des hommes, et même des hommes de lettres), la seconde, c'est qu'il y a une quinzaine, à propos du divorce par la volonté d'un seul, il lui avait parlé raisonnablement, et avait fini par lui dire : « Tu vas me f... la paix. »

Et il voyait encore que l'officier de l'état civil, en défilant son chapelet de phrases et d'allusions politiques, était, contre toute vraisemblance, convaincu, sincère, ému. Il voyait qu'Hélène Bricquart, la jeune fille qui a tout lu et devant laquelle on a tout dit, n'était pas plus exempte des ordinaires inquiétudes qu'une naïve ou qu'une oie, et ne savait pas encore, autant qu'on aurait pu croire, à quoi s'en tenir; et que Richard Peaussier, au lieu de jouir de son triomphe, était en proie à une douloureuse idée fixe, et se disait : « Cristi! que ça doit être embêtant! »

Oh! oui, répéta Pierre mentalement J'aime mieux que ce soit lui que moi.

Mais il se reprocha ce contentement, qui lui sembla paradoxal; et il recommença d'observer.

Il vit que M. le comte de la Guithardière et madame Jourd'heuil pensaient à leur prochain mariage, mais à leur mariage religieux. Puis il remarqua que madame Jourd'heuil avait le sourire de la Joconde, autant du moins qu'on peut avoir le sourire de la Joconde à cet âge là. « Au fait, songea-t-il, si ce que l'on dit est vrai... si le pauvre Jourd'heuil était si bas quand il l'a épousée... quelle surprise pour La Guithardière!... J'aime mieux que ce soit lui que moi. « Il regarda la bonne vieille dame avec une sympathie égayée, et murmura le mot de l'*Ami des femmes* :... « Mademoiselle. »

Comme il allait poursuivre sa revue, son regard soudain se fixa, sans plus pouvoir se détourner, sur un tout jeune homme parfaitement bien mis et correct.

Il avait beau examiner ce jeune homme, il ne lui trouvait rien de remarquable, sauf la mise et la correction. Il ne le reconnaissait point; et il se demandait pourquoi il ne pouvait plus détacher les yeux de cet inconnu.

Le jeune homme lui fit un signe imperceptible de salutation Cette familiarité lui déplut. La cérémonie finissait, on passait en bousculade dans la pièce voisine, tenant lieu de sacristie. Pierre mit quelque hâte à se lever, à sortir, à pousser devant lui Magdeleine. Le jeune homme se dirigeait du même côté, naturellement, mais Pierre eut le sentiment que ce n'était pas seulement pour aller féliciter les époux : c'était pour le rattraper, lui, Pierre Souvré.

Cette persécution lui donna sur les nerfs, et il ne trouva pas un mot à dire à Richard Peaussier Il se contenta de regarder furieusement le sein d'Hélène, puis il passa vite, entraînant Magdeleine qui lui demandait : « Qu'est-ce qui te prend? » Il sentait l'inconnu sur ses talons.

Dans sa précipitation, il fit une fausse manœuvre, tourna à gauche au lieu de tourner à droite, et se trouva chambré, sans savoir comment, dans le même petit salon qu'à l'arrivée Une foule compacte piétinait devant la porte ouverte.

— Tu es stupide! dit Magdeleine. Comment retrouverons-nous le landaulet?

— Monsieur et cher maître... murmura une voix douce.

Pierre tressaillit, tourna les yeux. Le jeune inconnu était là.

— Que me voulez-vous, monsieur? lui demanda Pierre, à peine poli.

— Monsieur et cher maître, reprit le jeune homme, j'ai eu l'honneur de me présenter six fois chez vous, de vous écrire autant de lettres, et de vous adresser vingt-quatre coupures du *Franc-Parler* C'est moi qui suis chargé par ce journal de demander aux psychologues et aux sociologues les plus éminents ce qu'ils pensent de l'élargissement illimité du divorce, en particulier du divorce par la volonté d'un seul.

Magdeleine ricana.

— Ce que j'en pense, monsieur? dit Pierre.

A cet instant, madame Hennebault passait devant la porte avec Philippe en uniforme. Pierre Souvré, d'un grand geste, désigna l'artilleur au journaliste; mais celui-ci ne pouvait pas comprendre la réponse que ce geste signifiait, et Souvré reprit :

Ce que j'en pense?.. Je pense, monsieur, que la bourgeoisie arrive au dernier tournant de son histoire, ou, si vous préférez, qu'elle commence sa décomposition. Les phases de ce phénomène suprême nous réservent bien de l'agrément. Ce que, pour ma part, j'aperçois de plus typique dans la bourgeoisie française d'aujourd'hui, c'est sa tendance vers l'union libre...

— Ah! monsieur et cher maître, dit le jeune reporter avec émotion, je savais bien qu'un esprit hardi et d'envergure comme le vôtre...

Pierre l'interrompit .

Notez bien, dit-il, que l'union libre ne me choque pas théoriquement plus que n'importe quel autre genre d'union Je n'attache aucune importance ni aucune pensée de scandale aux manifestations érotiques, quelles qu'elles soient.

— Vous me permettez de le dire? demanda le reporter anxieux.

elle préfère que cette union libre continue à s'appeler mariage.

JE PENSE, MONSIEUR, QUE LA BOURGEOISIE ARRIVE AU DERNIER TOURNANT DE SON HISTOIRE.

— Je vous en prie... Mais, poursuivit Pierre, ce que je trouve impayable, c'est que la bourgeoisie, l'inconsciente bourgeoisie, amalgame ses idées d'aujourd'hui, qui sont anarchistes, et ses vieux préjugés dont elle ne se dépêtrera jamais. Elle veut pratiquer l'union libre, mais

Je te baptise carpe, dit le reporter, qui avait de l'esprit.

— Je te baptise carpe, répéta Pierre avec le plus aimable sourire. Une jeune personne qui prend un homme et qui le quitte dès qu'il a cessé de lui plaire, pour en prendre un autre, qu'elle quittera pour le même motif, et un troisième et ainsi de suite, quoi de plus naturel, quoi de plus humain?

— Oui, quoi? dit le reporter.

— Mais je trouve admirablement bourgeois que cette jeune personne éprouve le besoin de faire inscrire tous ses amants, les uns après les autres, sur les registres de l'état civil.

— En effet, monsieur et cher maître, dit le reporter, qui avait, par profession, la bosse de l'assentiment.

Magdeleine écoutait, consternée. Elle le fut bien davantage, s'il est des degrés dans la consternation, quand elle entendit Pierre ajouter :

— Qui nous dit, monsieur, que cette jeune fille, que nous venons de voir se marier — pour la première fois, j'en conviens — ne nous convoquera pas d'ici à trois ou quatre ans, dans cette même mairie, ou dans une autre, pour un autre mariage? Qui nous dit que son prochain mari n'est point dans cette assemblée? Il y est, monsieur, selon toute vraisemblance, et c'est peut-être vous...

— Oh! monsieur et cher maître... dit le reporter en confusion.

— Ou moi-même, dit Pierre.

Le reporter s'inclina, avec déférence, mais fit observer qu'il était bien difficile d'insérer une telle réponse dans le journal de Richard Peaussier.

— Tu ferais mieux d'aller chercher le landaulet que de dire des bêtises, fit Magdeleine aigrement.

— Quelle est donc cette dame? dit le reporter à l'oreille de Pierre.

— C'est ma *première* femme, dit Pierre.

FIN

1512-07. — Coulommiers. Imp. Paul BRODARD. — 2-08.

NOUVELLE COLLECTION ILLUSTRÉE
CALMANN-LÉVY

L'ouvrage complet, **95** centimes. Relié, **1** fr. **50**.

En Vente :

N° 1. Pierre Loti, *de l'Académie française*. . . . . . Pêcheur d'Islande.

N° 2. Anatole France, *de l'Académie française*. . . . Le Crime de Sylvestre Bonnard.

N° 3. Ludovic Halévy, *de l'Académie française*. . . . La Famille Cardinal.

N° 4. François Coppée, *de l'Académie française*. . . . Le Coupable.

N° 5. Jules Renard . . . . . Poil de Carotte.

N° 6. René Bazin, *de l'Académie française*. . . . . . Donatienne.

N° 7. Alexandre Dumas fils, *de l'Académie française*. La Dame aux Camélias.

N° 8. Georges Courteline. . Boubouroche.

N° 9. Pierre Veber et Willy. Une Passade.

N° 10 Jules Lemaitre, *de l'Académie française*. . . . Les Rois.

N° 11. André Theuriet, *de l'Académie française*. . . . L'Oncle Scipion.

N° 12. Alphonse Daudet . . . L'Immortel.

N° 13 Prosper Mérimée, *de l'Académie française*. . . . Diane de Turgis.

N° 14. Gyp . . . . Le Mariage de Chiffon.

N° 15. François Coppée, *de l'Académie française*. . . . Toute une Jeunesse.